293	277	[illegible]	247	229	217	203
21	20	19	18	17	16	15

375	357	339	323	307
26	25	24	23	22

名家推薦

閱讀的過程，我一直在想，一無所有和一無所知原來能夠製造一種雞生蛋蛋生雞的困局，乍看令人疑惑，細想卻與生活密不可分，小說開展出許多綿長的話語，最後的結論卻俐落而純粹。《我沒有你們所有的》像是俄羅斯方塊，密密麻麻、層層疊疊，憑空而來，既能看見文字堆砌出的厚實，眾生的痛苦卻又真空且飄渺，還沒抓住就拚命掉下來，然而有些人即使疑惑、倦怠、不斷失守也會一直一直繼續玩下去，像是看著這本小說的我們。

——張嘉真（小說《玻璃彈珠都是貓的眼睛》作者）

既關於小說如何之為小說，也關於生活如何成為生活，《我沒有你們所有的》在看似虛無、迴繞的絮叨背後，實包裹著近乎自剖的文學告白——以村上春樹為索引的創作論自述——以及對異化之存有的深沉凝望。無論是細碎日常的描摹，圍繞著金錢運轉的情節安排，或者角色對「真正的生活」的迷惑，海盜先生以其耐心，向讀者揭示了某種被資本主義現實所徹底掏空的存在情境，再憑其對語言的虔敬，為這樣「什麼也沒有」的世界，提出了一個「還可能做些什麼」的答案。

那即是：寫作。惟有寫作，可以隨心所欲，可以在精密計算與規劃的時間之中，預證各種可能的宇宙。《我沒有你們所有的》因此是一次脫離航線的遠行，一則投向所有熱愛小說讀者的、特別真摯的邀請。

——張桓溢（小說《點火》作者）

海盜先生的小說如一片汪洋，角色於其中恣意泅泳，隨著身體反覆的張、縮、浮、沉，帶領讀者抵達內心那處蔚藍，而綿延的對話則是迅速探頭換氣後於海中吐出纍纍的泡泡，裡頭的「空」蘊含著對生命的哲理探討，在還沒有察覺之際便已破裂，卻無可否認每一枚泡泡都承載著救贖，不得不吐出去的都是讓生命得以繼續向前的樞紐。最終要游去哪或許不是小說的答案，而是要讓我們察覺到屬於自己的動能何在。

——王仁劭（小說《而獨角獸倒立在歧路》作者）

01

如果想獲得其他別的什麼，我想必須要做點什麼，現在我必須要找點靈感跟題材才可以，我坐在床上想著這個問題，其餘什麼現實上的問題已經懶得想，我必須為我的小說做點什麼。我有時間，雖然不算多但比起一般上班族要來得多，是不是可以拿這時間去做點什麼？這個房間似乎什麼也不能做的感覺，至少不適合做有聲音的事情，在尷尬的樓層，樓上跟樓下只要大聲講電話聲音都聽得到，如果我在這房間做什麼有聲音的事情，我想被趕出這棟大樓只是遲早的事情，那我到底還有什麼？我看了看房間裡面的東西，有舊式冷氣，而且還不是龐大的那種，只是舊時代又便宜的輕薄大型舊式冷氣而已，甚至在白天的時候還可以看到陽光透進來的光線，床，單人床，也是時代遺留下來不願換新的東西而已，桌子跟椅子，都是鐵製的甚至有些地方早已生鏽，只要稍微移動一下就發出不詳的聲音那樣的家具而已，桌子上放的是什麼？我的筆電，還有吃剩跟留著準備要吃的泡麵跟罐頭，雖然要給誰什麼，但這都是我換來的，唯一不一樣的是那筆電，筆電可以做什麼嗎？確實的連上了網路，我偶爾會上網看些新聞跟看些社交網頁，但沒怎麼放在心上，只是種消遣而已，這樣想的話，我的身體健全，有時間，不能太大聲，有電腦，有網路，感覺好像有什麼要形成的感覺。

我先把這感覺放著，走到外面去，上樓梯到樓頂去，可以看得到太陽先生的惡作劇，周圍還有些雲小姐陪著他，一點都不孤單，好像玩得很開心的感覺，雖然已經接近梅雨季節，但似乎今天沒有要下雨的感覺，這幾天也都沒有下什麼雨，這樣說起來的話，太陽先生除了有雲姐姐陪之外，還有個月亮小姐陪啊，然後在接近晚上的時候，投入山媽媽的懷抱就這樣睡著了，醒來之後繼續胡鬧，真是愜意的人生，跟我完全不一樣，一點都沒有煩惱的感覺。

就在我想著這些奇怪的東西的時候，突然有一個靈感出現，感謝太陽先生給我的靈感，然後趕快消失吧。

我下樓梯，走回自己的房間，雖然確定了目標，但實際該怎麼做會比較迅速呢？只要上網敲敲鍵盤就好了，這樣的交友方式，不就是把我打小說中間的片段拿來使用而已嗎？我想一點都不難，但網路的世界實在太大，大海撈針的方式也不是我願意的，我必須找到對的人才可以，我只要讓人投入我的懷抱裡就好了，但只要你一睡著，我就會立刻鬆手，這我自己知道，聖域還是必須存在，誰都不可以踏進來。

開機開好了，我首先打開瀏覽器，在我的滾輪滾了無數次之後，我決定從一個媽媽的生活文下手，這個媽媽剛生完小孩，正處於還幸福的狀態，她的這份幸福感洋溢在她的文字裡，自然很多同溫層會看到，熱度也很高，我把她的文從頭到尾看過了一遍，再把底下的留言也都看過一遍，該從哪裡下手很清楚的就知道了，只要謊稱自己身邊的好友也剛生完小孩之類的就好了，隨意的再從用語上下點功夫，我想要有誰不注意到我是一件很難的事情，好歹我也是寫小說的，在電腦前打了幾百萬字，這時候終於派上用場了，我只是熱心的跟誰討論著根本是假的話題，鍵盤敲一敲，已經有人回應了，但我沒有仔細看，就在我找著這些東西之間，一瞬間現實馬上就回來了，天黑了，太陽先生到山媽媽的懷裡睡覺了。

然後更現實的東西很快就來了，我不得不上班了。

我打工的地方是個小有名氣的鐵板燒店，這地方租金一定很貴，我是不太懂什麼鐵板燒的價格，對我來說都是種碰都沒碰過的奢侈，我也不曾去前面看過，只在領錢的時候稍微看過一下客人坐的地方，也許是平民平價消費性料理也不一定，我不知道，也沒看過什麼菜單，我對超過一百元以上的東西都沒什麼概念，看到是三位數我都覺得差不多，即使變成四位數甚至更多我都沒什麼感覺，因為自己不可能去消費這種數字，所以不了解。路燈已經越來越亮，人潮也變多了，人們的步伐開始變得迅速，簡直像是用腳在騎車的感覺，我走我的，時間都規劃得差不多，即使不用看時間也知道走到的時候剛好正是上班時間的整點，沒什麼問題，我依舊用我的緩慢步伐走著。

到的時候剛好六點三十分，我從後門進去，堵死的防火巷一樣的小巷子，連路燈也沒有的那種，滿滿的都是冷氣與廢氣的巷子，充滿著各種機械死寂的雜音，到處都是垃圾，來不及丟到垃圾車上的就堆在這裡，可能也不會再丟了吧？我打開門，打了卡，然後走向我的角落，聽得到機械聲，又多了更多其餘廚房的噪音，炒菜鍋（為什麼鐵板燒需要炒菜鍋？），誰在催著誰，為了讓客人聽的充滿事務性的看似充滿活力點餐聲，我看不到外面，我的角落只是在進來的門旁邊的洗手台而已，我將在這裡耗上重複性的三小時，這是我唯一的現實，我以緩慢的上班節奏來盡量削減這面對現實的三小時，我簡單的用洗碗精洗一下手，長長嘆了一口氣，旁邊的桌子上已經堆滿了要洗的碗，收盤子阿姨已經幫我分類好了，我就真的只需要把這些碗盤筷子之類的容器，有時候用熱水，有時候拿鋼刷，把不知道到底何處湧來的人吃完剩下的殘渣洗乾淨，我的現實就結束了，說起來很簡單，但實際上，這樣制式的重複性，不包含任何一點驚喜或者更悲慘的絕望之類的繁瑣，三小時真的過得很慢，時間過得很慢，跟我在寫小說的時候完全不一樣，我不太懂時間的流動是怎麼樣構成的，只是這比重，我想時間絕對是不公平的，我無法想像一般上班族必須在這樣的時間流動裡耗上比我長一倍以上的時間才有辦法下班，還是說他們都習慣了？每次對我來說都是災難，即使一成不變，也是一成不變的災難，就像是每晚睡覺都會做惡夢一樣，而且每晚的惡夢內容都一樣，但醒來還是驚嚇並一身冷汗那樣，對，我想對我來說就是這樣。

就算把自己交給時間，但耳朵還是相當清楚，不得不說這一點很麻煩，如果人的耳朵設計成可以自由關閉的器官就好了，但如果這樣的話，也許每個人都是關著的吧？算了，不想了，想了還是惡夢，不想也是惡夢，想了這麼多，還是不得不面對現實，一切就交給時間吧，但當我這麼想的時候，我突然意會到我剛剛在上班前做的事情，我突然想到，即使是這樣的我，現實是這樣的我，也可以在網路上引人注意，可能別人已經回覆了我留下的假故事，可以想像成我正在寫小說，是啊，交友這種事情，尤其是網路上的，有的時候真的跟寫小說差不多，因為都是用鍵盤，大概可以預想的回覆，我應該要怎麼讓它順利繼續下去呢？答案雖然早已心知肚明，只是我現在必須想這些，只要跟平常有一點不一樣，這惡夢就會稍微清醒一點，至少，現在已經差不多過一半了吧？從這些籃子的數量來看，好像時間的流動又有點公平了，會不會只要自己的生活稍微豐富一點，時間對我就越公平呢？時間這東西是不是就是專門處罰像我這樣無聊的人所以故意讓我的時間過得比較慢一點，好對那些真正需要時間的人交代，也許有可能是這樣子也不一定，不過想這麼多也沒有意義，因為我也不能改變什麼，不行，又被拉回現實了，時間流動又開始變得不公平了，應該多想想不一樣的事情才對。

想著這些不著邊際的東西的時候，阿姨已經走過來拍拍我的肩膀。

「下班了啦。」

『喔，已經到點了啊。』

「哪有人上班不看時間的。」

『沒注意，一直看時鐘的話感覺過得很慢啊。』

「那也不需要別人跟你說下班才下班吧。」

『其實妳不說的話，我可能會一直洗下去喔。』

「趕快收尾，東西收一收，去領錢了。」

『我把這些筷子洗完就去，阿姨辛苦啦，今天也很漂亮喔。』

「收盤子哪有什麼漂亮不漂亮的，如果真的漂亮的話就不會在這邊收盤子啦。」

『哪裡，阿姨的盤子收得很漂亮。』

「神經病。」

『下班之後有什麼打算？』

「回家哄小孩睡啦，不然還能做什麼。」
『也許可以漂亮的哄小孩睡。』
「你真的是神經病耶。」
『即使罵人也那麼漂亮。』
「算了，我要去領錢了，你啊，不要就出那張嘴巴，你洗得越快我也收得越快啊。」
『我覺得這已經是我的極限了，說實在的。』
「也不是說你慢，就是也許可以往更快那邊前進。」
『哪都去不了。』
「是啦，反正不管快還是慢我們都一樣的時間，如果快了可能還會更困擾也不一定。」
『如果領薪水的時候那鈔票也可以快速的吐出來就好了。』
「好了啦，我要走了，再不走回家都要十點半了。」
『如果回家小孩已經睡著了也是不錯的啊。』
「沒有我他們會睡不著啦，掰掰啦。」
『阿姨再見。』

然後阿姨走到外面已經沒有人的外場，去收銀台，我們都是這樣，當天領當天的薪水，不會變的我都是四百五十元（阿姨我不知道），也就是一小時一百五，不一定每天，所以也不是四百五領一個月，有的時候甚至一個禮拜都不用來這裡，不過還好，日子還是過得去，我的租金也不貴，不過我也不會再去找別的打工了，一想到還要再重複的做惡夢我就累了，即使可以換取更多的現實，我也不想再現實。

我把最後的筷子洗完之後，再度長長的嘆了一口氣，想到我即將從現實脫離，想到我即將拿到現實的報酬，想到等一下回去之後那滿滿閃爍的通知，我加快了腳步，到收銀台去跟結帳的小姐拿了當天的薪水，就快步回家了。

02

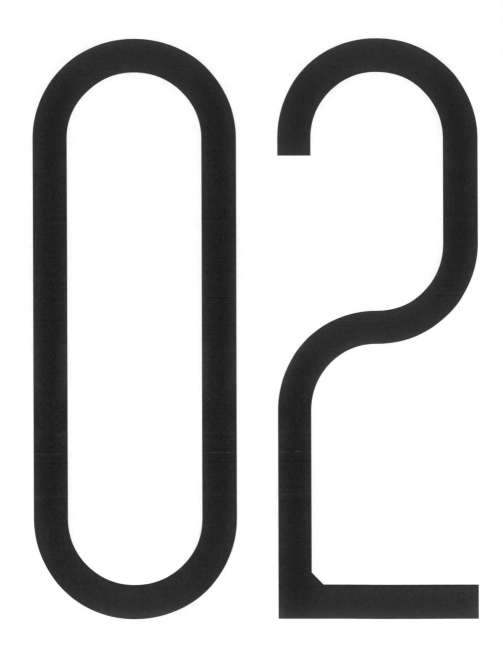

在我有記憶的時候，我就知道有兩個媽媽。

一個年紀比較大，白髮比較多，另一個是黑髮，總是綁著馬尾，在我有記憶的時候，就是這兩個人輪流照顧我，陪我玩，但時間都不長，通常我就只是在寬闊的木床上躺著，餓了就哭，尿尿大便了也哭，一直覺得自己好像是一個人比較正常，反而是這兩個媽媽在不一樣的時間回來時覺得有點不習慣，不知道為什麼，聽不太懂聲音，可能是因為並沒有對象吧？媽媽嘴巴在動什麼，我有的時候也聽不太懂，我不太清楚什麼叫語言，可能語言在我身上並不是語言，或者是說，替代成其他的什麼了也不一定，在那時候，在我剛有記憶的時候，我除了哭跟睡覺之外，就是一直盯著天花板那個斑點看，怎麼看都看不膩，每天都覺得它的形狀不一樣，有的時候是一個人的側臉，有的時候是一隻狗正在張嘴，有的時候則像是一台收音機，沒辦法，實在太無聊了。

然後記憶開始變得模糊。

好像每一天都差不多的流程，所以記不太起來，還是因為記憶力沒那麼好的關係，我也不知道，只是覺得，在開始有記憶之後，記憶就不太流動了，醒來了開始哭，感覺周圍亮亮的，我的頭不太能轉動但感覺有一個洞之類的東西照射進刺眼的光線，我就想躲開，但我根本沒辦法動，所以就只能任憑這個光線在我眼睛裡閃爍，我就算閉上眼睛還是可以看到上一秒烙印在我眼睛裡的那刺眼光線遺留下來的殘像，黑暗中有什麼東西在動，我的眼睛就在閉起來的時候追著那殘像跑，那東西也永遠都追不上，只要我看到它那個地方，它馬上就往下個地方移動，到了視線的極限範圍的時候，它就再順著移動過去的路徑往回跑，真的怎麼樣都追不到，但當然，我也知道，這樣的時間不會停留太久，這光線持續存在的時間我不太清楚，只大概知道不會很久，很快的，追逐的遊戲結束，哭累了，我又再睡覺。

不知道睡了多久，應該不久，我醒來之後就盯著那個張嘴的狗看，今天看起來是這樣啦，既然沒辦法玩追逐遊戲的話，就直直的盯著它看，有的時候它會從一隻張嘴的狗慢慢變成其他差不多形狀但卻一點關聯性都沒有的東西，這時候就很好玩，也有可能是筆芯斷掉的筆，也有可能是一張撕碎的紙，或者是翻開的書本，這一點很有趣，如果說那光線是短時間的話，盯著這個的時間比它要長上許多，有一段時間，我除了玩光線殘像追逐的遊戲之外，在天還是亮的時候就只是盯著這東西看而已，怎麼看都看不膩，但這也只是在記憶模糊的時候而已，很快的，我就不再管這個斑點。

天黑的時候不一定是哪一個媽媽來我旁邊幫我擦大便餵我東西吃，有時候是綁馬尾黑髮的媽媽，有時候則是白頭髮的媽媽，白頭髮的媽媽比較不常動嘴巴，反而是動作很多，不像黑頭髮的媽媽只是隨便弄一下我，她會長時間的玩我，不過我並不覺得討厭，可能我很開心，畢竟真的幾乎沒什麼時間是有人在我身邊的，可能我也在笑吧？有聲音嗎？不太清楚，總之可能我的反應讓她覺得很開心，所以才一直玩我吧？有的時候她嘴角揚起，又動了嘴巴，但我還是聽不懂，我只是一臉疑惑的看著她，她則是像要解釋一樣的又再動起了嘴巴，但當然我還是滿臉疑惑，然後換黑頭髮媽媽來的時候，則是不斷看著她的嘴巴在動，聽著那音量覺得簡直像是某種電視壞掉的雜訊一樣，很有規則的，但當然我也沒辦法表示什麼，也不知道要怎麼樣跟她表示我聽不懂也不想再聽了，她不一定會看著我，基本上像是對著不知道誰那樣一直動著嘴巴，我有時候會乾脆閉上眼睛，雖然周圍天是黑的，但可以感覺到原本天亮時那像斑點一樣的東西附近有一條長長的東西也很刺眼，但不會發燙，不過總覺得沒那麼好玩，雖然閉上眼睛一樣可以玩追逐的遊戲，但這東西很快就追上了，一點都不好玩，我能做的並不多，雖然說我會哭，但我也不會一直哭，不然也很無聊，又會很累，倒不如玩點其他的遊戲，心情還好一點。

記憶模糊的時候記得的事情差不多就是這樣了，應該也差不多只有這樣而已。

等到有新的記憶進來的時候，我已經可以稍微的移動身體，不過幅度不大，大概只是翻身的程度而已，我除了會翻過來看玩追逐光線的遊戲之外，也開始會一個人動嘴巴，跟媽媽動嘴巴不一樣，我不覺得吵，只是聽不懂而已，可能根本也沒什麼吧？也許一點意思也沒有也不一定，我不敢確定，開始覺得無聊的時候，就大便，但也沒那麼常哭了，因為我知道自己一個人哭完全不會有人理，天亮的時候，我就翻身，玩遊戲，動嘴巴，差不多這樣而已。

有一天，不知道為什麼醒來的時候看到黑頭髮的媽媽，天是亮的，為什麼她會在？我不知道，只是支支吾吾的動了嘴巴，然後她就過來了，不知道為什麼幫我擦身體餵我東西跟水，天花板被她擋住了，她一直從上往下看著我，嘴角又微微揚起，但馬上表情就變了，感覺好像怨恨著誰一樣的看著我，她的嘴巴在動，但我還是聽不太懂，她兩眼發直的看著我動著嘴巴，我只能避開翻身而已，但她馬上把我翻回來，完全不管我，就只是像怨恨我一樣的對著我動嘴巴，好像我不能不接受的樣子，但不知道為什麼，表情過沒多久又立刻改變，嘴角又揚起了，然後從俯瞰我的姿態離開，因為我看不到，也不知道她去做什麼了，只是我又能看到天花板的狗，也可以自己翻身了，黑頭髮媽媽的音量又變回去，還是很吵，雖然我很想哭但一點都哭不出來，不知道為什麼，過沒多久之後，音量消失，也許她已經不在了吧？屬於我一個人的天亮又再度來臨，刺眼的光線又射了進來，我又再度的玩遊戲，翻身。然後過沒多久白頭髮的媽媽出現了，怎麼今天天亮的時候那麼多人？我一點都搞不懂，她拿著我看不懂但很吵的東西在我眼睛前面晃動，每搖動一次那聲音就變得更大更吵，但她好像一點都不覺得吵的樣子，似乎還很樂在其中，扶著我的身體不讓我翻身，她一樣擋住天花板的狗，一直搖動那東西，嘴巴一邊揚起一邊動，這些大量又複雜的聲音傳過我的耳朵，沒辦法，我直接哭了出來，她才終於把那東西放下，不再搖了，稍微安靜了點之後，她開始玩我的身體，白頭髮媽媽一直在動嘴巴，然後那刺眼的光線來了，這光線穿過我跟她在我們身上畫出一條直線，同時照射到我也照射到她，我這才支支吾吾的好像笑了（應該吧？），然後她嘴角也揚起，開始動起了嘴巴，一開始我還是聽不懂她到底在發出什麼聲音，我只是覺得這光線很好玩而已，我們兩個暫時都讓這個光線包圍。

過沒多久，她好像覺得不妥似的把我挪開來，但我就是想讓這光線照射，所以我哭了出來，一開始她好像還不懂的樣子，只是又動了嘴巴，不知道該怎麼辦的感覺，我只能自己翻身回去那光線裡面，才稍微停止了哭泣，應該是又笑了，支支吾吾的，再閉上眼睛玩這追逐的遊戲，她看到我閉上眼睛之後，好像又覺得哪裡不對，再度的把我挪開，完全不懂我在想什麼，沒辦法，我自己再翻回去，她開始搞不清楚了，到底是該讓這發燙的光線照我，還是不該呢？嘴巴開始動起來，又發出模糊的聲音，我沒有管她，只是繼續讓這短暫的光線照我而已，這是很寶貴的時間。

然後我才慢慢的從她那模糊但規則的聲音聽出點什麼。

「喜歡嗎？這個是太陽先生喔。」

03

最近一直很奇怪，走路的時候也覺得很怪，常常走著走著就陷入某種單調的迴圈當中，而這迴圈，是由單一的思考形成的，不管是任何想的或者看到的，就會單一的只看到或想到這件事情，例如走過一棵路樹，瞳孔映入了這棵樹的形狀，然後在腦袋裡就會無限的映出這個形狀，直到注意力又放到下一個路燈的形狀，然後在下一個東西之前，就只是保有這個無限輪迴的印象當中，聚焦變得很奇怪，而且常常聚焦過度，眼睛總飄來飄去，然後飄到的地方又只會看單一一個點，在移到下一個點之前，就一直看著這個點，常常出神到忘記自己正在走路這件事，看到的東西還好，如果同時又在想著什麼的話，除了瞳孔之外，又有一個單一的腦袋在運轉著，這是最近比較常發生的怪現象，雖然以前也有過，不過通常是疲勞過度才會發生，最近則是隨機性的也不一定在深夜，有時候下午就會出現，我就盯著電腦螢幕上的一個字，無法再繼續思考下去，打到一半的小說就會停住（雖然本來就停了），眼睛就只注意在幾個字上面而已，在做什麼，根本沒辦法經歷，做事情的本身會被抽離。

首先我看了我的信箱，不過想當然的只有一堆廣告信，這也是習慣，信箱看完之後，我就打開網頁，看看到底演變成什麼樣子了，新通知已經不顯示數字，只是顯示了十，這樣應該是代表已經超過一定的數量吧？我點開來，大部分都是回覆，誰誰誰對你的留言有新的回應，我一則一則的看，大部分無關痛癢，客套的居多，我想了想，然後一則一則的回應，還不能每個都回得差不多，要有點變化才可以，也不能偏離主題，要順著他回的內容加以回覆，交友就是這樣，要拿出那假得可憐的真心，讓對方以為你的心被你拿出來了，除了自然之外，這應該也是網路交友的一大特徵，就是要假得很真，好像只有自己才知道那是假的而已這樣，假成這樣，就越容易得手，其實我也只是拿現實上的交友來設想而已，會不會其實不是這樣，這套早已過時了也不一定，我不知道。

在我回完這些留言之後，我想，我應該創立一個自己的話題才對，不要只是專注的在別人的文章底下留言，有時候要找也不好找，也不主動，要在網路這片海留下什麼東西，緊抓著別人不放的人永遠沒辦法留點什麼，即使只是丟一顆石頭，主動的丟一個小石頭，也比抓著別人要來得有效果，如果沒人氣，那就再想辦法創造一個更有人氣，石頭更大顆的話題，我把我小說的一部分刪減，然後上網隨便找一張看起來好像有什麼的圖，配上圖之後把修改過的故事貼上去，前後也差不多快一小時，夜已經深了，但網路的世界不會停止，就是在這樣的時間人們才有時間坐在電腦前上網看這些東西，這個故事發布完之後，我先去樓頂，夜晚的鎂光燈加上空氣品質，把整個夜晚蓋上一層灰紗，我坐在幾乎沒有圍起來的樓頂邊緣附近，一邊想著那閃不停的通知，然後接下來要怎麼做比較好，我想到了信箱這件事，我可以在我的個人簡介上留下我的信箱，這樣別人如果想對我說什麼可以直接寄信給我，就像大樓外貼滿的那高調得嚇人的房仲廣告一樣，我也可以把我的聯絡方式寫上去，房仲廣告總是寫著誰誰誰正在哪一區賣著什麼樣的大樓，每個詞都低俗，但很接地氣，赤裸裸的照片也在修圖過後顯得每個人都長得差不多，好像房仲廣告只分性別一樣，是啊，網路也只分性別，有的時候甚至也不分性別，沒有人知道你長得怎麼樣，在做什麼樣的工作，可以的話甚至連年齡都可以不透露，沒有一個人真的會記得房仲廣告上的電話是幾號，叫什麼名字。我起身試著真正靠近樓頂邊緣看看，蓋這棟大樓的時候既然有留樓梯沒想到有人真的會上來嗎？還是為了省錢所以這些該有的防護措施都沒有用？當然我不知道，不過我也沒有膽子大到直接往下看，也不是真的在邊緣，只是好像這樣而已，我即將做的也是像這樣的事情，讓人不注意你都不行的事情。

隔天醒來，並沒有馬上打開電腦，而是先準備打開電腦這件事，今天並沒有要去哪裡，所以我必須準備今天這一天，我大概猜想得到，會是漫長的一天，打開電腦，泡麵泡得差不多了，我撕開包裝，用免洗筷攪拌了一下麵，一邊等著開機一邊品嘗這已經習慣到無味的泡麵，只是讓某種細長帶點捲曲的順滑物體，通過我的喉嚨進到我的胃裡而已。

吃完泡麵之後，電腦已經開好了，我先打開信箱，不過還是沒有除了廣告信之外的其他任何信，我一樣把廣告信刪掉之後，打開網頁，通知顯示著+，應該也是超過數量了，大部分還是很無聊，我也回回無聊的事，不要花太多時間在這上面，這些人並不是我想要找的人，一樣慢慢的回，慢慢的等待時間經過。

我的小說不管是哪樣都可以進行得下去，就是卡在這種地方，我躺在床上想，我要怎麼從簡短的留言當中，讀出這個人我感興趣呢？再怎麼說，留言都是很片面的東西，可能只是那一刻正在想的事情而已，不太能看清楚這個人到底是什麼樣的人，如果沒有人寄信給我，就只能這麼被動下去嗎？不行，我必須主動一點才行，我必須與這些人聯絡上，事情才有發展的可能，事情也許會很順利，但也可能哪裡也去不了，只能試試了，我把每一個不像是媽媽的人自我簡介都看過一遍，但幾乎很少留信箱的，終於，看到一個自我簡介寫得還不錯的人有留信箱，我想了一下，如果太唐突的寄信過去，可能只會造成反效果，但沒辦法，我如果要有進展的話，必須做點事情，我開始寫信，不打算寫太長，並不急，我想。

不知道過了多久，我好像睡了一下，意識模模糊糊的，並沒有注意時間，所以也不知道過了多久，只是好像暫時之間意識跑掉了，等我回過神的時候，信箱裡面已經躺了一封信。

「沒想到真的會有人寄信給我。說真的，我雖然留下信箱，但沒有一個人主動跟我說話喔，你是第一個，因為現在在上班，沒辦法回得太長，也許等我下班之後再仔細看看，很高興認識你，祝安。」

雖然很短，我簡單的回了信，看了一下時間，離下班時間並不遠，然後我刻意的把喇叭的聲音調大，讓信箱保持在頂部，這樣只要有新信進來就會有通知，我隨便吃了點東西，有時候躺在床上，有時候在桌子上翻找食物，已經不管什麼新通知了，那些對現在的我來說一點都不重要，現在重要的是這個人。

天黑了，房間也開始變暗，冷氣之間也不再滲進光線，應該是下班時間了吧？然後我就一直在等待。

當然有廣告信進來，有聲音，我就去看，然後刪掉廣告信，繼續等。

這次的不是廣告信。

「我下班了，剛剛看了一下，原來是你啊。我覺得你說話很有趣，所以就留言了，雖然現在依舊不知道為什麼你會寄信給我，不過我想都是種緣分，可以跟我說為什麼會寄信給我嗎？我這個人就是不太引人注意的那種人，所以一旦真的有誰注意到我，我就覺得很奇怪，當然經驗並不多，這世界並不會特別有誰去注意誰，尤其我不是名人，所以我的一舉一動都沒有人發覺。覺得下班沒事也是沒事，那就來看看別人到底都在討論什麼，說些什麼，在過著什麼樣的生活，我很少留言喔，多半是看而已，像現在這樣有誰寄信給我，然後我回信，我想真的都是緣分，但我這個人啊，不太會寫什麼信，覺得信都是很正式的東西，自己不太會這樣的事情，我比較隨意一點，如果不介意的話，我們可以先寄寄信收收信，這樣也不錯。」

我思考了一下，他沒有拒絕，我們可以先寄寄信收收信，文字本身很低調，好像真的不太會寫信的樣子，不過感覺不出來是什麼怪人，可能是個好人也不一定，現在的時間是晚餐時間，我又吃了一個水果罐頭，依舊吃不出什麼水果味，過了大概一小時，我把信件寄出。

為了掩飾我的不安感（這之中帶點興奮），我躺在床上用涼被蓋到頭以上，暫時一動也不動的，只是把耳朵放大聽新信的音效。

很快的就來了。

「所以是因為這樣嗎？真讓人搞不懂。不過總之你寄信給我了，結果上是這樣。先跟你簡單介紹一下，我的簡介沒有寫，我是女的喔，快三十歲，正在上著無所謂的班，拿著無所謂的薪水，過著無所謂的生活，大概是這樣啦，大概知道就好，反正可以再聊，嘿，要怎麼稱呼？有沒有什麼比較好叫的暱稱之類的，不過會寫信就是寫給對方，好像怎麼叫都可以的樣子，只有對方會看到啊，現在到睡前還有點時間，我隨時都ＯＫ喔，信都會收，你看到的話都可以寄信給我，我下班時間很正常，上班也是用電腦，所以偶爾可以收收信無所謂，不過可能沒辦法回太長就是了，但讀是沒問題，我這個人啊，實際上很簡單。」

女的快三十歲，上班族，覺得無所謂，可能有些什麼也不一定，我覺得可以繼續進行下去，雖然我還不知道，不過我想確實的有誰投入我的懷中了。

04

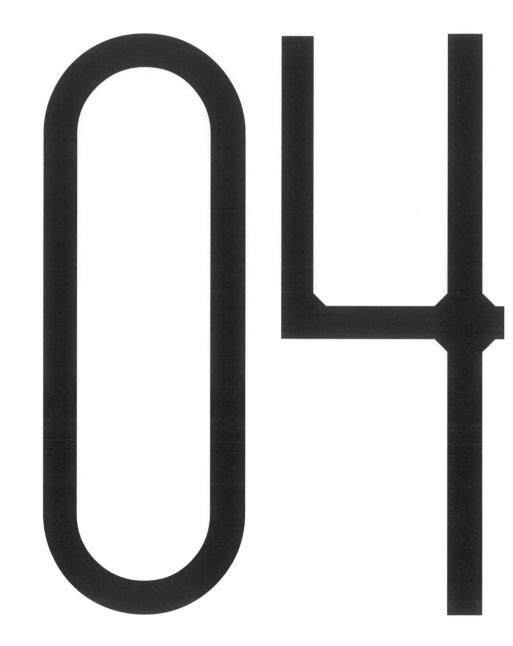

常常記憶來得很快，去得也很快，我幾乎在毫不知情的情況下，時間慢慢的就過了，我並不知道過了多久，晚上兩個媽媽會說話，但我還是聽不懂，我的語言始終只是我的語言，誰也傳達不到，無所謂，我並沒有要和誰對話的意思，誰說語言一定要對等才可以，一個人也有一個人的語言啊，媽媽們說話不太一樣，我依舊覺得為什麼人的耳朵不能設計成可以自由開關的器官，有的時候什麼也不想聽，記憶不是很順暢的進行，所以關於媽媽們我也不是記得太多，至於什麼是記得的，可能就是白天那空曠的床跟太陽先生而已了吧，晚上除了會在冷冷的光線下醒來之外，幾乎不太有印象，那深得可怕的寧靜，閉上眼睛又都什麼也不記得，然後睜開眼睛周圍一個人也沒有，沒關係，這才是我習慣的，一個人才是自己想要的，這很早就知道了。

某一個白天的時候，等到察覺的時候已經發現視線變高了，我不太懂為什麼會這樣，只依稀記得自己好像出了一點力氣，可以看到原本只看得到桌底的桌面，然後太陽先生來的時候，我可以移動到光線底下，已經不需要等待光線直射我，我可以去找光線，然後再自己離開光線，雖然動作很緩慢，不過我也不知道什麼叫做快，我慢慢的移動，一邊發出聲音，我好像可以在床上稍微的動作，不過是什麼動作我不太清楚，只是自己稍微出了一點力氣而已，背挺得直直的，沒辦法持續太久，老實說這樣有點累，以我的能力對我來說高視線沒辦法維持超過太久，不過是多久，我也不知道，自己現在知道的東西實在太少了，我必須要知道更多的事情，至少讓語言變成語言，而不是只有支支吾吾的而已，在玩過追光點的遊戲之後，太陽先生也消失了，我也找不到它了，可能今天只能這樣而已吧，然後我只是恍惚的看著那張嘴的狗。

到了晚上，先在我旁邊的是白頭髮的媽媽，沒有聽到黑頭髮媽媽的聲音，所以應該是不在，我好像睡著了，看著狗莫名之間就睡著了，屁股覺得濕濕的，大概尿尿了，白頭髮媽媽幫我擦乾淨換新衣服之後，我試著跟白天一樣出點力氣讓視線變高。

「唉啊，會坐啦，真了不起。」她似乎很驚訝的說。

「阿婆扶著你，可以看到不一樣的世界了喔，這是很重要的一步，接下來你將會越長越大，學會更多的東西。」我聽不懂她在說什麼。

在我知道這叫做走路的時候，也是很久之後了。

然後在夜晚到來的時候，我通常也都累了，但好像這時候白頭髮的媽媽才特別積極的想看我改變，常常做出我不理解的事情，我會走之後，可以看到她都在我附近，我開始到處走，她也跟著到處走。

「欸那邊是門不要走出去，外面很危險喔。」然後她擋在我面前，外面是什麼我不知道，只是這是我走路的路徑。

然後這個被稱做門的東西就不曾在我的視線裡開啟過了。

「寶貝，會走路了之後想學什麼新東西啊？可以的話跟我說喔，我都會幫你，不過我只是輔助而已，屬於自己的東西還是屬於自己的。」她跟在我附近說。

我支支吾吾的回了什麼，然後她就笑了。

「是不是該叫聲阿婆了啊？阿婆好想聽到你親口說出這句話，我會很感動，可能會哭喔。」然後她把手放在眼睛底下不知道在做些什麼。

「但好像應該先叫媽媽才對，不過你媽媽啊，好像都沒照顧你的樣子，把你隨便生下來，然後就都給我管了，應該跟你說聲抱歉的，不過媽媽不是只是生下你的那個人而已喔，最常出現或第一個出現在你身邊的那個人，也是媽媽喔，不是有動物是這樣的嗎？我想我們人也是這樣，會認東西喔，有的時候你想叫我媽媽也可以，不一定要叫我阿婆也沒關係，那東西只是一種名稱而已，對你來說我不一定是阿婆對不對？」我一邊走著她一邊跟著說。

即使應該過了很久，應該吧，時間還是不站在我這邊。

我雖然可以自己走了，但門始終不會敞開，白天的時候是如此，一個人走著，到了晚上就一個又一個的媽媽輪流來，自從我不再撲向她的身體，白頭髮的媽媽似乎就在想著該用什麼樣的方式逗我開心，我不是不開心，只是開心不起來，但我也不知道怎麼樣表達自己這樣的情緒。我只是讓時間帶過我而已，什麼也沒有產生，好像我的時間本身不是什麼樣的時間一樣，我的時間除了白天之外，好像周圍開始出現人之後，我的時間就是屬於她們的，我沒辦法主宰什麼，她們的時間才是時間，我配合著她們，我可能擁有了某一部分的自由，但同時也消失了非常多的自由，走路可能是種自由，自己可以選擇要去哪裡，而不是被抱到哪裡（雖然幾乎都在床上，以前），即使走不到太遠的地方，但不能說這就不是自由了，但說真的這是種自由嗎？

慢慢開始覺得音量本身具有某種意義，不再單純只是頻率而已，這也是時間帶給我的東西嗎？我雖然不太懂，但好像只能這樣解釋，我聽到好像是車子的聲音，哪裡的人正在對話的聲音，還有狗在叫的聲音，好像不遠，似乎就是從四周傳過來的，但這些聲音，這些意義到底是什麼，我無法一一理解，只是懂一點，我有的時候想回應什麼，但自己沒辦法發出自己心裡所想回應的聲音，時間還是沒帶給我太多東西，我一邊在房子裡走，一邊聽這些聲音，試著理解，然後再有新的聲音傳進來，又再去想辦法理解，聲音本身裡面竟然有別的什麼東西，聲音有意思，這對目前的我來說還無法承受，可能還是要讓時間經過，或許會習慣，現在就是不上不下既麻煩又新奇的某種東西而已。

「怎麼啦？最近都很早就睡了，白天玩累了嗎？」某個夜晚白頭髮的媽媽說。

「你都要三歲了，其實應該要送你去幼稚園的喔，但我們沒那麼多錢，你媽媽也沒上幼稚園過啊，但還是乖乖的長大了，幼稚園這東西啊，就是給有錢人上的，那些有錢人總是不管小孩的感受就強迫把孩子送過去，但老實說這時候的小孩根本不應該離開父母的啊，我是這樣想啦，但我們沒辦法，要工作，不然我們要怎麼生活呢？寶貝也還不喜歡離開我對不對？這時候如果把你提早送去那根本陌生的幼稚園的話，阿婆不覺得是什麼好事喔，首先就是陌生的同學跟老師，他們跟你不一樣，都很笨，所以阿婆不覺得把你丟到這群人裡面對你是好的喔，可能可以學習一點跟人相處的技巧，但跟一群傻子在一起的話，自己也會變傻的喔，你很聰明，我知道，你一定在那些玩具之外的東西學到了很多，雖然你說不出來，但阿婆感受得到你確實的在長大。」可以理解一部分，其實我白天不覺得無聊啊，反而白天比夜晚好玩多了，一個人多好，但我聽不懂什麼幼稚園。

「今天阿婆沒有班喔，沒有那麼多房間要打掃，所以可以一直陪你，有沒有希望阿婆做什麼事情？什麼都可以喔，阿婆啊，一直以來就是太會讀空氣察言觀色了，所以活得很累，其實自己才是最重要的，但實際上碰到人的時候，自己好像就消失了，周圍填滿了人，我為了混進這些人裡面，為了要自然一點，自己只能變得不自然，很奇怪喔，明明是為了自然，但所做的事情卻不自然，自己知道喔，我正在做著不自然的事情，但沒辦法停止啊，好像一旦停了，周圍的人馬上就會消失離我遠去的樣子，如果自己一個人的話，什麼也沒辦法做，沒辦法對話，沒辦法產生互動，什麼都沒有的一個人，是阿婆最害怕的，你呢？你是怎麼樣想的？」好像是什麼自然不自然的詞彙，還有什麼一個人不一個人的，我想表達什麼，但只能製造某種頻率而已。

「你想說話對不對？你聽得懂我在說什麼對不對？試著說看看，阿婆會很仔細的聽，什麼都好，也該說話了，不然阿婆不知道你在想什麼。」她把我抱到懷裡，面對著我說這些話，好像是一件很重要的事情一樣。

「阿婆，來，試著說看看，阿，婆。」她慢慢的動著嘴巴，試著讓嘴型完整一點，當然我知道她在說什麼，我為了讓她開心，也試著想回應，但不是很順利，雖然有點聲音，但不是什麼語言。

「還是說看看媽媽呢？會不會應該先從這句開始，好像比阿婆要簡單一點，來，說看看，媽，媽。」她依舊慢慢的讓嘴型清楚一點。我都知道妳在說什麼，我也想回應，只是我做不到啊。

就這樣的來回，我順著她發出一點聲音，她再做新的動作引導我發出聲音，但我一切都聽得懂，不是多難的句子，也說得很慢。

「該怎麼辦才好呢？」她開始感到困惑了，我也覺得蠻困惑的。

「我應該再刺激你，還是慢慢的讓你看我的嘴巴在說什麼，你再試著模仿那樣，或者是今天就先這樣就好了，看你好像很累的樣子，會不會我太急了，沒事，說話慢慢來吧，你先休息沒關係。」然後她把我抱到床上去，讓我躺平開始拍我的身體，我覺得好多了。

『啊……啊……啊……波。』這是我說出的第一個像語言的句子。

05

『我先簡單的自我介紹一下，我也快三十歲，我啊，雖然不是做什麼了不起的工作，但好歹也是領著月薪的自由業，有一點很抱歉的是，我是男的，不知道妳會不會介意，不過妳放心，自己蠻無害的，我只是覺得妳的留言蠻有趣的，然後點進去看了一下妳的自我簡介，莫名的就發現了信箱這樣，確實是種緣分也不一定，自己並不是每個人都這樣點開來看的喔，我覺得妳的文字本身雖然短，卻似乎不只是短這樣而已。』在送出之後，已經忘了剛剛到底說了些什麼，不知道她會怎麼回，不過她說了自己今晚都在，應該不會等太久，反而是我讓她等比較久的感覺。

我只是坐在生鏽椅子上發呆，大概十分鐘之後，通知響了。

「這麼巧，我們的年齡蠻接近的，工作這種東西其實不管怎麼樣，只要有錢就好了啦，像我這樣每天去一樣的地方上班有的時候還加班，但每個月的錢都一樣，有的時候也是蠻可憐的，其實我只是想趕快下班而已啊，所以啊，還蠻羨慕你的工作型態的，自由業啊，聽起來就很自由，是不是什麼快飛起來的職業啊，開玩笑的，反正我的意思是，工作不管是什麼，都不重要，我也不會在意這個，為什麼連通信對象都必須在意他的職業不可？這不是很奇怪嗎，你說我的留言蠻有趣的，實際上感覺到了什麼？其實沒什麼也不會怎麼樣，如果覺得這個問題很難回答的話也可以跳過。」

我花了一點時間一個字一個字的看，因為有點長，用點時間理解。

我馬上的回，不過因為有點長，所以光是要打字就花了點時間。

『工作我也不想多說，反正就是工作，如果妳不覺得怎麼樣的話，那就不用多說，加班沒有加班費的嗎？這樣也有點可怕，就是一個工作的成立其實就是某種無條件的付出之類的對嗎？我把自己賣給你了，你要怎麼用，其實我一點辦法也沒有。

我自己一個人住喔，雖然不是多了不起的地方，如果要我跟家裡的人住的話，我是完全沒辦法，那根本就是種自由的剝奪啊，隨時都有可能被叫走，隨時都會有誰經過，這樣的事情光是想像就很可怕。我覺得妳的留言怎麼說，雖然很短，但好像不單單只是那樣而已，裡面有某種聲音，不是只是魅力這樣無聊的東西而已，我似乎聽得到妳文字裡的聲音，很奇妙，雖然說很多人留言，但幾乎每個都沒什麼意思，既沒有聲音也沒有魅力，就只是文字的排列那樣而已。』

「你說我的文字裡有聲音，是什麼樣的聲音？你聽到了什麼可以跟我說說看嗎？自己完全不知道這種事情啊，蠻好奇的，不過，你的文字對我來說是有趣的，這點不會變喔。」

這段時間我只是打開窗戶，然後再關起來而已，並沒有風，這樣做一點意義也沒有，但沒辦法，如果不這樣的話靜不下來。

『怎麼說，妳的文字裡有種，在安靜的夜晚安靜的在周圍颳起一陣風的聲音，不知道這樣解釋妳明不明白，就是一種很低調但同時不讓人注意都很困難的那種聲音，風通常也是很短的，妳的文字也一樣短，但空氣的流動本身就改變了，如果妳正在旁邊的話，那感覺會確實的傳到妳的身體裡，而那聲音，雖然不是每個人都會注意，但我想每個人都有聽過才對，只是會不會留意的問題而已，妳有留意過嗎？風的聲音，短暫且安靜的風聲，那很優美，尤其是在夜晚的話，會更加的清楚，而現在就是夜晚，剛剛也颳起一陣一陣的風。』我覺得我真的很會亂說話。

「完全搞不懂呢，那種聲音，不過這樣說起來的話，應該是有這樣的聲音才對，這世界也不得不有啊，沒有的話好像會變得很奇怪，所以是很低調的那種嗎？確實我很低調啊，沒想到這些都可以從文字上讀得出來，你蠻厲害的，雖然我搞不懂這種聲音，不過自己颳起一陣一陣的風，聽起來蠻美的，自己喜歡美的東西喔，只要是女生沒一個不喜歡的吧？」

這次的很短，大概因為我只回了關於聲音的問題，不過並不是我對其他的沒問題，只是覺得先回這個比較重要。

『妳對男性第一印象是什麼？』

「洗澡洗很快。你呢？對女性的第一印象是什麼？」

『洗澡洗很久。』

「確實喔，嘿，不介意我現在去洗個澡吧？如果再不洗的話，頭髮很難乾，長髮沒辦法一直用吹的啊，所以啊，要留點時間讓頭髮乾，如果不乾就去睡覺的話，隔天起來可是會發生悲劇的，至少我不想隔天去上班還要弄什麼頭髮就是了。」

『沒關係啊，不多說了，妳趕快去洗吧，如果我害一個人隔天起床悲劇的話，自己會過意不去。』

「等會見，你先寄信給我沒關係，晚點再看。」然後我們之間停止了一段時間，當然我還有很多可以說的東西，不過我不打算第一天就把全部都說出來，我想她也是一樣的。

我沒有照她說的再寄信給她。

外面偶爾聽得到汽車或機車把消音管拔掉過去的聲音，不過這些聲音只是通過我的耳朵而已，並沒有到我腦裡，星星停止移動了，還是月亮小姐停止移動了，我也不知道，我閉上眼睛，剛剛的光點化為一顆亮色的星體在我瞳孔之間來回穿梭，似乎還有月亮的存在，不過形體都變了，只是好像就位置上來看，應該是月亮沒有錯，我試著在閉上眼睛的黑暗之間追逐這些亮點，不過很快的就膩了，我睜開眼睛之後，不知道剛剛到底在做什麼。

不知道過了多久，並沒有聽到新信的通知。

隔天白天並沒有什麼事，我本來想寫封信給她，但不知道該怎麼開頭，一邊做著無關緊要的事一邊想著要問她些什麼，說些什麼，如果我今天不寄信給她的話，只能等她寄給我了，但我想了想，可能還是必須我主動一點比較好，畢竟昨晚是斷在她的回信裡，照理來說應該要我再另外回她開頭才對，會不會她根本也不想跟我繼續下去了？可能吧，我這個人除了假裝之外，就沒什麼值得一提的事情了，可能可以引起人短暫的注意，但很快的就消散而去，假裝有什麼，注意到了什麼，然後發現了什麼，做了些什麼，想了一下什麼，最後放棄掉了什麼，一直以來都只是這樣的程度而已，其實自己一點也不吸引人，也不是第一天知道的事情了。

然後我開始想下一篇文章要寫些什麼比較好，如果想不到什麼，又沒事做的話，就來想想這個事情，必須要有個樣子，那才有辦法假裝，不過我也不知道到底該假裝什麼，沒有一個目標的話，假裝是成立不了的，當然也許可以假裝成一般常識上的像是善的那樣子，但我不覺得那可以怎麼樣，可能可以說是我不理解什麼是網路上的常識的善比較適合，是啊，其實我並沒有在什麼網路的虛構世界活躍過，當然不會知道，我只知道現實上的常識，而且可能也不準，常識這東西就是人們自以為大家都懂的不會多加討論的東西，好像既定就是怎麼樣怎麼樣，如果還必須加以說明或是解釋的話，似乎就不是常識了，默認的常識，才是這社會的常識的樣子，不過，可能每個人自認的常識應該都不相同，我想應該是不同的，不然也不會出現哪個讓人討厭的傢伙，可能就是彼此的常識不一樣，才會惹得有某一方討厭吧？相對的，如果常識接近的話，可能會彼此喜歡也不一定，不過也很難說得準，喜歡有很非常多種，常識性的接近只是某一種喜歡方式而已，但不會變的是，常識接近，大部分都會彼此喜歡才對（應該吧？），我不知道為什麼想著想著會想到這邊，明明我只是想要寫些什麼而已，為什麼會扯到常識性的東西呢？還是說這就是我準備要發布的文章的內容呢？也許可以，這似乎有一點什麼，其實只要像這樣的東西就好了，我可能搞懂了什麼，但只是沒有加以討論的常識上的搞懂，其實真的有懂還是沒有懂，沒有一個人知道。

然後我把剛剛想的稍微整理了一下，嗯，我現在做的也只是常識上的，想再多都沒有用的那種，只是走進了哪裡然後找到出口準備出來那樣而已，出來之後，就馬上忘了是怎麼進去的，在裡面做了什麼，只記得自己出來這件事情，我所做的差不多是這樣的事情，發布之後，看外面應該是接近黃昏的時候，差不多是下班時間了，暫時還不想看什麼通知，為了把這些抹除，喇叭關到靜音，螢幕稍微的闔上，躺到床上去，為了通風打開了窗戶，外面已經全黑了，看得到各種霓虹燈開始活躍，白天明顯的廣告看板已經不再明顯，嘿，你的時間已經過了，想要對誰微笑的話，明天早上再說吧。

為了解決晚餐但又想有點變化，我打算走到下面的攤販去買點什麼，常常經過，總是沒什麼人的攤販，只大概知道是賣吃的那樣，沒特別留意，有沒有都跟我沒什麼直接關聯的那種攤販，不知道為什麼，今天想吃這些東西。

我不知道現在幾點，其實幾點都無所謂，不管怎麼說都是夜晚沒有錯，我把闔上的螢幕打開，由於已經把瀏覽器最小化，所以沒看到有沒有新通知，現在還不想，我先打開了信箱，裡面有一封她寄來的信。

「常識確實是某種難以言喻的東西喔，說出來的話有時候可能會被人笑也不一定，而且好像一說出來，那東西就不再是常識了，所謂的常識還是讓它保有某種祕密比較適合，不過啊，不要被常識綁死，有的時候某種程度上常識的鬆綁也是很重要的事情，把其中一個結鬆開，如果一個繩子上有很多結，把其中一個結鬆開了也不會怎麼樣對嗎？

繩子還是繩子，常識還是常識，只是一種象徵性的意涵，可能沒什麼用也不一定，不過我覺得常識上的鬆綁對我來說很重要喔，例如今天一樣在上班，但我有時候會在上班的時候看看一些跟工作無關的網頁，像這樣的事情，我想對誰來說都是一樣的吧？我覺得啊，常識不是用來規範誰的，雖然是某種規矩，但沒規定說不能不照著走對嗎？有時候不要想得太死，不過啊，只是自己說大話而已啦，怎麼說，我對於你說的這些話，有這種程度上的想法。」

看樣子確實有點什麼，讓人可以想點什麼的什麼那樣的東西，我的方法沒有錯，只要繼續這樣下去就好了，我想會順利的，也許網路就是這樣的世界。

『怎麼樣，今天早上有悲劇嗎？』我不打算再繼續常識這個話題，對我來說已經夠了。

「嗯，沒有悲劇喔，昨晚確實頭髮乾了。我其實有想過啊，要不要再寄信給你，其實還有很多可以說的，不過怎麼說，想了想還是算了，我覺得我一說下去就會沒完沒了的，被當成煩人的傢伙，至少不想被你討厭，而且有時候啊，話題也不是一直讓它延續下去就是話題，沒有主題性的話，只是句子的來回而已，如果這樣的話，我想不是什麼通信，就變成無意義的閒聊而已了，嘿，我們的來回可以如我所願的有些主題性嗎？雖然是我的一廂情願，就是，不要讓它變成閒話家常，這樣的話豈不是跟那些在等垃圾車的時候大媽的互相瞎扯一樣了嗎？不要這樣喔，即使那樣並沒有什麼不好，怎麼說，我想動腦筋，想在文字之間想事情，然後讓它化為文字，我覺得這樣對我來說是好的，不知道你怎麼想。」

對於這個要求我有點不知所措，雖然說有點什麼很簡單，但要一直保持這樣的話，可能不是一件簡單的事情了，不過我想，如果是信件往來才這樣的話，應該可以，就是，這不是某種聊天室之類的東西，而是信件啊。

『確實像妳所說的，有的時候話題還是需要由時間來發展，而不是某一方一直連續下去，這可能不能稱之為話題，是閒聊沒有錯，如果說妳不希望變成這樣的話，沒有問題，我這個人啊，就是無聊的時候腦筋動得很快，但我動的腦筋並不是那種我很好，妳怎麼樣，這類的腦筋喔，就像下午發的文章裡面提到的常識這類的東西一樣，如果妳想要有主題性，自己沒有什麼想法的話，我可以想，然後才會化為文字化為信件到妳那邊去，老實說，閒聊的話，隨便找一個人就好了，不一定要是誰，如果妳想這樣的話，我想我是個不錯的人選。』為什麼我可以說成這樣子自己也是覺得蠻不可思議的，其實我很無聊，並不是自己說的那樣。

她好像思考了一下，或者她在想話題，沒有馬上回，我等待了一下，沒事。

「是這樣的話太好了，老實說，我身邊的人啊，就是那些同事啦家人啦，全都是無聊的傢伙，有的時候甚至覺得他們怎麼可以到這種程度的無聊喔，雖然我想，他們應該也有自己想的事情，也許可能並不無聊才是，當然啦，人不要直接表現出思考的事情是必然的，這樣的話是種無聊，人啊，如果表現的什麼想法也沒有，只會被當成就是沒想法的人而已喔，不管怎麼說，我身邊的人都是看起來沒想法的人，而我，也就只能順著他們當個也沒想法的人，因為如果不這麼做的話，好像只是讓自己被孤立而已，自己還是有想法的喔，可能不是多了不起的想法，但頭腦正在動，有的時候會希望有個對象可以把這些東西說出來，就是，你可以當那個對象嗎？」

這次換我思考了一下，我不太確定自己夠不夠格，不過如果事到如今說自己其實就是那些什麼想法也沒有的人，好像不合邏輯，如果假裝成這樣子的話，被當成這樣子也是理所當然的啊，這次我大概知道自己必須假裝成什麼樣子了，如果有一個明確的目標的話，確實對我而言比較好辦。

『可以啊，如果不嫌棄我的話，我想不是什麼問題，如果不要讓這些變成只是閒聊的話，必須要動點腦才可以。』

「當然，我也要上班啊，雖然可以看，但不見得能回什麼，而且我也不希望只是隨便想一下的就回我了，時間在這上面是絕對性的必要。」

我看完之後，想了一下，其實有的時候只是想閒聊而已，我有時候是想知道生活性的東西，並不是每次都是主題性的，有的時候我也會想知道她今天上班怎麼樣，做了什麼，有沒有什麼有趣的地方，或發生了什麼樣的事情。我並沒有繼續回覆，我想她應該知道才對，時間是絕對性的必要，而且重點是，我也不知道要怎麼繼續下去，我現在只是吃飽不用打工等待睡意的狀態而已，這個夜晚對我來說是這樣子，即使是以前，這樣的時間也絕對不是拿來打小說的，時間有它對的地方，該待的場所，我想現在就不是在對的地方，也不是該待的場所，我開始想，也許這樣是我想找的人，是我感興趣的對象，即使我這個人一點都不有趣。

06

開始有語言產生，會說話了之後，就是一直在說話，不管在做什麼，累了還是不累，都在說話，有時候說話給自己聽，與自己說話本身是好玩的，自己朝自己這個池子丟石頭，我總是在抓那像水波的聲音，而且因為幾乎都聽不懂，幾乎都抓不到，所以很好玩，雖然我會說話，但有時候說的並不是語言，應該說，不是自己認識的語言。我大概知道某種物品的名字叫做名詞，其餘的都叫形容詞，有一次白頭髮的媽媽跟我這樣說：「只要你看到的不管是會動的還是不會動的，有形狀的東西啊，我們都叫它名詞喔，是一種名字，就跟阿婆叫做阿婆一樣，它們也有它們的名字，這是名詞，然後剩下的，都是用來說這東西怎麼樣怎麼樣的形容詞，可能你現在不太懂，先大概這樣理解就好了，其餘的長大一點再教你。」然後我就開始把每個名字都命名，不管是桌子還是椅子，床還是地板，都叫它一個名字，可能桌子不一定叫桌子，總之每個東西從阿婆這樣跟我說了之後，就開始有命名這個習慣。

然後有一天夜晚，阿婆在我旁邊的時候我問她說。

『媽媽是什麼？』我說。

「嗯？媽媽就是比較年輕的啊，老一點就是阿婆啊。」

『阿婆是說頭髮的顏色嗎？』

「對，年輕的沒有白頭髮。」

『那為什麼老的是阿婆？』

「怎麼說，我是媽媽的媽媽，媽媽生下你，我生下你媽媽，這樣聽得懂嗎？」

『聽不懂。』

「總之啊，阿婆也是媽媽啦，只是是比較老的媽媽。」

『那如果阿婆是媽媽，阿婆又是什麼？』

「這只是種稱呼，其實不用太在意，你想怎麼叫我，就直接叫就好了。」

『什麼叫做稱呼？』

「稱呼是種跟名詞一樣的東西啊，之前跟你說過的那個。」

『那為什麼它有除了名詞之外的名字？』

「這世界就是這樣，名字只要是旁邊的人叫的，就叫做稱呼，而這東西本來的名字，叫做名詞，這樣說你應該聽不懂。」

『聽不懂。』

「這世界也有一種名詞叫做小孩，就在說你這樣的。」

『我是小孩嗎？』

「是啊，只要叫做小孩的人啊，不管問什麼都可以喔，做錯事了也幾乎都可以原諒，算是很幸福的名字。」

『那阿婆不是小孩了嗎？』

「阿婆如果是小孩的話，這世界很難說得通。」

『這世界就是都有名字，都有稱呼，有小孩，然後很難說得通的嗎？』

「確實是這樣沒有錯喔，怎麼說，這世界說簡單很簡單，說複雜很複雜。」

『複雜就是說不通的嗎？』

「有的時候說不通的叫做複雜，但也有某種時候不是，所以叫做複雜啊。」

『聽不懂。』

「如果小孩什麼都懂的話，也是種複雜，你只要知道這個就好。」

『我很簡單的意思嗎？』

「嗯，你只要當個簡單的小孩就好了。」

我暫時思考了一下，剛剛出現了很多的名詞，雖然我每個都問了，但似乎不是每個都聽得懂，也許這也是某種複雜，複雜的另一邊就叫做簡單是嗎？我只要想簡單的事情就好了嗎？小孩就是只要簡簡單單的不要往複雜那邊問就好了嗎？

然後阿婆把弄碎的食物給我吃，當然我很簡單，不知道這食物叫什麼，只不過我常常吃這東西而已。

我開始覺得我的語言似乎跟不上我的頭腦，我的頭腦很久以前就想過的東西，現在也不一定說得出來，就算說出來了，可能別人也搞不懂我這之間到底經歷了什麼，而那些經歷過的東西，現在從我嘴巴說出來，感覺又是另一個東西，也許這是語言的魔力，還是我說話的技巧還不夠好。

「我覺得工作慢慢變少了。」黑頭髮的媽媽說。現在我知道應該叫做媽媽了。

「是啊，我等一下也不用去上班。」阿婆說。

「不太妙的感覺，沒班上雖然可以休息，但休息本身並沒有錢。」

「如果休息有錢的話就不用上班了。」

「但我想要錢啊。」

「我們確實也需要，怎麼樣，要不要再找別的打工？」

「媽妳覺得呢？」

「我是覺得我們省一點的話，暫時還過得去。」

「看來也只能省一點了。」

『阿婆我肚子餓了。』我說。

「寶貝肚子餓啦，今天我們三個人都在喔，可以陪你玩任何事情，想問什麼也都可以喔。」

「現在在討論工作的問題，你閉嘴。」

「我不許妳這樣兇寶貝，寶貝我們今天來玩點別的事情好不好？不然好悶喔。」

「媽！」

「就是因為是這種時候所以才要開心點，不然到底要怎麼樣呢？」

『我想出去外面。』我說。

「外面是嗎？我們出去吃東西好不好？」

「不是說要省一點嗎？」

「吃完就開始省了，又不是去吃什麼豪華大餐，還不至於窮到這樣好嗎？」

『我可以出去嗎？』

「可以喔，還沒出去過對不對？我們陪你一起走馬路，你說這樣好不好？」

「外面都是車，媽。」

「我們一起走，妳也是，不要以為妳不用去。」

「才剛在那邊吃過。」

「那妳就給我喝湯。」

「每次都這樣。」

『要出去了嗎？』

「嗯，寶貝，我們走吧。」

然後隔開外面的門被打開了，馬上就有很吵的聲音傳過來，刺耳又急促的，我覺得有點危險。

「寶貝沒事，阿婆牽著你，不要怕。」

然後我讓阿婆牽我的手，似乎安心了一點，但走得很慢，不敢大步大步的走，阿婆則是把我的手前後不停的擺動，一邊哼著不知道什麼旋律，前面是黑漆漆的夜晚的外面，第一次出來，雖然夜晚外面的聲音我聽過，但像這麼近距離的看到實體，看到名詞，還是第一次。

『阿婆這是什麼？』我指著地上這黑漆漆的東西，不像家裡地上都是一塊一塊的雜色小碎花。

「這是馬路喔，柏油路，好心的工人伯伯在大熱天的時候幫我們鋪上的柏油路喔。」

媽媽則一言不發的跟在我後面，我忍住不往後看她。

『我們要去哪裡？』我問。

「我們去對面那家麵店好不好？隔一條馬路而已，我們經常買給你吃的。」

然後阿婆牽著我的手，把手往天空舉高，一邊慢慢的通過馬路，好像代表著這裡有人要過請車子稍微停止一下的手勢。

到對面的攤販的時候，阿婆把手放下。「在嗎？我們要吃麵。」她往裡面喊。

大概過了一下，裡面的門打開了，有一個跟阿婆差不多白頭髮的人走出來，感覺也像媽媽一樣。

「等一下喔。」

「吃每次吃的，兩個陽春麵一碗蛋花湯。」

「等一下嘛，先坐。」

然後我們在旁邊擺放的簡單桌子前坐下，我有點搆不到桌面，不過還好。

「怎麼樣外面的世界如何？」阿婆問我說。

『好像很複雜。』我說。

「是比家裡複雜，第一次出來很開心對不對？」

「不要說得那麼誇張。」

『開心。』我為了不讓阿婆難過說，但其實我沒特別感覺到什麼。

「阿婆帶你出來也很開心啊，不過啊，不能自己出來喔，外面緊接著馬路，一不注意的話就會碰的一聲有車子撞過來喔。」

『柏油路上有車子。』

「對，就是這樣。」

「不然還能怎麼樣。」

「我們難得出來能開心一點嗎？不要掃興。」

「算了，我喝我的湯吧。」然後媽媽就不再說話了。

以第一次出來外面來說，稱不上愉快，至少希望是自己走出來的，但看剛剛那樣，實在不適合自己在白天的時候走出來，外面感覺非常的危險，還是因為是夜晚的外面，所以才那麼危險？如果以後可以自己出來的話，要記得小心，不然碰的一聲就被車子撞飛了，剛剛看到車子感覺都非常的危險，又大聲又急促的往對面前進，這之間似乎有某種冷冰冰的東西在裡面，但不是安靜的冷冰冰，而是吵雜的冷冰冰。

『阿婆我們要做什麼？』

「吃麵啊，我們每天都要吃東西，家裡沒有廚房，不然我們自己弄就好了，也不用特別花那麼多錢。」

『什麼是麵？』

「麵就是某種長長細細會進到嘴巴捲曲得像溜滑梯一樣的東西，這東西會進到你的胃裡面，可能你不太會用筷子，等一下試試看，如果不行的話阿婆餵你。」

『那麵進到嘴巴會變什麼？』

「會變成大便出來啊。」

『大便？』

「對喔，我們每天都會做這些事情。」

『那麵會變成尿尿嗎？』

「阿婆對這種事情不太清楚，可能某一部分會變成尿尿吧？」

『那大便跟尿尿從哪裡出來？』

「大便從屁股啊，尿尿從雞雞啊。」

『什麼是雞雞？』

「就是男生才有的東西，女生沒有喔，這東西把我們分為男生跟女生，男生用雞雞尿尿，女生不用雞雞尿尿，但大便都是一樣從屁股。」

『我是男生嗎？』

「嗯，你是有雞雞的男生，阿婆跟媽媽都是沒雞雞的女生喔。」

『雞雞。』

「媽妳在說什麼。」

「總是要讓他知道男生女生嘛，就當做是健康教育就好了。」

然後那個像是沒雞雞的女生媽媽用手端了兩碗東西，應該是麵吧？然後再拿了一碗東西過來。

「寶貝，這東西很燙，一定要把它吹涼才可以吃，用嘴巴對它呼氣。」

『很燙所以要呼氣。』

「對。」然後阿婆夾起麵條開始對它呼氣，我也試著照做，但夾不太起來，這兩根長長的東西不太好用，雖然看了阿婆做過一次，但實際自己做了才知道沒那麼簡單。

「自己學著做。」媽媽說。

「沒事，我幫寶貝夾，妳不要兇，乖乖喝妳的湯。」阿婆說。

她們好像氣氛又開始變怪了，我學會在這時候不說話。

然後阿婆先放著自己面前的那碗麵不管，幫我把麵夾起來吹涼，我看著阿婆熟練的用那兩根東西，覺得很厲害，但自己應該不久之後也會的樣子。

「來，放到嘴巴去，然後要記得把它咬碎才吞下去喔，不要直接吞，只要是吃的東西一定要咬，咬了之後才會有味道，不要跟媽媽一樣什麼都不咬就吃了，那樣根本吃不出來什麼美味，吃東西對她來說簡直是種浪費。」

「不用妳多嘴，我很忙。」

我默默的張嘴吃進阿婆吹涼的麵，然後嘴巴像是咬一樣的一直動著，確實是幾乎每天都在吃的味道。

「味道不錯吧？雖然近，但可不是隨便挑的麵店喔，隔一條馬路也是有美食的，雖然這裡賣的東西不多，但每個都很好吃，阿婆是常客，很懂，你以後也會懂的。以後啊，自己學會用筷子吃東西，再長大一點，就可以自己過來叫麵吃了。」

『筷子。』

「對啊，要學會怎麼用，但現在還不急，慢慢來就好。」

媽媽喝湯發出的聲音很大，好像某種抗議一樣，我又覺察到某種奇怪的氣氛，不再說話，只是重複著阿婆把麵吹涼我放到嘴裡面咬的動作。

「很多事都會有第一次，你以後也會遇到非常多的第一次，如果阿婆沒辦法陪你的話，自己記得要小心，第一次有時候伴隨著某種危險，雖然說也有善的第一次，但相對就有惡的第一次，自己即將遇到各種第一次，要試著觀察，學會，第二次的時候就不會有危險了，可以享受在其中，很多事情啊，只要學過一次，就一輩子都會了，這世界這一點很簡單，除此之外都是複雜說不通的東西。」

『第一次。』

「嗯，要小心且珍惜。」

『小心。』

然後阿婆在餵完我之後，自己迅速的吃完自己面前的麵，媽媽則是一臉不情願的坐著，阿婆吃完之後，在桌上放了幾個應該是硬幣的東西，吆喝一聲就走了。

「等一下嘛。」過了一會那個白頭髮的女生一邊把硬幣收到手裡一邊說。

也許又過了一陣子。

一大早，我推開那厚重的大門，外面的馬路上還沒什麼車子，但我還是舉起手來穿過馬路，附近的鐵捲門都是拉上的，連麵店的鐵捲門也是拉上的，接著是一條寬大的馬路，好像是新建的，簡直像凸出來的多餘的本來不該在那裡的。柏油路黑得發亮，兩邊都還是樹跟田，感覺好像不知道為什麼可能為了方便還是什麼奇怪的原因所以建的馬路一樣，當然這只是給我的印象，之前並沒有真的到這邊來過，也不知道是不是真的新建的馬路，總之，我並沒有出過遠門。

我不太清楚現在是什麼季節，即使像現在這樣可以自由出門了還是不太懂所謂的時間，一直以來我都很想搞懂時間，常常會冒出這樣的念頭，現在是什麼時間？我在哪裡？我在做什麼？但這時候身邊總是沒有能顯示時間的東西。

確認一下水壺的重量，然後踏出腳步，確實的有人行道，不是家門外那種直接是車子的馬路，沒事，我可以的，現在要去比較遠的地方，只是走路走比較久而已，只是把走路的時間拉長而已，如果說不懂時間的話，讓它經過得比較久也許就是時間本身，感覺周圍的樹好像是被挖起來再埋到旁邊的一樣，大概沒幾步就有一根這樣的樹，通常都很細，也都沒有葉子，然後隆起的道路以外都是低低的田，有些是爛泥一樣的田，不知道為什麼，馬路與這些田之間沒有隔開，這樣不會怕人不小心跌到爛泥裡嗎？我在太陽先生底下走著，由於太陽先生已經隨時都可以讓它照射了，所以也不再覺得有什麼，只是這樣的叫法好像改不掉的樣子，對我來說它就是太陽先生。

在這個不知道什麼時間的時間，並沒有像我一樣的人在這條路上走，應該說，連一個人都沒有，我很喜歡這種感覺，當一個人只有一個人的時候，有時候人就不是人了，你可以想像自己是任何一個東西，我想這也是為什麼我喜歡一個人的原因，就是思考本身並沒有人的存在，很單純的只是點與點之間，然後點化成線最後再變成面這樣而已，我不太喜歡思考裡面必須包含著人的存在，這讓我感覺到煩，所以大概也是我為什麼不太喜歡出去的原因，因為出去了就會出現人。

知道自己在走路之後，就變得無聊了，我停下來打開水壺，喝了一口變溫的水，開始以現實的走法走在這條大馬路上。

當然我知道要去哪裡，只是，現實上必須去那裡，就行為上來說，好像又有哪裡說不過去，這之間又有哪裡不對，就現在的我來說好像又太遙遠。

終於，寬大的新建馬路到了盡頭，開始冒出車子的聲音，然後路一下變得好像可以通往任何一個地方一樣，到處岔開，都是完全沒看過的岔路，接下來該怎麼走？我一定要走嗎？不能現在回頭嗎？我想回家，但就是因為現實，我打開阿婆幫我畫的地圖，她昨晚特地跟我說過地圖該怎麼看，「記得，只要覺得沒看過的路就看地圖，我把每一個交叉路口都用紅筆畫出該走的路線，其實阿婆應該陪你去的，但沒辦法，這天我要上班，第一次啊，也不知道應該帶你去還是不帶你去，我覺得這也算是屬於你的喔。」但當然，看地圖是會了，但屬於我的到底是什麼，我並不知道。

阿婆畫得很仔細，每個路口只要把地圖擺在眼前就都會有一條粗粗的紅箭頭指著該往哪裡走，從過了新建馬路之後，房子變得多了起來，也慢慢的開始出現不再是拉起鐵捲門的人家，我一邊舉著手過馬路，一邊看著這些房子，似乎跟我們那一帶不太一樣，這裡感覺房子都很大，也都很密集，厚厚的牆壁漆上各種不同的顏色，門口幾乎都有停著一台車子，然後有一些小植物，好像也開始出現了像招牌一樣的東西，掛在上面，但當然我看不懂寫的是什麼，也許是賣什麼的店，可能這附近也有賣麵的吧，房子也不只是平面的而已，出現比較高的樓層，有像是陽台一樣的地方，總是有一台厚重的應該是冷氣的東西，有看到賣吃的，但不知道為什麼要在一大早就賣吃的，也不是像攤販那樣，是一個人坐在房間裡面吃東西的地方，外面有人不耐煩的站著等，鐵的碰撞聲此起彼落，幾個人熱心的在裡面忙東忙西的，不過大概只看到這樣而已，我並沒有停下腳步繼續觀察，持續的走著，慢慢的紅綠燈開始變多，也開始出現幾組像是媽媽帶著小孩的人，我不得不跟著紅燈停下腳步，停下的時候，我就打開地圖反覆的確認，但好像也不用確認了，這些小孩跟媽媽要去的地方好像跟我一樣，當然也有一些大人，不過感覺他們要去的地方跟我不一樣，心裡想的也不一樣，我在地圖（或者跟著人）的指示下到達了目的地，很大的建築物，完全沒看過，小孩都往裡面走，外面站著幾個大人，我一開始有點怕，人感覺很多，所以我停下腳步，站在外面，然後有一個大人走過來。

「早。」他說。

『早。』我勉強的回應。

「自己一個人來上學啊，真了不起。」

『我要去哪裡？』

「是來報到的嗎？幾班呢？」

『我不知道。』

「我看一下喔。」然後他盯著我的胸前看。

「這個學號應該在……來，你跟著裡面那個老師走，自己第一天一個人走來上學，真的很了不起。」

我沒說什麼，沒辦法，只能走進去了。

「來報到的嗎？」女人說。

『應該是。』她一樣盯著我的胸前看。

她往裡面叫了一下，沒聽過的名字。「妳的學生喔。」她跟她說。

然後那個出來的人跟我說。「第一天不用太緊張。」

我沒說什麼。

「我是你的老師喔，你叫什麼名字？」

我不知道要說什麼。

「我們先走吧，我先帶你去教室。」然後她牽起我的手往不知道什麼地方走，老師是什麼？

「現在人還不太多，先隨便坐就好，你先乖乖坐好喔，不要亂跑。」

『老師。』

「嗯？怎麼了？」

我只是想念看看，沒有要叫她的意思。

「乖。」過了一會她摸摸我的頭說，然後就出去了。

這個房間擺滿了一樣的木頭桌椅，都跟我差不多高，整齊得嚇人，全部至少有三十個吧？可能超過，前面是綠綠黑黑的一大塊板子立在牆上，排好的桌椅後面有一個，應該說房間的正後方有一個像是大人坐的空間，有一些鐵製的櫃子，鞋櫃，各種櫃子散布在周圍，牆上掛著一些應該是寫著某些字的小海報（當然我看不懂），窗戶大得嚇人，外面照出的東西不只有太陽先生而已，有非常多看不懂的東西，都異常的大，然後地上好像用顏色分隔開來一樣，當然也看得到像建築物的東西，那應該也是教室吧？然後我想著老師是什麼，一個女孩子坐在邊邊。

「你也是剛來的喔？」她還坐在座位上對著我說，我還站著。

『妳也是嗎？』我說，然後找地方坐。

「不然呢？」

『也是。』

「男生都是白癡。」然後她就回過頭不再管我。

我隨便找個地方坐，覺得有點尷尬所以把水壺拿出來喝，喝完之後，把書包放在桌上，然後把裡面的東西每一個都整齊的放好，大部分是阿婆幫我準備的，有些我甚至不知道是做什麼用的，全部看過之後，再一個一個放回書包裡面去，一直到旁邊有人坐下為止，我只是看著放在桌上的書包而已。

07

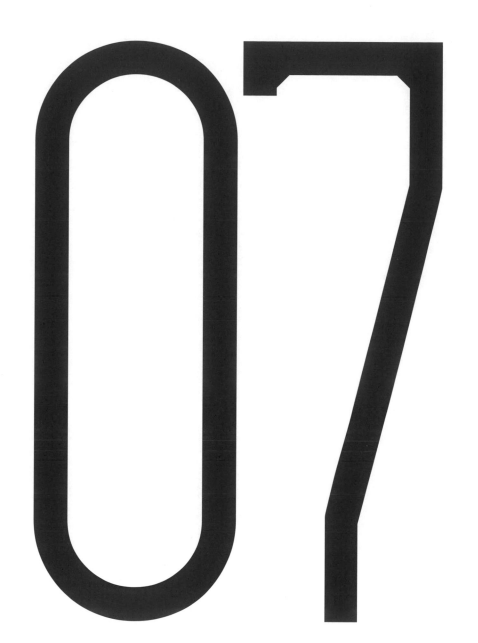

知道自己要假裝成什麼樣子，感覺起來好像事情會順利下去，本來也以為應該沒什麼事，但事情好像沒那麼簡單，就是，她希望的是有主題性而非閒聊家常的那一種，但我真的有什麼主題嗎？我開始懷疑起來，我這個人我自己搞不懂，可能只是無聊至極的人也不一定，會有可能是她希望的那樣嗎？最近的都是些什麼呢？當一個想當小說家的人一直失敗，就算本來有什麼好了，那也都全部磨光了。會不會，我這一連串的行動都很無聊，到最後即使有什麼也很無聊那樣？我不知道，只是事到如今沒有停止下來的理由，好吧，有一點什麼的樣子，就好了，不要管這個，先想想今天該跟她說些什麼好。

然後我今天要打工，真該死，這次我不像之前那樣慢步走去上班，而是像若有所思的不把注意力放在走路上的一般人一樣。

打完卡之後，雖然手在動，但頭腦沒有隨著手的樣子在動，即使阿姨好像有跟我說什麼，我都聽不太進去的樣子，現在世界是怎麼樣的，與我無關，洗碗是吧？那就洗，無所謂，與我無關。

時間過得很快，當一個人很認真的在做一件事情的時候（照理來說應該是很認真的洗碗但卻不是），時間通常會過得很快，領完錢之後，我心裡想著會不會她已經寄信給我了，一邊快速的返回租屋處，如果是，會是什麼樣的內容？我有辦法應付得來嗎？會順利嗎？我會不會就這樣卡在世界的邊緣然後出不來了？

但想這麼多完全沒意義，因為信箱裡連一封信也沒有，甚至連廣告信都沒有。

『對妳來說，夜晚是什麼？』其實也沒什麼，現在是晚上十點多的夜晚，所以這樣想，但這問題好像是經過某種淬鍊之後發想的問題一樣。

「夜晚嗎？這個問題範圍也太大了，你可是要知道，我根本不想擁有白天的上班啊，那我還有什麼？就只剩下夜晚了嘛，如果光要說夜晚的話，是說不完的，把範圍縮小一點吧，比如說夜晚的種類之類的，你呢？夜晚有什麼樣的種類？」她沒有馬上回，當然不可能隨時在電腦前，這樣也太怪了，不過稍微等一下之後就回了。

『嗯……我的夜晚種類嗎？通常可以分成失眠與想失眠這兩種，因為夜晚第一時間就想到要睡覺，所以想到這兩個，妳呢？也是用這兩種來劃分的嗎？』不得不說，我有點累了。

「雖然說確實有失眠與想失眠的，或者說不想睡的那些，不過如果我再繼續追究下去，可能會沒完沒了，就拿想失眠的來說好了，有沒有一種夜晚，不知道你有沒有經歷過，就是不想輕易結束掉的夜晚，即使已經到了該睡覺的時間，但覺得應該還有什麼即將到來，不是什麼即將發生的那種，不會有什麼發生，但會有什麼來，我就想著到底什麼會來，會有一種期待的成分在裡面，安靜卻又興奮的等著，我非常喜歡這樣的夜晚，每當這樣的夜晚到來的時候，我總是小心翼翼的，總覺得只要哪裡開始不對的話，整個就破壞掉了，好像那個什麼就不會來了一樣，可能事情會變成只是失眠的夜晚那樣而已，不，這兩個不一樣，等待著什麼要來的那種感覺，與類似絕望的放著什麼不管的感覺，是完全不一樣的。」

我思考了一下，當然不是在想該怎麼回，而是裝作在想的樣子。

『通常這樣的夜晚，都是很深的夜晚，而且也通常現在被拉得很長。但當然，畢竟是要入眠的時間了，如果不是很深的夜晚的話好像說不過去，所謂現在被拉得很長，怎麼說，好像是接近無限的一樣的現在。』

「這個說法不錯，但有一個重點就是，現在永遠都是永遠的現在對嗎？就是拿時間來比喻的話，是永遠啊，不會停止的，所以你說的很長應該是這個意思，現在持續的在進行，而過去的已經過去了，之所以想得起來，就是因為他已經過去了啊，通常我們把這些稱作回憶，以回憶跟現在來劃分時間的話，只有這樣而已。」

有點困難，但我還是想了一下。

『但不對啊，如果妳說的很長是永遠的話，那不僅僅只有現在是永遠啊，過去的也都永遠過去了，不是嗎？以妳這個理論來說的話，過去的也是時間上的永遠啊。』

「你這個說法很有趣，怎麼說，雖然過去的確實永遠都過去了，但跟現在有一個最大的不同是，現在永遠都在持續下去，想停也停不了，如果停了就不是現在了對嗎？但過去的話，雖然那是時間上的永遠，但可以選擇的啊，就是說，我可以拿一份永遠已經過去的過去放到現在這個永遠上面，然後跟現在重疊的想著這兩個永遠，好像哪裡怪怪的對不對？我想表達的是，過去不是無限的永遠，而是一種伸縮自如的永遠，你隨時都可以把它拿起來，然後說唉啊，這個永遠以前怎麼這樣子，現在不應該了喔，然後再把它放下，另外再拿起別的過去的永遠，然後也可以說，唉啊，早知道那個時候不要這樣就好了，就是，雖然字面上都是永遠，但一個是無法停止的持續性的永遠，一個則是永遠都可以拿出來看的永遠，這兩者是完全不一樣的東西，我說的你明白嗎？」

我覺得我快要卡在世界的邊緣了，但我還是必須繼續才可以。

『我懂了，就跟不是離太陽越近的就是越熱，就像高山上永遠都比平地冷是一樣的，但高山才是離太陽近的啊，理論上的那種東西，妳想說是這個意思的對吧？』

「是，大概是這樣，但老實說我們已經離題了喔，需不需要拉回來一點？」

『我們本來在說什麼去了？』我確實忘了，但分不清楚是故意忘的還是真的忘了。

「關於想失眠與失眠的夜晚。不過我想到散文與小說，就是我喜歡的是小說喔，無可救藥的那種，應該說是拿來跟散文比的話啦，就會覺得，可能是我的刻板印象，散文永遠都在說一件事對嗎？當然可能是很多事，不管怎麼樣，從頭到尾都在說著什麼，那豈不是什麼都不是什麼了嗎？就是全部都在說啊，不像小說，可以花好長的一大段在醞釀著要說的東西，這樣不是比較令人期待嗎？如果啪的說出，我今天要說的是這個，現在開始每一個字都是重點，你手邊如果有筆的話最好隨時準備要畫重點，我覺得好無聊喔，喔，這個啊，然後就開始說了你知道嗎，散文我的感覺是這樣啦，不過應該是受到劣質散文的影響，所以才這樣覺得，這世界上應該也有像小說一樣的散文存在才對，雖然那可能會超乎想像，但我覺得應該是這樣才對，就是，小說的魅力啊，就在於它的長度，不是幾千字就交代得掉的，它是幾萬字好幾十萬字喔，不管怎麼說散文都不能這麼長對吧？我就是沉迷於這樣的長度，這樣的篇幅，這樣的敘事方式，但當然就跟劣質散文一樣，也會有劣質小說的存在對嗎？這時候就直接把書丟掉走到別的地方去，為什麼要讓我看這樣的東西，以前啦，現在比較會挑作者了，但偶爾還是會冒出來那樣子的存在，說到散文跟小說，我想到這個，好像感覺也可以花一整晚在說一樣。」

我決定把她說的那段話跳過。

『我覺得現在與過去的永遠我比較感興趣，確實有這種說法存在啊，以前似乎都沒有注意過，怎麼說，我雖然感覺很長，但不覺得那是種永遠，可能跟我隨時拿回憶出來有關吧？也有可能是妳說的現在的永遠跟過去拿出來的永遠重疊的那一刻，我可能都在想著這個，就是很浪費的常常在可能有什麼即將會來的夜晚，就跟妳說的一樣，把它破壞掉了，只變成是隨處可見的失眠的夜晚，我覺得我好像錯過了很多東西。』

「其實這樣比較正常喔，我自己也是，如果永遠一直在我身旁，我也覺得蠻可怕的，只是啊，那種好像有什麼會來的夜晚，確實是某種永遠，但就是因為這樣的夜晚不是常常出現，才有說的價值，也才可以被放大來說，就是我們總不會拿經常性來說，因為那簡直跟上班沒什麼兩樣，特別的東西才會記得，也才會說出來，你是很獨特的存在，明明我們才剛認識沒多久，也不知道哪裡來的自信，但我覺得，你是才對。」

『其實我自己也不敢說，但剛剛妳在動腦，正在做著上班不會做的事情，不需要順著誰的竿子往上爬，沒有人強迫妳，這裡也沒有什麼上司或者家人存在，我就在這裡，這樣不是挺好的嗎？』我有點害怕。

「但現實是，現在不是想失眠的夜晚，也沒有什麼會來，而是經常性的夜晚，老實說覺得好失望喔，但沒辦法改變什麼，現實還是現實，即使失望了現實還是在你這邊，這就是現實喔。」

『如果每天都有什麼會來的話，可能單純的只是失眠而已。』

她沒有接下去。

我開始想著，如果她這樣每次說話都可以說得沒完沒了的話，我可以從她那邊得到一些東西，然後把她化為我小說裡面的一個角色，我想事情會逐漸變得明朗起來，我可以知道更多她的事情，雖然現在暫時還幾乎沒辦法知道什麼，但我想之後會慢慢知道，今天雖然都在懷疑之下度過，但反而到了現在這個時候腦子格外的清晰，也許就跟剛剛的她一樣吧？每個人有每個人的開關，不過我又想到了，如果她是某一個角色的話，是不是代表著應該還必須要有別的角色存在呢？好像這樣才說得過去，小說如果只是一個人站在那裡說話的話，不是什麼小說，什麼都不是了，連散文都不是。

可是，我應該怎麼做才好？

到底要從哪裡生出別的角色？

隔天，我打開電腦的螢幕，其實很簡單，想要找另外一個角色，只要再找一個人就好了，我也已經想好要怎麼找了，試著放空，不要想太多，這只是很簡單的事情，網路就只是這樣而已，不過不知道為什麼，心情靜不下來，我坐在電腦前，大大的吸一口氣，慢慢的吐出來，然後把聚焦對在螢幕上。

當然我先打開了信箱，不過自從昨晚斷在我的話之後，就沒有繼續了，已經得到夠多東西了。把廣告信刪光之後，打開網頁，通知雖然有，不過不想管，我點進了編輯的頁面，雖然說想好了，但那並沒有化為文字，只是一種想法而已，所以當我要打字出來的時候，猶豫了一下，然後一鼓作氣的打完『我正在找你，如果你是那個人的話，看到的話請跟我聯絡。』然後附上信箱，雖然說很像什麼詐騙廣告之類的，但也不是什麼奇怪的連結，只是一段信箱而已，如果覺得懷疑的話，就當做沒看到就好了，我正在找你，感覺就會有人自認自己是那個人一樣，雖然真的很讓人感到疑惑，不過可能可以吸引一些稀奇古怪的人，我正在做的是在大樓之間立起廣告看板那樣的事情，而這廣告，跟一般的不太一樣，跟那些全部都是資訊導致不知從何讀起的廣告不太一樣，只是簡單的一行字而已，至少在這資訊量爆炸的網路上，這會是一個可能稍微也許會讓人注意到的一行字，但並沒有什麼把握，我說過，自己沒什麼網路交友經驗，雖然沒什麼自信，但也想不到讓人更加主動聯絡我的方式。

發布完之後，我點開通知看回應，然後沒有一個是讓我想繼續回的。

過了一陣子，信箱的通知聲響了，會不會又是廣告信，但不是，有誰確實的寄信過

啊，好像很無聊的一件事，我覺得很有趣。所以啊，如果你在找的是像我這樣的人的話，不是我自豪，我這個人就是時間多，我想這裡面也許真的包含我也不一定，當然啦，如果你不是要騙我錢的話。」

我看完思考了一下，雖然一開始讓人摸不清這個人到底想說什麼，但從他的文字排列裡面，似乎除了對號入座之外，又好像很希望別人注意到他的樣子，跟她不一樣，是一個很高調的人，好像跟她完全相反的樣子，但又怎麼說，雖然很高調，但也不是那種富家子弟炫富的那種高調，就是他的高調裡面，正如他所說的那樣，也有一種真誠無處可去的感覺，可能他不是在說我（但也有可能我是這樣），而是說他自己也不一定，如果說她是平常過著無所謂的上班生活到夜晚才想動腦筋有點想法的人的話，這個人也許完全可以跟她對稱的樣子，可能有時間，不知道什麼原因不用上班，可能是那種，不擁有什麼樣的主題但不失無聊的日常生活那樣子，當然我並不敢確定，只是不知道哪裡冒出的想法讓我感覺他想傳達這樣的意思而已，也許裡面包含著我也不一定，到底是什麼樣的包含？我開始對這個人充滿好奇心，可能到最後不可避免的，我被包含進去了也有可能。

08

「你叫什麼名字？」是一個女生。

我並沒有說什麼。

「沒辦法，已經沒有位置了。」她好像要解釋為什麼她要坐我旁邊的意思。

我看了她一眼。

「不要超過這條線喔。」然後她從書包裡拿出一把尺，放在我們中間。「不知道為什麼不讓我們每個人有每個人的座位，這樣兩個連在一起的桌子好蠢。」

我點點頭。

「老師不知道是什麼樣的人，不過其實怎麼樣都無所謂，像神經病一樣，叫我們買制服，繡學號，每天都要穿所以不能只買一套對嗎？還要買一堆課本，什麼數學啦，社會啦，我一點都不想管這些，算了啦，跟你講這些做什麼。」她在界線的那邊說。

然後她拿出一個用包裝紙包著的糖果，是淺綠色的，不過我也只是瞄一眼而已，沒辦法確定是什麼。

「我啊，只要無聊的時候就吃這個，很奇妙的味道，尤其是等待的時候，不過不能吃太多，會被罵，雖然我都會偷偷趁媽媽不注意的時候塞一些到口袋裡就是了。」並沒有發出聲音，所以應該不是用咬的。

然後周圍幾乎都快填滿了人，老師終於來了。

「你們早啊，一開始早起不太習慣對不對？以後啊，每天都要這麼早起，這算是一個很重要的事情喔，早起這件事，然後跟爸爸媽媽一起吃早餐，也許是一片吐司，然後配一杯牛奶這樣，以後呢，聽到鈴聲響就是下課了，會有十分鐘的時間，可以的話老師希望你們盡量去操場玩，總是要動一下嘛，這樣比較健康，會長得比較高，來，老師現在給你們的是聯絡簿，跟一些要帶回去給爸爸媽媽的東西，千萬不要弄丟喔，試著不弄丟某個東西，也是一個相當重要的事情，來，先往後傳。」然後老師拿著一堆東西一疊又一疊的給每一個坐在最前面的人，依序往後傳，我拿到的時候，想著不能弄丟這件事，它不會自己來找我，我必須自己去找它。

「一開始先照身高排座位吧，來，到這邊來站一排，試著讓自己前面的人比自己高一點，後面的人比自己低一點，現在開始啊，是正式的學校生活喔，老師會說得好懂一點，然後就要自己聽話喔，依照指示做事情，也是你們不得不學習的一件事。」我們全部的人安靜的依照指示站在旁邊空一點的地方，但好像有些人搞不懂什麼叫做高矮，到處亂站。

然後老師一個一個的調整我們站的順序，我大概是站在中間的地方，這樣應該算是不高也不矮的人吧？

「好，站在前面的從最前面開始坐，一個一個坐好喔，然後老師再稍微調整一下，現在啊，要稍微懂得什麼叫做秩序這個東西，沒關係，慢慢來。」有些人用小跑步的，有些人慢慢走，秩序是什麼我現在還不知道。

老師在我們都坐好之後，站在最前面的檯子稍微看了一下，好像在想什麼的樣子，不過不知道她在想什麼，然後讓兩個一組的桌子左邊坐著女生，右邊坐著男生（應該是這個邏輯，但我不知道為什麼要這樣），我沒有動，只是原本在我旁邊的男生走掉了，來了一個長髮的女生，我也只是瞄了一眼，就不再看了。

「雖然老師還有很多想要說的，不過接下來的時間是認識隔壁的時間喔，來，試著交朋友看看。」然後她啪的一聲手掌互拍。

「你好。」長頭髮的女生說，我轉頭過去看，好像很害羞的樣子。

『妳好。』我又轉回頭說。

「媽媽說碰到沒看過的人要這樣說。」她好像對自己說的一樣。

『阿婆也這樣說，說這是種禮貌。』

「阿婆是什麼？也是媽媽嗎？」

『媽媽是媽媽，阿婆是阿婆。』
「這樣啊……阿婆教你比較多事情的感覺。」
『媽媽教妳比較多嗎？』
「我沒有叫過誰阿婆過，外婆倒是有。」
『應該是差不多的東西。』
「爸爸說不要跟男生太靠近。」
『但老師好像不是這樣想的。』
「不知道怎麼跟爸爸說。」
『爸爸是什麼我不太懂，反正就是大人對吧？』
「你沒有爸爸嗎？」
『沒叫過。』
「有媽媽不就會有爸爸嗎？」
『我不太懂這種事情。』
「真奇怪。」
我暫時不知道該說什麼好，她也沒有再繼續說下去，我依舊看著前方的人的背影，她也好像看著前面的人的背影一樣。

為了避免尷尬，我再度的把書包放到桌上，把裡面看到的東西全部都拿出來，鉛筆盒，一本一本的書，還有剛剛的聯絡簿跟信封，放一點錢的零錢包（阿婆說先不要打開來看，等到必要的時候再開，至於是什麼時候，等到了就會知道），鉛筆盒裡面放著鉛筆，橡皮擦，尺，還有一些我看不懂的東西，好像尺是最大的東西，其餘的都比較小，我把這些東西一個一個擺在桌上，這些是我以後會一直要用到的東西嗎？感覺不太現實，我沒拿過什麼鉛筆，只拿過筷子，更不用說橡皮擦還有那些根本看不懂的東西。

長頭髮的女生一直面向前面瞄著我這邊，我並沒有理會，只是又把桌上擺好的東西再放回書包裡面去，我雖然好像沒有看她，但其實我也一直在瞄著那邊，沒辦法，有一個誰在那裡，看都沒看過的人，想不注意都很難，而且這桌子的距離很微妙，好像說近不近，說遠也不算遠，確實是連在一起的桌子，但還是有所謂自己的位置，我沒辦法理解這桌子到底是為了什麼而這樣設計的，確實跟那個吃糖果的女生說的一樣，感覺很蠢。

「好了，下課鈴差不多該響了，等一下下課的時候老師帶你們稍微的繞一下校園，是即將在這裡待很久的地方喔，老師覺得啊，學校是一個交朋友的好地方，但最重要的，還是要讀好書喔，然後以後就可以賺大錢，為了賺這個大錢，現在的基礎是非常重要的，不過我說這麼多你們應該都還聽不懂對不對，沒關係，記在腦子裡，以後就會明白老師是為你們好。」確實有一些懂，有一些聽不懂，然後應該是下課的鈴聲響了。

但不知道為什麼，覺得這個聲音沒有語言一樣，但應該是代表著某種意涵的聲音才是，應該要是一種語言，但現在只覺得是某種不站在我這邊的聲音而已，似曾相識，但不記得在哪裡聽過。

帶我們繞完之後，上課鈴響了。

「好啦，還記得剛剛的座位吧？每個人都回去坐好喔，再來要分座號了，老師會喊你的名字。」然後老師看著檯子上念聽不懂也沒聽過的名字，每一個都跟他說你是幾號，等到我的時候，只覺得有點怪怪的，一個號碼即將代表著這個人這件事到現在感覺有點詭異。

「你是19號喔。」老師說。

我是19號。

到念完每個人停止的時候，已經數到了36號，也就是說，這裡有36個人，應該是這個意思，跟我一樣的小孩聚集在這裡的有36個，我在心裡再度的默念，我是19號。

東西，臉上除了疲倦還包含著不耐煩。就在我想這些的時候，叫到我的16號了，阿姨對我招招手，然後拿起一個袋子，我往前走到檯子前，把5個銅板放到桌上，不知道這樣夠不夠。

「你的只要40塊啦。下次要記得先付喔，看你應該是新學生還不懂也沒來過吧？」

『4個銅板嗎？』

「對，好了，要遲到了，快去上學吧。」

我把多出來的銅板放回我的零錢包，這種地方要我每天都來，我完全無法想像。

在我走到教室的時候，看到老師坐在後面，6號已經在位置上了，並沒有拿著像早餐一樣的東西，可能已經吃完了，還是在家裡吃了，或者跟我一樣吃都不想吃，當然我不知道，她看到我之後，瞄了一眼就不再看我了，但視線還在我這裡，我也沒有多看她，坐到椅子上把書包放到椅背上，然後打開早餐的袋子，這是我第一次吃早餐，叫什麼名字已經忘了，我吃著這不知道什麼名字但味道不差的東西，一邊還在回想著剛剛阿姨說這是什麼，但完全想不起來。

「早啊。」6號說。

『早。』我說。

「媽媽說一定要跟你聊天才可以，如果是坐在隔壁的話，但爸爸好像覺得要保持一點距離，你覺得呢？」

『就保持一點距離的聊天啊。』

「好像也是。」

『到底什麼是爸爸啊？』

「就是跟媽媽結婚的人啊。」

『什麼是結婚？』

「兩個很相愛的人的一種大人儀式。」

『什麼是相愛？』

「就是很喜歡很喜歡對方，但爸爸跟我說現在不要想這種事情，好好念書就好了。」

『很喜歡很喜歡對方就要結婚是嗎？』

「好像自然的就會這樣。」

『我很喜歡阿婆啊，這樣我們也要結婚嗎？』

「就說了這是大人的儀式，我們小孩子不行啦。」

『搞不懂。』然後我繼續吃我的早餐，她則走到最前面去拿了一根白色短短的東西過來。

「那就不要超過這條線喔，保持一點距離，但還是要聊天。」然後她在桌子中間畫了一條白線。

『我知道了，不過，到底要怎麼樣才會超過？』

「一種象徵性的東西。」

『妳說的我完全不懂。』

「就是界線啦，保持距離的一種方式。」

『算了。』

然後老師在後面啪的一聲，上課鈴聲就響了。

當然課我是完全不懂，一個年紀比較大的人在檯子前講些什麼，在後面綠色的大板子上畫些什麼，寫些什麼，我沒有一個是可以理解的，其他人都聽得懂都看得懂嗎？只有我是完全不懂的嗎？我瞄到6號一臉認真的聽著老師的話，其餘的小孩都乖乖的幾乎不動的坐在座位上。

「這是最基礎的注音符號喔，雖然你們應該都懂了，不過還是要按照流程，在家裡應該爸爸媽媽都有大概跟你們講過了吧？組成我們說話的每一個字，都是由注音符號排列組成的，所以只要會了這個，再巧妙的組合，就可以演變成各種千變萬化的字跟句子喔。」

然後老師畫圈圈在寫的板子上的奇怪符號，好像說了這個符號是這樣念，那個符號是那樣念，我完全不懂，阿婆也沒教過我這些。

就在微妙的氣氛中，下課鈴響了。

好像所有人都用衝的跑到操場去，還是外面的哪個地方去，我跟6號則沒有出去。

『妳聽得懂老師在說什麼嗎？』我問她說。

「當然，注音符號啊，就算不教我也早就會了，家裡面的書上就有寫了，媽媽也一個一個的跟我講過。」

『所以妳也看得懂是嗎？那些在板子上的符號。』

「那叫黑板啦，很簡單啊，就什麼符號怎麼念這樣啊。」

『我不知道，我完全搞不懂。』

「在家的時候都沒有學嗎？」

『我通常白天都是一個人在家。』

「蛤？媽媽呢？」

『應該是在上班。』
「那你說的阿婆呢？」
『可能也是吧。』
「天啊，我才搞不懂你。」
『接下來是什麼課？』
「數學啊。」
『比剛剛那個難懂嗎？』
「我是覺得可能比較難。」
『一樣會在黑板上寫一堆符號嗎？』
「不要跟我說你連數字都看不懂。」
『也是一種符號嗎？』
「就是生活在我們身邊的各種符號啊，甚至比注音符號容易見到，你們家沒有時鐘的嗎？」
『沒有這東西的樣子。』
「那買東西總要算錢的吧。」

『銅板就是數字嗎？』
「嘿，你到底是怎麼活過來的？」
『自然的就過了啊。』
「過去的是時間，但你完全沒有學到東西，不覺得這時間很浪費嗎？」
『時間是什麼我一直搞不懂。』
「那你有現在的感覺嗎？」
『嗯，在跟妳說話。』
「除了跟我說話的這個時間之外，都是過去的時間，這樣聽得懂嗎？」
『那之後的也是時間嗎？』
「未來的事情不需要說它是時間，那只是種自然的流動，等未來到了，讓它自然的成為時間就好了。」
『聽不太懂啊。』
「所以你看不懂注音符號，也不懂數字，更不懂時間，那你知道什麼？」
『這樣說的話我好像什麼都不知道啊。』
「你們家到底是怎麼教小孩的。」

『別人家又到底是怎麼教小孩的呢？』

「不是我在說，雖然我不太愛多管閒事，總覺得你不太單純，會不會跟老師說一下比較好？也許是需要特別照顧的同學，但你不像壞人，可能就是腦袋笨了點吧？怎麼說，你說出來的話有時候又直接得難以置信，讓人搞不懂你到底是裝的呢？還是真的什麼都不懂。」

『我想我什麼都不懂而已。』

「你好奇怪。」

對話沒有繼續下去，突然之間好多問題浮現，我不知道什麼是正常，什麼是不正常，什麼是裝的，什麼是真的，這之間我們依然只是沒有超過界線的看著前面。

09

明明梅雨季過了，那根本沒下什麼雨的梅雨季，卻在這個時候開始下起大雨。

我想用清楚一點的方式回他。『我想你也許是我要找的人也不一定，想到一句很老的台詞，命中注定就是你，不過我不相信什麼命中注定，可能用我的方法來解釋的話，就是不知道為什麼就是你，我想這樣比較貼切。你說你的生活很有趣不無聊，可以跟我說說你的一天都是怎麼樣度過的嗎？』然後我繼續點開新信，不過差不多，都是一些無所謂的信。

過沒多久他回了。

「喔？不小心就包含了我這樣嗎？命中注定就是你我的解釋方法是這樣啦，我的一天嗎？通常起床是接近中午，然後第一件事就是打開冰箱拿出前一天冰好的冰水大口大口的喝，我一次都會冰很多，而且每天也都喝很多水，如果這世界上有水中毒而死的案例，我想我也會是，水喝完就等待中午吃午餐啊，家裡沒有廚房，只有電磁爐而已，附有陶瓷鍋跟平底鍋確實的可以煮東西的電磁爐，不是說過每天都可以想著要吃什麼不一樣的東西嗎？但雖然我每餐都吃不一樣的，不過大致相同，因為我也不太會下廚，例如今天中午吃的就是煮水餃，現在還不想想晚餐要吃什麼，我不習慣在同一時刻就想好今天應該要怎麼運轉這樣子，我喜歡時間到了再開始想，這也是樂趣所在，想在習慣當中求變化的思考裡面得到什麼，這很有趣喔。中午吃完就是可能洗衣服啦，刷刷浴室啦，掃地拖地啦，現在是夏天，該怎麼樣節約冷氣的電但不要把自己搞得太熱很難受這樣啦，有的時候會睡午覺，幾乎都會睡，因為基本上沒什麼事，吃飽了就自然想睡了啊，午覺很有趣的是，雖然是有意圖的睡，但幾乎都是在無防備之下睡著的，跟晚上睡覺不太一樣，可能午睡會在奇怪的姿勢下睡著，也許那時候擺那個姿勢根本沒有要睡著的意思，不過等醒來了之後，才會發覺哪裡怪怪的這樣，甚至可以在趴著的時候睡著，想想也是不可思議，醒來嗎？差不多也快日落了，有垃圾就倒啊，我們這附近垃圾車經過得很頻繁，三個巷子口分別在不同的時間會來，我就挑自己喜歡的時間丟啊，或者是哪個時間丟膩了就換時間丟，丟完太陽也差不多下山了，就準備晚餐，這時候才會開始想要吃什麼喔，也不用翻冰箱，反正有什麼差不多就那些，倒不是每個都記得，只是因為會煮的實在不多所以自然會買的也有限，自然就只有那些會在冰箱裡而已，晚餐吃完了就洗澡，花時間的洗澡，夏天是洗得比較快，不過還是要盡情的用冷水沖涼才可以，嘿，再說下去可能會很長喔。」

也許不要一下問太多比較好。『這樣看起來是一個人住的喔？』

「是啊，一個人住。我沒辦法想像跟家人一起住的情景。」

『我也沒辦法想像。』
「所以你也是一個人住嗎？」
我覺得某種程度上可以跟他坦白某些事情，不過要跟她不太一樣，至於要怎麼樣，就順著話題說就好了。
『嗯，一直都是一個人住。』
「我也是喔。」
『所以現在是準備要睡午覺了是嗎？』
「本來是啦，不過你已經挑起了我的好奇心，可不要說什麼你去睡吧不吵你了之類的話喔。」
好像也沒有必要再繼續看信了。
『會覺得我是以什麼樣的目的來發那樣的文呢？』
「其實無所謂，重點是我看到了啊，不管你是要約砲還是蓋棉被純聊天，都無所謂啊，很多事情啊，是自己可以選擇的，並不是什麼東西都像是夜晚的鳥叫聲一樣，聽得到看不到，就是你應該有在深夜的時候聽到過鳥啼吧，但你有哪一次看到過鳥嗎？但不是像夏天的蟲鳴那樣，我要說的不是這樣的東西，就是，你在深夜裡發出了叫聲，我順勢的往那邊看，就看到你了這樣，我想這機會可能一輩子都不一定會有一次，應該說一輩子可能都不會去注意這樣的東西。」

『你放心，我沒有要騙你的錢，也不是要入侵你的電腦，我只是在交網友而已。』

「這方法倒是不錯，怎麼樣，除了我之外有什麼收穫嗎？」

『老實說，都是些無聊的人。』

「網路本身很無聊，但人不一定無聊。」

『但怎麼說，就是這個平台啊，都是些無聊的東西耶，不知道為什麼這些東西受歡迎，我一點都搞不懂，一而再再而三的，都是重複的東西。』

「之所以會出現在網路，多半都是因為它很無聊，如果有趣的話，可能出書了啊，或者拍成什麼電影了啊，還是什麼現實上掛鉤的東西，要記得，你正在上網，你正在一群只能存在於網路上的人裡面，要嘛你就是接受融入它，要嘛就是不要來，當然啦，我只是有目的性的來而已，不是要來看什麼別人的文章的，像今天這樣看到你的文章，我想確實是種奇蹟。」

不知道為什麼，暫時不想問太私人的事情，如果他沒有主動說的話，我也不主動，看樣子他也沒有要主動的意思。

『泡沫一樣的東西，網路。』

「這個形容蠻貼切的，或者是儲在馬桶蓄水桶裡的水。」

『嘿，我們可以交個朋友嗎？』

「當然，我說過了，我時間多的是，大可在想到的時候寄信給我，不過我可能在煮午餐或者倒垃圾，如果不急的話，我想我都可以跟你慢慢說。」

『我想我們也許可以聊得很愉快。』又不知道哪裡來的虛偽自信。

「今天倒是不錯。」

然後我就沒有再繼續回下去了。

雨已經停了，看來確實只是午後雷陣雨而已，我拿了水壺去水龍頭接水，回來喝完之後覺得哪裡怪怪的，幾乎是反射性的，拿起零錢包就這樣往樓下走，我走到了自助洗衣店，當然並不是要洗衣服，而是找為了方便立在外面的飲料販售機，丟了兩個十元下去，按下了可樂，當然平常並沒有喝飲料的習慣，只是今天不知道為什麼就想喝飲料，可樂什麼的也不太常喝（以前），我只是覺得按下這個鈕比較適合而已，打開之後，看著濕漉漉的柏油路，看著深黑色的柏油路，想像著在大熱天頂著大太陽的辛苦工人默默地鋪著這條柏油路的情景，當然我並沒有實際看過，只是不知道為什麼這樣想著而已。

與其說是我找他，不如說是他找上我比較恰當，就今天談話的感覺，好像他有相當多的時間跟朋友的感覺，如果說這部即將形成的小說裡，有她跟這個他的話（再加上我），好像可以寫得出什麼的樣子，也許等他們各自多說一點之後，再來構思小說的架構，不過我這個人，寫小說不會先把全部都想完再寫，我只需要架構就好了，主題啦，內容啦，結尾啦，在鋪陳寫的過程當中自然出現就好了，我實在沒辦法依樣畫葫蘆的那樣隨著草稿寫，不過這也沒什麼，只是習慣而已。

我把喝完的可樂空罐丟到自助洗衣店裡的回收垃圾桶裡，店裡的滾筒洗衣機與烘衣機各自以規則的聲音運轉著，有些已經洗好烘好，有空袋子掛著或者洗衣籃放在前面，有些則是空著的，現在的洗衣機到底演變成什麼樣子，我是不清楚，只是我不太能理解如果家裡能擺一台的話，可以隨時想洗就洗，既不用等平日比較沒人的時候來洗，也不需要每次都花三位數的錢，可能就跟寫小說一樣，每個人有每個人的習慣吧。

在回去的路上，我照著自己慢節奏的腳步走著，可以聽到蟲鳴跟鳥叫聲，鳥確實的停在電線上，倒是在城市裡的蟲反而不知道在哪裡，是在晚上的時候沒有注意電線嗎？應該不至於那麼黑連電線都看不到，還是說夜晚的鳥不是停在電線上呢？如果是這樣的話牠們會在哪裡？下次應該來注意看看。

當我到房間打開螢幕的時候，她寄信來了。

「不好意思，在上班沒辦法說太多，就是有一件事剛剛在鬆綁的時候突然閃過我的腦袋，覺得好想對誰說，還不是誰都可以喔，一定要你才可以，沒辦法在短時間裡面用打的，一定要花時間慢慢的說才行，是這樣一件可以說很久的事情，好多好多現在我頭腦都要炸了，但沒辦法我還要上班，到底為什麼要上班真搞不懂。」

然後信就停在這裡。

找與被找，夜晚的鳥啼與夏天的蟲鳴，泡沫與馬桶蓄水桶的水，可能還有更多更多的東西，我想。

『沒事，今晚我一直都在。』我也簡單的回覆，然而並沒有後續。

到底是什麼樣的事情，不禁開始好奇起來，沒有辦法對別人說、只能對我說的，究竟是什麼樣的事？時間已經接近黃昏，這樣的話應該快下班了，我開了一個肉醬的罐頭，什麼也沒配就直接吃，雖然說有點鹹，不過也吃習慣了，這應該是配陽春麵或是配飯的吧？吃完之後，又習慣性的把窗戶開開闔闔，這次有稍微注意一下外面電線桿上的鳥，但不知道是不是時間不對，還是真的只要是晚上鳥都不會在電線上，我不知道，連一隻都沒有看到。

已經到了一般的晚餐時間，當然我也只能等，做過一連串的生活動作之後心情變得比較平穩，雖然應該不至於是什麼破天荒的大事，不過以她的用詞來說應該是相當急迫的。

過沒多久後她寫信了。

「今天我自己買的晚餐，沒吃家裡的，說實在話現在已經不想在家裡得到任何經濟上的好處。」

『所以是家裡的事情嗎？』

「對啊，其實只是小事而已，但不知道為什麼我的理智好像斷線了一樣，覺得沒辦法忍受，你知道嗎？家人隨便拆開我重要的信件，那對我來說是很重要的，上面寫著非本人請勿查閱他們也都不管的，是不是覺得這樣所以才更必須要看啊？真搞不懂，然後還不只這樣，他們變本加厲的跟我要更多的錢，這些事就在今天早上去上班前一起發生了，然後我就崩潰了，到底懂不懂什麼叫做個人啊？要錢我還能理解，畢竟我本來也沒給家裡多少錢，就是信這件事可能是最大的原因，其實以前就常常發生了，什麼健保費這類跟錢有關的他們也都會隨意拆開來看，你可以理解嗎？當個人的東西隨意被人翻弄的感覺，就像遭小偷一樣，全部的東西都被翻亂了，地板踩上灰灰白白的腳印，重要的東西全部都被拿走這樣子的，我原本以為我自己過好我自己假裝什麼事也沒有就好了，但事到如今，已經忍無可忍了。」

『我想這只是一角而已，一定還有更多事情累積起來的對吧？』

「很多很多啊，不是都會幫我煮飯嗎，但我也都不喜歡吃，雖然說沒義務要幫我煮，那我會覺得說直接跟我講你自己處理就好了，都沒有問過我喜歡吃什麼要不要幫你買還是今天想吃什麼這樣的話喔，好像煮我的份是順便的，這樣不是很難看嗎？煮的不開心，吃的也不開心，我還必須好像滿懷感激的幫我省下飯錢這樣的吃飯，裝到現在我已經受夠了，嘿，叫我吃這些我寧可自己花錢去買自己喜歡吃的啊，又油，調味料又放得多，真的是奇奇怪怪的味道，都不知道我只是喜歡吃簡單的東西而已。」

『妳繼續說沒關係。』

「家裡莫名的就會來一些奇怪的人，你知道嗎？家裡有奇怪的宗教喔，大門口就擺著那不詳的神壇，有的時候就會有一些什麼師姑師兄之類的神棍來搞東搞西的，非常的吵，口中念著奇怪的咒語，閉著眼睛做一些看不懂的動作，我連想迴避都不行，說這很重要，是為我好，我完全搞不懂，還有一堆奇怪的符令，叫我帶著，奇怪的水，叫我喝，拿著奇怪的香，任由他們擺布，然後每次做法完，他們就開始聊天喝酒大口大口的吃東西，好我總算可以回房間了，然後他們就開始大聲的打麻將了你知道嗎？也在家裡抽菸，連在二樓都聞得到那菸味，還有檳榔跟酒味，不時的就大聲罵一聲，然後是搓麻將洗牌的聲音，這些東西，我現在也無法接受了。」

『應該還有對不對？』

「家裡也會常常被當成民宿一樣，那些長輩時不時的就會回家，然後他們就什麼都不管的只是當大爺，好像錢很多的樣子，既然這樣為什麼不去找真的比較好的民宿而是要住在這裡啊，真搞不懂，還會帶一些女朋友啦，孫子啦，朋友之類的，我都搞不懂到底想怎樣了，有的時候甚至一個月會回來兩個週末，這時候我就完全受不了，你知道鐵皮屋就是隔音差，他們我不知道在自己家裡是怎麼生活的，就是關門都用甩的，冷氣也好像開不用錢的一樣，吃飯呢，就更是可怕，添完飯飯匙也不弄乾淨就直接放在旁邊，吃完的碗裡面也總有一堆自己不喜歡吃的殘渣留著，這時候洗碗的都是我，我實在是很討厭處理這些自己本來就應該處理好的事情，然後啊，我們就必須像大掃除一樣的把家裡弄得乾乾淨淨的，就算隔不到兩週，還是必須要這樣，家裡最好的房間也都是當客房使用，我的房間啊，就不用說了，客房是木頭地板，新冷氣新床墊，我都搞不懂到底是誰住在這裡了，幫他們鋪上新床單的時候每次都只有厭惡，如果說這就叫血緣關係的話，這就叫家的感覺的話，我覺得只是種道德綁架，我雖然可以理解偶爾想回老家的心情，但不要這麼常然後什麼事都不做的只是撒錢好嗎？拜託，有錢就去住真的民宿，我們自己也有自己的事要做不是隨時都歡迎你們的，如果說到家對他們的感覺的話，我自己也有對於自己家的感覺這也是合理的吧？不管怎麼說，不是像這樣的血緣親戚綁架團塊，這裡永遠都不是我的家，你們愛怎麼過就怎麼過，不要再牽扯到我了。」

『我始終沒有一個家的感覺，對我來說只是住的地方而已，家這個詞好像不曾擁有過。』

「那你不會試著想要去擁有這個嗎？」

『那是個很抽象的東西，即使有了也不會知道有了。』

「對我來說，我想試著去尋找，即便到頭來可能什麼也沒有，但我想過程會是好的。」

『這個我就沒辦法給什麼建議了。』

「沒事，我說這些也不是要什麼建議，只是不得不說而已，沒有一個人可以說啊，同事？算了吧，朋友？稱不上有什麼朋友，真正能說的只有你而已。」

『搬出來住吧。』

「當然，我也是這樣打算，現在我每天都買自己的食物，不再吃家裡的，什麼打掃啦洗碗啦我都不管了，錢當然也不會再給了，但當然，也不是說隨便找哪一間都可以，還必須慢慢找，在此之前我還是必須在這裡，好，我就把門關起來鎖起來，誰都不准進來，電費錢是吧？我就不開冷氣，每天也是在他們起床前就先出門了，可能會稍微累一點，不過不想看到什麼鬼家人，託住在家裡的福，倒是存了點錢，也唯一只有這點吧。」

『那搬出去之後又有什麼打算呢？』

「找家。」

『這話很抽象啊。』

「對我來說現實得很。」

『其實我應該多說點什麼，感覺好像都是妳在說的樣子。』

「就是因為這樣我才找你的。」

話題停在這裡。

她也好像懂了一樣沒有繼續下去。

家，好像很久以前就遺忘的樣子了，我甚至已經想不太起來自己長大的地方是什麼樣子，倒是學校的還有一點印象，只是可能今天先斷在這裡就好，沒事，以後還有得是

『那該怎麼辦？』

「如果你不是裝的話，看起來也不像是裝的，我只能跟老師說了。」

『跟老師說又代表什麼意義？』

「我也不知道會怎麼樣，只是你的情況如果不讓老師知道的話我想可能沒辦法。」

『老師會教我嗎？』

「我想老師沒那麼多時間一對一教學。」

『有誰可以讓我知道這些東西是什麼嗎？』

「其實啊，你應該自己搞懂。」

『但我搞不懂啊。』

「跟你說這麼多也是白說，我等一下去找老師。」

我並沒有說些什麼，跟老師說這個有什麼用，或者會有什麼變化，如果沒特別發生什麼事，盡可能還是維持現在不要發生什麼額外的事比較好，我說過，我討厭改變。

大概是太陽先生在正上方的時候，6號似乎有跟老師說了什麼，可以看到她在大家都趴在桌上的時候，走到後面老師的位置上熱心的講些什麼，由於有點距離，我只能看到，但聽不到，是在說我的事情嗎？我也不知道。

她回到座位的時候嘆了一口氣，沒有對我說什麼，然後就放學了。

我把書包整理好，把看不懂的課本放到書包裡，鉛筆盒也放好，順著每天早上的路往回走，穿過那新馬路，然後就到家了。

至於什麼時間放學的我還是搞不懂，只知道每次回到家都沒有人而已，太陽先生慢慢的消失，以前讓太陽先生照我的時間已經沒了，慢慢的太陽先生只是代表著放學跟上學而已，至於太陽先生應該告訴我什麼（應該有這種東西吧？），我一概不知。

我在那硬得嚇人的木床上躺著，慢慢的就睡著了。

等到我發覺的時候，白頭髮的媽媽已經出現。

「怎麼樣今天有什麼好玩的嗎？」

『6號跟老師說了一些事情。』

「6號？男的女的？」

『女的，就坐在我隔壁。』

「唉唷這麼快就有曖昧的對象啦，喜歡她嗎？」

『我搞不懂什麼叫做喜歡。』

「對她有沒有好感啦，討不討厭她。」

『不討厭吧。』

「在學校談戀愛是不錯，但還是要當個乖小孩喔，阿婆買了麵，趁熱吃吧。」

在我吃麵的時候，電話響了。

「是誰在吃飯時間打電話來？」阿婆說，然後接起電話。

我則專心的把我的麵吃完。

阿婆跟電話那一頭的人說了一些什麼，我並沒有聽的意思，所以也沒注意聽她到底說了什麼。

「欸，找你的啦，你同學。」

『找我？』

「是啊，就是找你，而且還是女生。」說著要把話筒拿給我的意思。

我搞不懂，沒打電話過給誰，也沒接過誰的電話，甚至連這叫做電話我都不太懂。

「我是6號。」

『我是19號。』

「其實爸爸是叫我不要打電話給你，媽媽說沒有關係這也是交朋友的一部分，是這樣啦，老師叫我當你的小老師，把你在學校應該學到的東西，不懂的地方全部教你一遍，很奇怪喔，老師自己不打電話給你，叫我打電話，說什麼這是促進友誼的方法，我是不討厭你啦，怎麼說，放不下心吧？」

『小老師？』

「就是專門把你教會的比較小的老師。」

『跟學校那些一樣嗎？』

「至少我不會講些難懂的話。」

『那我們要說什麼？』

「唉，先拿出你的數學課本吧，知道是哪一本嗎？就是上面很多數字的那一本，不過你不懂什麼叫數字對不對，跟剛剛那位伯母說你要拿數學課本，我想她應該知道，至少我要先教你每個數字，然後要會算錢跟看時間，這些生活上的數字，你可是躲都躲不掉。」

『那妳等一下。』

然後我叫阿婆幫我拿數學課本，阿婆一邊吃著麵一邊問我說是誰，我說是6號，她一臉看好戲的樣子。

「打開第一頁，不是有0到9的符號嗎？從最右邊開始，那叫做0，在時間上很多種意思，有時候是整點，有時候是10分，到30分的時候就是半小時過去了，然後到60的時候就是一小時過去了。」

『念作零是嗎？』

「她在金錢上的意思很簡單，一個就是十元，兩個0就是一百元，至少有錢這東西吧？」

『我有零錢包。』

「但卻搞不懂數字，真難懂。」

『我也希望我能懂。』

「好啦，我教你就是。」

然後她把0到9的數字全都跟我解釋過一遍，當然我說不出什麼，她則是又在電話那頭嘆了一口氣，又再耐心的跟我解釋。

「我自己也要溫習功課，總之我今天就只能教你這些，現在幾點知道嗎？可是快八點了，爸爸在旁邊簡直要氣炸了，剩下的我明天再教你。」

『不能在學校教嗎？』

「老師說只能在放學的時候打電話，說這樣對你比較好，我是搞不懂。」

『我也搞不懂。』
「那我就每天差不多這個時間打過來囉，然後我會把那天要教什麼要拿出什麼課本都跟你說，你就慢慢學吧。」
『但願能學起來。』
「你不能不學起來。好了，我要掛了。」
『掰掰。』
「明天上學見。」
我把電話掛上之後，還在思考著什麼叫做小老師，小老師就是這樣專門在放學時間打電話一對一透過電話教學的那種老師嗎？
阿婆則吹了一聲口哨。「講了很久啊，怎麼，談戀愛了對吧？」
『她只是教我東西而已。』
「阿婆是提倡自由戀愛，當學生的啊，就是要暗戀誰喜歡誰然後告白，我覺得這樣才叫做校園生活喔。」
『每天都要去其實很煩。』
「總之呢，喜歡就說出來，不要悶在心上，暗戀這種東西只是暫時的，即使告白失

東西多了一點，我自己就少了一點，哪裡多出來，哪裡就會變少，放學回家也沒什麼時間，通常都在講電話，媽媽回來有時候會念幾句。

「為了你那學費搞得我快累死了。」有一次她說。

『上學要錢嗎？』

「不然呢？你最好以後給我賺大錢，不然我可不管你了。」

『學費很貴嗎？』

「貴死人了，你不知道我跟媽為了你那學費多做了幾趟。」

『為什麼上學要錢？』

「就是這樣的規定啦，少煩我，現在不想跟你扯這些。」

然後我們就很少再對話了，阿婆則在我講電話的時候，一直笑嘻嘻的看著我。

「人家一定對你有意思。」有一次她說。

我則沒回什麼。

當知道的東西越變越多的時候，就覺得真正的自己被拿走了一部分，我拿出該付出的代價換來無謂的東西（至少我覺得無所謂），大家都是這樣的嗎？在學校學東西，不是為了讓自己知道更多的東西更加了解這世界嗎？但為什麼我總覺得我換來的東西完全不是我想要的，別人真的甘願自己這一樣一點一點的喪失自我嗎？6號也是如此嗎？只有我覺得這愚蠢而已？其實別人都樂在其中嗎？我不知道，也不知道該怎麼樣形容表達甚至問出別人這樣的問題，覺得當我問出了之後，自我只會離我更加的遙遠而已，我必須裝出一面屬於學校，屬於別人的那一面，當然我覺得很蠢，只是不得不這樣做而已，不然麻煩的只有我自己而已。

雖然會有放假的時候，這時候不用每天到學校去，但我跟6號的電話則沒有一天停止過，她總有一堆東西要教我，而我也假裝懂了一樣的應著她，慢慢的雖然知道了一點句子，也看得懂部分課本的文字，有的時候句子可以連貫起來變成一串意思，但常常到哪裡就中斷了，句子不再是句子，而又變回了符號。

有一次在放假的時候6號跟我說。

「這次的暑假作業自己寫看看喔，不要每次都是我跟你說要怎麼寫，當然你有看不懂的字可以問我，不過我不會再幫你想答案了，自己總要試著自己寫看看。」之前每次都是看到作業簿上她念造句題來給我聽，我說出我想回答的答案，她則跟我說哪個字要怎麼寫，每個字每個字都說，好像深怕我寫錯字一樣，我可以說，但寫不出來。

這個暑假我們依然通著電話，雖然看不懂的句子還是問她怎麼念，念出來是怎樣的問題，但她已經不幫我一個字一個字的說要怎麼寫了，所以我就自己寫，當然不知道對不對，只是這個假期（應該叫暑假），我幾乎每天都在想著這個音的字應該怎麼寫，每個字的音有些又重複，不知道這樣的音這樣的字到底是不是這個句子裡應該出現的，我很努力的問她，然後自己寫。

假期過完了，我交出我的暑假作業，老師把每個人的暑假作業全部收起來，一個一個的打勾，也許是看到我的暑假作業，可以看到老師又叫6號過去（搞不懂為什麼不叫我就好），6號低著頭默默的接受也許是不好受的事，然後，6號在聽完老師的話跟我說。

「你的暑假作業裡面幾乎都是錯字你知道嗎？我都教你這麼多遍了，為什麼還是寫不出對的字呢？」她有點嚴厲的說。

『我寫的我覺得對啊，其實都是錯字嗎？』

「音是對了，但字根本就錯了，有些甚至連老師都看不懂你在寫什麼。」

『我已經盡力了。』

「完了，我覺得你還是學不到什麼東西。」

『應該有進步吧？』

「有是有啦……只是……不知道該怎麼說你。」

『嘿，有時候覺得我的老師只有你而已，其他在學校的老師都不是老師的樣子。』

「我只是小老師而已。」

『但我們不是每天都通電話嗎？一般老師可沒辦法做到這個地步。』

「我是真的很想讓你學會東西。」

『我覺得沒有白費喔，至少我們是朋友了，對吧？』

「朋友嗎？」

『不是這樣嗎？』

「不知道，我只是小老師而已。」

『像這樣既是朋友也是老師，不是最好的發展嗎？』

「但我好像沒盡到我的職責。」

『那也只是學校老師交給你的職責，我們很愉快的聊天啊，至少我覺得很愉快就是了。』

「爸爸一直念東念西的，媽媽一直說沒關係，還會泡茶跟拿些點心給我，我是不討厭跟你聊天啦，只是你也應該要學些我教給你的東西啊。」

『愉快的聊天本身不是愉快就好了嗎？』

「被你說的……算了，今天你回家我每個錯字都跟你說過，最好給我記得。」

『嗯，我會聽的。』

在這樣交替著之間，不知道過了幾個暑假，在某天上學的時候突然老師在上課前站在前面又用手啪的一聲。

「好啦，接下來就是畢業季了，相信我們都度過了愉快的學生時期，數一數，自己交了幾個朋友啦，學會了多少東西啦，這些都是無可替代的，老師只能陪你們到這邊了，接下來還有國中，高中，甚至還有大學跟研究所，一直到你們出社會之前，都要努力的盡好自己的職責喔，學生時期是很漫長的，老實說老師好羨慕你們可以這樣自由自在的當學生，不過將來的事老師不多說，每個人都有屬於每個人自己的人生要過，不一定是被某個框框限制住喔，這點要記得，要活出自己的人生，你們可能會成家立業，結婚生子，老師雖然陪不到那個時候，但同學可是一輩子的喔，只要一旦變成了朋友，一輩子都會是朋友的，老師這樣相信，你們最好也這樣相信喔，那麼在畢業典禮前，好好的跟同學道別吧，雖然可能國中也會同班就是了，這也是一種緣分，珍惜接下來的日子喔。」

種。

老師在說什麼完全聽不懂，好像是一般論的社會用詞而已，為了好聽而好聽的那

然後在放學之後，6號打電話過來的時候，我問她說。

『我們以後會同班嗎？』

「我怎麼會知道。」

『那以後還可以當我的小老師嗎？』

「如果不同班不同學校應該沒有必要了吧。」

『感覺有點寂寞。』

6號沒多說什麼，只是教著今天的課題而已。

在不知不覺之間，我也被別人影響了，而這影響的時間可能就是我這輩子的事情，

這我現在還不知道。

然後，我就畢業了。

11

隔天又回到了無聊的白天，無聊的下午，我沒什麼興致的開開罐頭，看看網頁，收收衣服，開關窗戶，一樣拿水壺去水龍頭裝水，想到什麼做什麼，沒事情的時候除了看電腦就是躺在床上，沒什麼變化，我打開了信箱，依舊只是廣告信而已，他們都沒有寄信來，不知道，我覺得不管怎麼樣，今天都不是屬於我的一天，至少就現在來看。

在接近傍晚的時候，我想起了今天必須要去打工，也許可以開啟什麼，也許什麼也不會變，但至少要有點動作才行，我難得的去樓下裝熱水泡麵加上一個飯後水果罐頭，平常是不這樣浪費的，感覺今天如果再繼續這樣下去，明天也不會有什麼改變的，但不會有什麼改變，是不是就是會好的改變呢？不，現在重點不是這個，我可以不用有改變沒關係，但他們必須要進行下去才可以，我怎麼樣的已經無所謂了。

時間差不多，開始漫步走去鐵板燒店，我在走路的時候有聽到鳥叫聲，只要一聽到立刻就抬頭看頭上的電線，但沒發現任何一隻鳥。

時間到了，就去領錢，不帶有任何感想的就那樣掉頭回家了。

回到家的時候，電腦裡已經躺了一封信。

「嘿，既然裡面不小心的包含了我的話，我們是不是要更進一步的互相了解比較好？當然並不是說現在沒什麼可以講的，現在到未來的時間永遠都不會變，所以有時候沒什麼可以說的啊，要說可以，但有限度，這一秒說到下一秒，然後必須等著下一秒，這樣有時候感覺很被動，我啊，想劈哩啪啦的說上一堆東西，今天老實說下午就在想著這些事情，但不得不打掃房間，外面也髒了，然後就開始刷起陽台了，洗衣機也順便清理了一下，就是在這些已經過去的現在中，現在正在進行著。」這樣看起來應該是他。

『當然，不過我想先知道的是你，我的話現在沒那個心情，如果你想劈哩啪啦的說上什麼的話，也許可以說說你的過去，昨天幾乎什麼也沒講到這些，只是說些無關緊要的事情而已，不過，我當然很高興可以認識你，所以才想要聽你以前的事，如果可以的話，你慢慢說，我今晚一直都在。』我不想說自己。

「我嗎？你想從哪裡聽起？」

『隨意啊，想講什麼就講什麼。』

「這樣就突然開始講古會不會很奇怪？」

『你不是說想要進一步的了解嗎？』

「那你等我一下，用打字的會比較慢，然後不得不回憶啊。」

我沒回什麼，一開始只是坐在電腦前想說也許馬上就會有新信跳出來，但沒有，我等了一下之後，開始變得不安起來，倒不是說怕什麼，而是等待這件事本身就讓人不安。

大概過了二十分鐘（也許更長），終於來了。

「我先從我記得的最早開始講起，得先從我媽媽的媽媽開始說起喔，老一輩的，似乎是從哪個地方撤退來這裡逃難的樣子，不知道是什麼原因，總之政府就劃分了這群人一塊地，那時候並不像現在這樣搶得這麼兇啊，他們在那被劃分好的屬於自己的地上蓋起了房子，當然由於不是專業的，所以只是木造加上鐵皮那樣的房子而已，那時候我媽媽好像才剛讀書的樣子而已，地不大，但附近很單純，由於是失敗撤退來的人，所以很自然的就教育我媽媽以後一定要過上幸福的人生，千萬不要像我們一樣，不過我想我媽媽應該不需要他們教，怎麼說，她長得漂亮，長輩都喜歡，在學校即使是剛轉學過來的不知道哪裡來的學生也馬上受到注目，連老師都喜歡她，我想順利的話未來想當明星都不是什麼問題那樣的漂亮，但也許那不是她想要的，媽媽沒有要靠外表吃飯的樣子，務實的讀書，認真的學習，可能未來想靠自己賺錢吧？也許念了商業相關的科系，剛畢業雖然不得不承認，但也由於她那亮麗的外表讓她在找工作上吃足了甜頭，雖然我記不得她找到什麼工作，反正很順利的就認識了我爸爸，應該那時候也賺了不少錢，所以搬出來住，爸爸應該也是業界的佼佼者，外表雖然比不上媽媽，但怎麼說，頭腦相當好，想的東西都比平常一般同齡者要來得多，很快的就相愛了，然後順利結婚，在不錯的地段買了房子，自然的也有了我，不過這些可信度我不敢保證，畢竟都是聽來的，而且現在已經不可考了。」

『怎麼說？』我花時間看完然後回。

但當然應該又是一段很長的信，我往後靠在椅背上，只是抬頭注視著天花板的汙點而已。

「先讓我慢慢說完。當然婚姻本身並沒有什麼問題，兩情相悅，又有經濟實力，頭腦也都好，不管怎麼說都算是成功的人生，爸爸跟媽媽辭掉原本的工作，兩個人合開了一間目前也上市的公司，雖然我至今仍然搞不懂到底是做什麼的公司，不過應該是很正派不是走邪門歪道那樣的，也許會有媒體報導啊，也許會登上雜誌啊，那樣的公司，那樣的經營者，我剛有記憶的時候，身邊就充滿了各式各樣花俏的東西，媽媽有時候把我打扮得像女生，爸爸有時候把我打理得像個小王子，我從小就不太懂什麼性別上的區別，因為我總是一下男生，一下女生，他們的時間都不一樣，所以媽媽來的時候就跟我說女生的外表有多好多好，爸爸來的時候跟我說男生有多成功多成功，我開始慢慢的搞不懂，究竟我是男生還是女生？但當然的我是男生，只是，好像說我是女生也不會怎麼樣的感覺，你懂嗎？好像怎麼樣都無所謂了啊，由於算是知名人士的小孩，所以上的私立菁英學校老師跟同學們好像也都敬而遠之的感覺，不然這樣應該會被霸凌的吧我想，就是這樣的個性的話，老師一方面讓我好像要融入這個班級，但實際上做的只是把我從那群學生當中區隔開來而已，好像在說，不要得罪這個人，不然後果連我都不敢想這樣子，那以我的角度會怎麼想呢？我還小，照理來說需要朋友，但沒有一個人敢真正的接近我，誰接近我了老師就會來看，然後開始問東問西的，老實說我覺得很煩，我只是想跟誰玩而已，但就連這樣我都做不到了，即使我去找人，老師也擋在前面，一方面安撫著我說乖喔，一方面叫其他人不要靠近我，就算老師做得不明顯，但我都感覺得出來，這時候我才不到十歲而已。」

我看完之後不知道該怎麼回，呆呆的望著螢幕。

「上了國中之後，當然還是菁英的私立國中，老師一樣也是處於這種分割者的角色，爸爸媽媽依舊按照自己所愛的教我男女的優點，但這時候我很明白的知道了，我也是一個人，自己該怎麼樣自己要決定，從現在開始，我不想再管什麼爸媽了，也不再管什麼男裝女裝的，我總是穿著中性的服裝，不男不女的，說是男生也可以，因為不是裙子，說是女生也可以，因為媽媽讓我用很好的保養品所以外表簡直像個女生一樣，大概因為基因很好，我長得帥（漂亮？），頭腦也很好，自然的有很多的仰慕者，在學校也是個風雲人物，好像不管到哪裡自然都會引人注意的樣子，我雖然一開始不想習慣這些，但慢慢的也就習慣了，身邊有誰這件事，好像再自然不過了，可能老師開始覺得壓力很大，一方面要打壓我開始叛逆的個性，一方面要阻止那些同學與我的交集，可能連校長都有給壓力吧？雖然我不太清楚，說實在話，我雖然不想管老師，但老師不能不管我，可能就這點上是完全的不公平，就在一天，老師突然崩潰，跑到樓頂就這樣往下跳了，連遺書都沒有留，只是自然的穿著稍微墊高的平底高跟鞋，穿著正式的服裝，連妝都有化，那天連同事老師也看不出有什麼異樣，只是極其自然的進行，唯一的改變，就是她對我表情已經完全不一樣了，但面對其他人則依舊保持著原本的態度，就是單獨在面對我的時候，可以說是跟以前完全的相反，當然那個時候我讀不出來那是什麼樣的表情，只是到現在我都還記得那個表情，我不太會表達，總之我印象很深，甚至到現在我都還讀不出那表情到底意味著什麼，是一種很複雜同時很單一的表情，有點像是某種機器一樣的表情，現在想想，如果當初有察覺異樣的話，可能現在會不太一樣。」

我花時間一個字一個字的刻進腦子裡，並想像著小說裡可能的東西，然後依然繼續等待。

「當然我根本不知道是因為我的關係，校方也處理得相當低調，只記得那天有一段時間老師沒有出現，然後就出現了別的驚慌失措的老師取代她的位置，但老實說，對那時候的我來說根本沒差，因為我也不管老師的，這件事也是之後聽同學講才知道有這樣的事情的，對我來說，那時候只是老師不斷的換而已，好像深怕每個老師都會有什麼意外還是有什麼失控的情況發生那樣，但每個老師都差不多，對我來說都一樣，喔，換了啊，好，你來吧，只是像這樣的事情而已，爸爸媽媽也像消失了一樣不知道在忙些什麼，我一樣穿著中性的服裝到學校，然後老師出來迎接我，有時候甚至是校長出來迎接我，然後被帶到奇怪的地方去檢查東檢查西，連到外面走回教室都像是隨時有保鑣那樣，嘿，我有時候只是去上學而已啊，可以稍微安靜一點嗎？但周圍都是人，甚至不是同學，而是老師，我有時候只是去上個廁所去合作社買個飲料而已啊，可以不要再管我了嗎？其他人？其實無所謂啦，反正都習慣了，他們不會真的怎麼樣，會怎麼樣的只有你們而已，不管怎麼說，在這樣的環境中長大的小孩，一定都會出問題，只是遲早的事情而已。」

可以可以，繼續說。

「爸爸媽媽再出現的時候是老一輩的走掉的時候，這時候我們好不容易才又聚在一起，我簡直想問說你們之前都跑到哪裡去了，我們去靈堂燒香，由於是我媽媽珍愛的那一輩，所以特地一直待到送去火化前為止，我一開始只是問，媽媽，今天我是女生嗎？媽媽什麼也說不上來，我也不想說什麼，雖說不是有什麼性別上的歧視，現在這樣的人也很多，但對那時候的我來說，只是想跟媽媽說，如果妳多陪陪我就好了，陪陪我去學校，陪陪我去吃飯，陪陪我去朋友家，自然就知道了，至於我，那時候其實還沒有多想什麼，沒關係這之後再說，火化完之後，那塊被政府劃分的地照理來說應該是我媽媽的，但也許她感覺到了那麼一點歉意，即使只是那麼一點的，她把那塊地給了我，爸爸這當中幾乎什麼也沒有說，只是偶爾摸摸我的頭而已，好像在跟我說，沒關係喔，這不是你的錯，嘿，搞清楚，你也有錯好嗎？如果你也多陪陪我的話，事情也不會到現在這樣，爸爸，我今天是男生嗎？雖然我想這樣問，但已經不需要了，而我那些前面聽來的東西，也是這時候在守夜的時候從媽媽嘴裡聽來的。當然，這只是故事的開始而已，我回到那扭曲的學校去。」

然後信過了一陣子沒有寄來，我開始想，他會不會是後悔跟一個剛認識的人說這些，因為不管怎麼說，這都是比較私人的事情，等待依舊帶著不安，然而我什麼也不能做。

還好，大概過了一小時，信來了。

「抱歉抱歉，休息了一下。那時候我已經國三了，要準備考高中了，當然以我們家這樣，要進入菁英學校也是輕而易舉的事情，但我還是很努力的考完試，順利的進去了之後，才發覺一切已經變了。」

這次比較短，所以我可以插話。『哪裡變了？』

「喔你在啊，我還以為你去睡覺了所以躺了一下才繼續說。」

『我當然在，這種事情是很重要的事情，沒有理由不聽下去。』

「但很長你不覺得嗎？」

『我多得是時間。』

「這點倒是跟我一樣。」

『你繼續吧。』

「首先，老師已經不再管我了，雖然我不知道為什麼，可能是校風的關係還是教育的環境有什麼改變，現在我不知道也不想知道，我有種突然從舞台上摔下來的感覺，但也是因為這樣，才讓我有空間想自己的事情，因為外在的東西只要一減少，不得不多生一點什麼出來填補，而那時候的我，正是我自己本身，雖然還是很受同學歡迎，尤其女學生，也因為制服的關係，我穿上了比較男性的服裝，對之前我甚至不需要管什麼制服不制服的，都是隨便我穿，可能就是因為，比較男性化了吧？當然不是說之前沒有受女生歡迎，只是都被擋在外面了啊，但現在沒有人擋了之後，湧上來的是滿滿的噁心，這很奇怪對不對？照理來說一般青少年男生對於同齡女生怎麼可能不喜歡，但我就是喜歡不起來，對喔，甚至是到噁心的地步，就像黏液一樣又黏又膩的，而且怎麼甩也甩不掉，我開始厭惡起女性，其實現在來看不是厭惡啦，只是她們對我的反應是滿滿的愛意，而我無法回應那愛意的時候，自然就會討厭了，但當時不會那樣想啊，就是，我想脫離女性，開始覺得連女老師都討厭，回家的時候看到媽媽也開始討厭（雖然很少看到），只要是有胸部的，我就喜歡不起來，相反的很奇怪，同性就可以很自然的相處下去，他們似乎也不知道我的過去一樣，還是說也不管那些了，很自然的（雖然現在想想也許不自然）開始跟我搭話，我也很開心的回了，畢竟，對我來說，應該屬於我的同齡朋友這時候終於出現了，我開始想，一般人會是這樣嗎？我記得好像是異性之間所以才會有吸引，但沒想到吸引我的是同性？有幾個男同學跟我比較好，我們就會在中午午休的時候去比較沒人管到但又很私人的地方去用午餐，然後開始在那邊聊各式各樣的事情，真的是各式各樣，但我始終沒有說我的過去，因為他們不需要知道，只需要知道現在的我就好了，可能說不定早就知道了，啊，現在不用再管什麼過去不過去的，只要順著走就好了，女生？就當她們是蒼蠅吧，很快的我發現，原來我是同性戀這件事情。」

我安靜的守在電腦前，繼續等待。

「沒有要說什麼嗎？一般聽到這邊不是都會說些什麼。」原來不是要繼續說。

『要說什麼？』我說。

「嗯……該怎麼說，同性戀在我那個年代，可以說是禁語一般的存在啊，而且一般人對同性戀好像不太公平。」

『也沒什麼吧，時代變了，也許在三十年前我可能會說些什麼也不一定。』

「你是很老嗎？」

『沒有啊，才差不多三十歲。』

「那稍微比我年輕一些，那聽到這邊有什麼感想？」

『我沒有經歷過這些，可能我來說的話不太準確。』

「每個人的一生都沒有相同的啊，到底需要經歷過什麼？」

『說是這樣說，只是，怎麼說，好像不太一樣。』

「我想是不太一樣，不過，只需要一種直覺性的東西就好。」
『一個人的回憶。』我說了謊。
「嗯，只是回憶而已，沒什麼對不對？」
『我想每個人的回憶都應該要有些什麼。』
「但那都過去了啊，又要有些什麼呢？」
『可能是組成現在面前的這個人的什麼，雖然我們沒有面對面。』
「嘿，不是我在說，有沒有人說過你什麼？」
『什麼樣的什麼？』
「就是，很會交朋友之類的，像是可以很放心的跟你說話這樣的啊。」
『最近的話有。』
「我想我可以理解，你確實很讓人安心。」
『我是不太懂其他人到底是怎麼解讀你這些事情啦，只是對我來說，是組成你的東西。』
「我其實不太說這些，但又到底為什麼可以跟你說這些呢？」
『好像我身邊的人自然就會跟我說的樣子，從以前到現在的經驗來看。』

「我其實蠻佩服你的這種特性，雖然我現在已經不太跟人來往，但有時候就會像剛剛那樣劈哩啪啦的想聽誰說什麼，可能時間多的關係吧？就是覺得，現在可以做些什麼，但身邊什麼事情都沒有。」

『我好像也有過類似的經驗。』但我沒說是什麼經驗。

「不管怎麼說，先讓我抽一根菸吧。」

『你抽菸啊？』

「嗯，偶爾會在想事情的時候在陽台抽，配一瓶黑麥汁那樣。」

『好像蠻有畫面的。』

「一個男同志心事重重的在狹小的陽台旁邊擺著菸灰缸跟黑麥汁抽著菸。」

不知道為什麼，我覺得暫時不要接下去比較好，他抽完菸如果看到沒新信的話，可能也不會說什麼，就是這樣的一種段落，當然，我知道他還沒說完，畢竟才說到剛上高中而已，而他的年紀至少超過三十歲，以前面的鋪陳來說的話，其實應該繼續下去的，但我們人都需要像他這樣一根菸的時間，雖然我不太懂（其實我只是沒錢而已），但就是一種類似重心的轉移之類的東西，感覺確實可以配上一瓶冰得涼透的飲料慢慢的抽著，可能不需要整理什麼東西，只是轉移掉了什麼東西，那些東西在轉移之間就那樣往傾倒的那一側順勢掉落下去了，只是像這樣的重心轉移而已，我想我們每個人都需要。

當然就我而言，他是相當有趣的，不得不說。

不是每個人都可以像這樣，不用像這樣，遇到這樣的人，即使只有一半而已（可能還不到一半？），那故事就充滿著戲劇性，有人說過，人生就像一場戲，即使我活得不像戲，比較像一發呆就發呆到現在的感覺（確實），我甚至覺得，我活到現在簡直是種奇蹟，不過這可能是因為聽他說過他的故事的原因，當然我知道今天的對話只會到這邊，不過可能，我的那東西不要說是戲了，可能只是不是東西的東西而已。

睡意來得很快，我甚至不知道現在是幾點，好像過了很久，不過現在那些都不重要了，我鑽上床去，無意識之下就睡著了。

12

在畢業典禮之後（應該是這個詞？），老師到教室去把每個人的畢業證書拿給他，每個人的制服學號邊都別上了一朵假的小紅花，當輪到我去拿畢業證書的時候，老師特別跟我說了幾句，不過沒什麼重點，就是要我好好加油之類的話而已，6號在拿的時候，老師也特別跟她說了些什麼，雖然我聽不到，不過覺得就是這樣，板子上寫了一堆有些懂有些不懂的字，也有人畫畫，我則什麼也沒有寫，6號也沒有寫，老師說完之後，6號跑來找我。

「畢業之後我可以繼續打電話給你嗎？」她說。

『可以啊，我就說了我們是朋友。』我說。

「不知道為什麼，就是放不下心，你喔，真是個讓人擔心的孩子。」

『我們不是一樣大嗎？』

「你就像個小孩子一樣，讓我覺得我像個媽媽，有時候會這樣想。」

『我不喜歡我媽媽。』

「有人不喜歡媽媽的喔？那要怎麼相處？」

『阿婆比較喜歡。』

「喔，那位伯母啊，她是不錯啦。」

『那之後要教什麼呢？』
「不知道啊，我也不知道國中會教什麼。」
『會不會很難啊？』
「我想至少有一個緩衝的餘地。」
『但願如此。』
「這種感覺真討厭，明明我是你同學，但卻有很多種身分。」
『其中包含著朋友就夠了，其他的都不重要。』
「我是不太懂什麼朋友不朋友的啦，不過就是同班同學而已，每天都要見面所以說些好聽的話啊，我們在學校跟在放學之後當起小老師的感覺完全不一樣，覺得好像要把自己的小孩教會那樣。」
『阿婆說過小孩就是做錯什麼事情都會被原諒的一種名詞。』
「小孩也是有自己的責任好嗎？至少要當個乖小孩。」
『那我是乖小孩嗎？』
「至少不是個討厭的小孩。」
『那就好。』

「但希望你能當個聰明的小孩。」

我沒多說什麼，只是微笑了一下，而這微笑，是我第一次對6號做出的表情，我也不曾對誰做過，阿婆的微笑也跟這個不同，我不太會形容這之間的差別，只是在嘴角上揚的時候，想到自己從沒有這樣笑過而已，第一次這樣笑啊，我想說，然後這微笑的感覺，一直留在我的心中久久無法散去，6號也回了我一個微笑，感覺也是第一次看她這樣笑，我們在學校總是不太面對面，只是看著前方對彼此講話而已，像這樣面對面說話，感覺次數不多，至少不曾微笑過。

同學們離開教室，有人大聲的說些什麼，有人像是在哭一樣的，也有人一聲不吭的，就跟我還有6號一樣。

我穿過馬路（現在已經不算新了），走回去自己家裡，時間就太陽先生的感覺，好像是剛過中午的樣子，當然不會有誰在家，畢業是什麼東西，我現在還是搞不太清楚，不過我知道暫時見不到6號了，而我的19號也即將消失，雖然想過之後該怎麼叫她比較好，但想了想好像沒這個必要，6號就是6號，19號就是19號，就算學校消失了，這個代號一樣代表著彼此，我知道，我想她也知道。

由於實在沒事做，我就去對面的麵店掏出三十元吃麵。

『我吃一樣的。』我說。

「等一下嘛，唉啊，剛畢業啊。」老闆娘說。

我這才注意到身上還穿著制服而且假的小紅花也沒拿下來。

『畢業代表著什麼意思？』

「以你這個年紀喔，畢業不是畢業啦，拆掉一堆人之後，又重組了一堆人，然後繼續上學。」

『那什麼時候才可以說是畢業？』

「你現在還不用想這個啦，對你來說還很久，等一下嘛，我先弄你的麵，為了慶祝你畢業，送你一盤自己醃的小菜跟蛋花湯。」然後她就開始忙著弄我的麵。

『所以說，我還要繼續上學對吧？』我沒有要等她的意思。

「當然，就說了你還早得很，現在才剛開始而已。」

『那真正畢業之後又要做什麼？』

「就像我一樣，不得不開始賺錢了啊，真正的畢業啊，就是失業喔。」

『我以後也要賣麵嗎？』

「那就看你自己了，吃了我的麵這麼久應該知道麵怎麼樣才會好吃啦。」

『想像不到。』

「現在就開始想這個的話，接下來的日子會很難熬喔。」

『也不用現在開始想，因為我想不到。』

然後我們的對話沒有繼續下去，她弄完麵之後去後面的大塑膠罐夾了點應該是她說的小菜，先把麵跟小菜端到我面前，然後繼續回去弄她的湯。

我一邊想著想像不到的畫面，一邊吃著已經吃到膩變成無感的麵，小菜也沒什麼味道，就是酸了點，除了酸沒有別的味道，然後湯也喝膩了，沒有感覺。

「怎麼樣？自己醃的很好吃對吧？」我吃完之後她說。

『是蠻好吃的。』我說了謊。

她一臉心滿意足的對著我揮手，我也揮揮手，然後穿過馬路走回自己家裡，首先必須先換掉這醒目的制服才可以，我去浴室洗了澡，天氣變熱了，身上已經有點汗，洗完之後，換上奇怪圖案的衣服，這麼說起來，感覺這件衣服變得越來越小了，看看太陽先生，似乎離阿婆回來還有一段時間，因為剛吃飽，又洗完澡，覺得有點睏，就這樣在木床上睡著了。

醒來的時候太陽先生已經消失了，阿婆並沒有出現，媽媽也沒有，我獨自一人在木床上醒來，雖然不知道過了多久，不過依照這個亮度，應該阿婆會出現才對，但沒有，並沒有誰在家。

我走出去打算到麵店那邊去問時間，看她似乎很忙的樣子想想還是算了，也許是睡糊塗了也不一定，可能現在太陽先生只是為了捉弄我先躲起來讓我以為是夜晚了，其實現在還沒有到夜晚吧，我看著家門口附近的路燈，亮了一陣子之後就稍微變得模糊，好像快壞了，然後又繼續亮起來，讓人搞不懂它到底是要壞了還是跟太陽先生一樣只是捉弄我的讓我以為它要壞了，突然之間覺得會不會這世界上的人都在捉弄我，不僅僅是人，只要是東西都在捉弄我，車子呼嘯而過，我覺得就算我站在馬路上，車子一樣不會踩剎車而是穿過我那樣，這世界好像稍微變得扭曲起來，還是我哪裡做錯了什麼，所以懲罰我讓我有這種感覺，想不起來，是因為我畢業了所以像是驚喜那樣嗎？感覺好像哪裡說得通，又哪裡怪怪的，一切的一切都變得好怪好怪，但我又說不上來是哪裡怪，就是怪而已，單純的奇怪。

沒事，我告訴自己，就算是捉弄我，我也是必須一個人繼續下去。

然後我等沒有車了之後穿過馬路，回到家裡，似乎還聽得到那路燈的聲音，那種安靜的機械吱吱聲，感覺家裡的家具也哪裡不一樣了，木床的角度好像稍微調整過，放滿東西的桌子似乎東西有被誰動過，那長長一條的燈感覺也變得更長了，沒事，我再度的告訴自己。

為了排除這種異物感，我快速的躺在床上，只是閉上眼睛，身體放輕鬆之後，睡得比想像中來得深，甚至連有沒有人回來電話有沒有響都不知道。

睜開眼睛的時候，太陽先生已經出來了。

當然我立刻就知道已經到隔天了，似乎昨晚真的只是惡作劇而已，阿婆說過夢也是種惡作劇，我突然想到會不會其實早就睡著了，那只是夢的惡作劇而已，只是夢的延伸而已，不過我不打算追究下去了，畢竟那是再怎麼想也想不起來的事，總之，感覺桌上的東西又被擺回了原來的位置，而旁邊的枕頭似乎也變回原狀了，木床在正確的位置，太陽先生也確實的出來了，這樣就好了，不要再管了。

當然太陽先生出現代表著一定沒有人，這也是很讓我覺得正常的一點，我的假期就這樣展開了，當然，只是暫時的。

過了一陣子，感覺是中午的樣子，由於在學校會在中午的時候吃便當，所以也養成了我吃午餐的習慣，很自然的在中午吃便當，但現在已經不在學校，那肚子又餓了，就跟晚上要吃麵一樣，沒辦法，我拿起零錢包，確認裡面有三十元，就走到對面的麵店那邊去，結果沒想到根本就沒有人在，看樣子也不是馬上就會出來的感覺，我喊了幾聲，也許是休息時間吧？就跟學校要睡午覺是一樣的（雖然我沒有幾次是真的睡著），麵店也有所謂的休息時間吧？但我又想不到哪裡可以去，肚子顯然是餓了，開始發出聲音，我只好穿過大條的馬路，走到平常去的早餐店，一開始想著如果沒有開就在附近隨便找間店吃就好了，因為我真的不知道學校附近有什麼吃的店，不要說吃的店，有什麼東西可以買我都不知道，我邊走邊想這些，走到的時候還好沒有關，不過像是鐵門的東西有一點拉下來了，也許是準備要關了吧？

『不好意思，我想買早餐。』我說。

「唉啊，都準備要關了說，沒關係，我知道你常來，就把你當作今天最後的客人吧，怎麼樣，要吃什麼？」

我把零錢包拿給她看。『裡面夠買什麼就買什麼就好了。』

「這倒不是問題，這時間應該是暑假喔，所以也沒去上學對不對？」

『嗯，應該是畢業了。』

「畢業了嗎？想不到時間過得這麼快，要上國中啦？」

『我也不知道是不是國中。』

「小學畢業就是國中啦，好啦，你先在那邊坐著，我馬上弄東西給你吃。」然後她指著旁邊的座位。

我只是乖乖的坐在不曾坐過的座位上，因為平常都是擠滿了人根本不會有座位。

「學校好玩嗎？」她一邊在板子上弄東西，發出吱吱的聲音。

『不知道，不過有了朋友。』我說。

「有朋友當然是最好的啦，阿姨啊，小時候很愛玩呢。」

『我不會去操場玩，會去合作社買紅茶喝。』

「小學生就是要多玩啊，到了高中之後就很難享受那種樂趣，不過對你來說高中還沒到就是了。」

『之後要念的其中一個叫做高中是嗎？』

「嗯，國中畢業之後就是高中了，不過要考試喔。」

『那我一定沒辦法。』

「不愛玩又不愛讀書，卻交了朋友，確實是蠻愉快的校園生活。」

『我是不懂。』不過我沒有說我看不太懂學校的板子上在寫什麼這件事，就跟我看不懂她在板子上弄什麼東西一樣。

「有多的奶茶，要不要先喝？」

『奶茶是什麼？』

「就當作是牛奶加紅茶，你最愛的紅茶。」

『就是有紅茶對吧？多少錢？』

「多的啦，不用錢，反正也是倒掉，還不如給你喝。」

『謝謝阿姨。』

「沒事，你等我一下啊。」

不過關於牛奶是什麼我也不知道這件事我一樣沒有說。

她拿來之後在上面插了一根吸管，跟學校合作社的包裝完全不一樣，學校的是袋子裝的，這是杯子，杯子是什麼我還是知道的。

「馬上好了啊，你的午餐，先喝吧。」

『謝謝。』

比學校的紅茶更甜，而且裡面有一種說不出來的味道，老實說，我不喜歡，有一種很濃的化學味的感覺，不過我還是把它喝完了，對於說謊這類的事情，我可以說是越來越熟練。

「好啦，你的午餐。」

我起身拿過來。『謝謝阿姨，奶茶很好喝。』

「喜歡就好，不過午餐錢還是要收的喔。」

『當然。』

她朝著我說掰掰，我也說掰掰，然後就回家了。

大概過了一下，電話響了，我本來還在想著是6號嗎？現在應該還不到晚上啊？但也許因為是假期所以太閒，就直接接起來了。

「你在幹嘛？」真的是6號。

『剛吃完東西啊。』我說。

「我也剛吃飽，嘿，等一下可以約個地方見面嗎？有東西要給你。」

『嗯？什麼東西？』

「不要管那麼多啦，反正就是有東西。」

『那要約在哪裡？』

「學校附近的店，只要有喝的就好。」

『我從來沒去過這種地方啊。』

「完了，連娛樂都沒有。」

『我不懂為什麼放學了不趕快回家就好，你們都會去附近買喝的嗎？』

「有時候也會順便吃晚餐啊，那你晚餐都吃什麼？」

『就對面的麵店。』

「每天都吃一樣的？」

『對啊。』

「不用換的嗎？每天吃一樣的不會膩嗎？完了真的搞不懂你。」

『我就吃習慣了嘛。』

「算了，那就約在學校可以嗎？」

『可以啊，現在去好嗎？』

「通常這種時候要給對方一點時間緩衝，應該是約幾點而不是現在馬上去才對。」

『我們家又沒有時鐘，不像學校。』

「真的是很詭異的家，那你過去大概要多久？」

『應該不會太久。』

「這種時候也應該說大概幾分鐘後，不然要人家怎麼去。」

『我實在不知道是多久。』
「好啦，反正我家是離學校不遠，反正先到了就等你這樣總行了吧？」
『我想不錯。』
「你這傢伙連點禮儀都不知道。」
『嗯……不太懂。」
「好啦，等會見，掰掰。」
『掰掰。』
掛斷電話之後，還是搞不太懂，雖然說學校有時鐘，我也大概看得懂，但不都一樣會在一樣的時間下課鈴就會響嗎？老師也會說等一下要吃午餐了等一下要放學了之類的，看來我真的不太懂禮儀，不過禮儀究竟是什麼？約出來需要給點時間緩衝是什麼意思？我真的不太懂，因為也不會有誰約我。
並不需要揹書包了，下意識的想到學校就想到書包，我拿著零錢包，就這樣出門了。
到的時候她確實已經先到了，不過看起來並沒有等多久的感覺。
「這樣你懂了吧？約好時間的話就不需要有誰等待啦，雖然通常一定會有一個人先早到，像我這樣。」她說。

看到她手裡確實拎著一個紙袋。『我們家真的沒有時鐘。』

「那你平常怎麼在早上起床的？」

『就很正常的在那個時候會醒啊，我也不知道那是幾點。』

「我覺得我們先不要糾結時間這個問題好了，跟你講那麼多好像也沒用。」

『不好意思。』

「先去操場吧，看來沒有什麼人的樣子。」

『好。』

然後我們一樣看著前方走著各自的路。

到了之後我們坐在操場的邊邊，旁邊是沙坑，有像是一根一根的東西在旁邊。

「這個啊，是我媽媽說要送給你的畢業禮物，說什麼也算是陪了這麼久的朋友了，是很久了，我們一直通電話，爸爸也一直皺著眉頭，我們就去挑禮物啊，想說讓你學點東西，不要只是什麼禮物而已，這當然是禮物，但不僅僅只是禮物。」她說。

『是什麼？』我說。

她從紙袋裡拿出一本東西。「是一本書，媽媽說是什麼故事書，但其實我知道這是一本小說，不用把我當小孩一樣看了，我都已經要上國中了，她總是這樣。」

『小說？』

「不是課本，不用擔心，雖然看起來像是很厚的課本，不過裡面寫的東西完全不一樣，我自己偶爾也會看點小說，不過這個作家我不知道，是一個日本的，媽媽說裡面的東西很白話很好懂，讓你看應該不是問題，媽媽一直推薦喔，好像從以前就是他的迷一樣。」

我接過來，確實很厚，然後看著封面。

『這要怎麼念？』

「還是看不懂嗎？世界末日與冷酷異境啊。作家叫做村上春樹。」

『聽都聽不懂，世界末日是什麼意思？』

「就是這世界的終點，就像一個人突然死掉一樣，啪的，就消失了。」

『那不是蠻悲傷的嗎？』

「但有時候這樣想會比較輕鬆，因為什麼都不用做自然就到終點了啊，那是盡頭啊，什麼時候會來，什麼時候可以什麼都不用管了這樣。」

『也就是說，這世界隨時有可能會消失嗎？』

「但也不用想得太深入，雖然輕鬆過頭的話會變成懶散，媽媽常說，輕鬆一下可以，但不能一直輕鬆，不然就沒辦法做事了。」

『我是搞不太懂，那冷酷異境呢？』

「老實說，我看不太懂這個詞，媽媽說當作另一個世界來理解就好。」

『有兩個世界是嗎？』

「嗯，我稍微翻了一下，裡面是兩個故事，兩個世界持續的在進行，不過我也只大概知道這樣而已，因為我也沒看過。」

我也大概翻了一下。

『嗯……我沒看過課本以外的書，更不用說是故事了。』我沒有說其實我沒幾個字看得懂。

「當作是人生就好。」

『看別人的人生嗎？』

「應該說看別人寫的別人的人生，不要想說是他的人生。」

『有點難懂。』

「就當作是文字版本的聊天就好了啦，反正呢，看完這本小說，就當作是我這個不稱職的小老師給你的最後作業吧。」
『說不定還會同班啊，老師不是說過。』
「我是不知道，電話是不分班級的。」
『那我們拿到的課本會不會不一樣？』
「都一樣的啦，哪裡來那麼多心思去做那麼多課本。」
『我會看的，不過不保證看得完。』
「我知道，真的很厚對不對。」
『這是真的。』
我跟她都笑了，然後繼續看著前方。
「有沒有感覺這學校變得小一點了。」她說。
『好像沒什麼感覺。』我說。
「拿來跟剛入學的時候比，真的是小了一些喔。」
『好像記不太起來。』
「這時候應該要很感慨的說，啊，真的是變小了呢，懂不懂啊你。」
『一直不太懂。』

「算了。」

『嗯，算了。』

然後我們暫時都沒有出聲，只是呆呆的望著前方而已，當然是操場。

『就算我們不同班，我們也可以再見面對不對？』我說。

「當然，至少假日都一樣。」她說。

『就像這樣約在什麼地方。』

「嗯，要記得時間啦。」

『我會記得學校附近有什麼店可以喝東西。』

「雖然這也很重要，但重點還是要約好時間才對。」

『下次會記得。』

「你的下次……我是不敢想。」

『說不定突然有時鐘了啊。』

「好啦，嘿，我該走了。」

『那我也差不多了，謝謝你的書。』

「那是小說，書與小說有時候不是同一個東西。」

『嗯，文字版的聊天。』

「有的時候也不單純只是這樣而已。」

『就跟裡面其實有兩個世界一樣。』

「這點倒是很懂，紙袋給你吧，看你什麼都沒帶。」

『謝謝。』

「那掰掰啦。」

『掰掰。』

她拍拍屁股起身，我也起身，然後我們一起走到校門口。

「不是都說掰掰了嗎？幹嘛還跟著我。」她說。

『我也要回家了啊。』我說。

「算了，你啊，就慢慢學吧。」

『嗯，小老師。』

「唉，好啦，真的掰掰了。」

『掰掰。』

我看著她的背影，一直到消失在盡頭，手裡拎著那個她給我的紙袋。
因為我們真的沒有再見過面了。

13

隔天醒來，看樣子應該是下午了，一開始頭腦模模糊糊的，總覺得剛剛做了一個很長的夢，但怎麼想也想不起來了，但不是說這是有時間性的睡眠，雖然感覺有很長的夢，但對我來說就像是瞬間的事情而已，這有點說不過去，不過睡眠就是這樣，夢就是這樣，誰都沒辦法說些什麼。

我打開電腦，看了信箱他們都沒有寄信來，總覺得應該要繼續下去的，但也許他有他的節奏，或者說，今天不是屬於他想劈哩啪啦的一天，我想到了她，那天說到搬出去住，不知道現在怎麼樣了，就在我想問她這些事情寫信的時候，新信的通知響了。是她。

「今天可是假日耶，但老實說我一點都不開心，因為想到要搬家的事情就頭大，要找房子好麻煩，上網看那些照片幾乎都是騙人的，也有那些誇大不實的廣告一樣的東西，可以想見實際真的去現場看的話也許完全不一樣的情境，能不能老老實實的租房子啊？有時候想這樣問。」

喔對，現在是下午，她會寄信給我代表不用上班。

『我本來也正打算問妳搬家的事情怎麼樣了，至少不用上班，是件好事，我是不太有什麼時間觀念，像我就不知道今天是禮拜幾，禮拜幾對我來說都一樣，甚至有的時候會討厭假日，因為這樣代表外面人開始多了起來，而不是縮在辦公大樓裡面，可能會出去玩啊，會出去買東西啊，會出去吃飯啊，帶著家人還是情侶一起那樣，這樣我就覺得好麻煩，雖然我不太出門，但想到外面都是這些人，心情好不起來，這樣的我也很討厭對不對，因為假日正是一般人感到快樂的時間，但我開心不起來，不過不是說因為你們開心所以我不開心這樣的事情啦，只是所謂的人潮這種事情而已，自己沒那麼扭曲，不過啊，還是希望妳開心點。』

「嘿，你看書嗎？」

『不太看，妳呢？看書嗎？』

「有的時候會看喔，但自己不喜歡在無聊的時候才看，我覺得我是有某種求知的慾望的，就跟我喜歡動腦一樣，會想知道更多的事情，年輕的時候不是很流行買書來看嗎？然後在某一頁塞進書籤拍照起來放到網路上好像代表著我有多愛書這樣，不過那都已經過了，這樣也不會怎麼樣，現在還是有人這樣做喔，昭告天下說我正在看書這件事，但我不是這樣的，我只是很單純的把枕頭立著背靠在上面坐在床上享受這段時間而已。」

『都看哪一類的呢？』

「不得不說，都是小說啊，我是不懂什麼文體不文體的，只是自己不太喜歡那些懸疑還是推理或是科幻的小說，我喜歡的是一個人的一生這樣的安靜的小說，不要有太多其他多餘的東西加進來，純粹的那種小說，但老實說現在這樣的小說很少了，現在都是電子的時代了，所以書這東西就變得有點多餘又笨重，但說真的，可能跟我的年紀有關，我實在沒辦法用手機或電腦的螢幕去看那十萬字的小說，這對我來說是做不到的，小說對我來說，必須是拿在手裡直行從右排列到左一頁一頁翻過去的那種東西，但年輕的時候好像有一陣子也很流行一些心理勵志的類型，我不知道現在這樣的還流不流行，好像學生時期國內的幾乎都是心理勵志類型的，大家也都搶著買啊，我也曾經買過喔，但看都看不完，我自己啊，只愛小說而已，還必須是長篇，這點我一直搞不懂，而且啊，我完全沒辦法看比自己還年輕的人所寫的小說喔，但並不是說他們寫得不好或者無聊，我不知道，我覺得一點都不有趣。」

『我自己都快三十歲了，但我也不覺得自己有趣啊，嘿，我們什麼時候才可以變得有趣？』

「你這個問題本身很有趣。我想有不有趣跟年齡可能沒什麼直接的關係，或者說，每個年齡有每個年齡有趣的地方，像我也不覺得長輩有趣啊，但不管怎麼說以年紀上來看他們都不得不有趣吧？而且你說那些青少年不有趣嗎？我想也是相當有趣的，可能吧，必須要是同齡的才會覺得對方有趣，當然我們的年齡比較相近，所以我可以說，其實我們某種程度都算得上是有趣的喔，不然我們也不會一直通信了對吧？但我就不會跟長輩多說些什麼，只覺得他們很頑固而已，也沒辦法跟青少年說些什麼，只覺得他們很無知而已，但這些都是因為，我自己也算是三十歲左右的人了，所以才這樣想，可能我們正在有趣的路上，只是這條路，可能是沒有盡頭也看不到的路。」

『必須是同齡，好像多少可以理解，但就我在網路上看到的那些，雖然不知道他們幾歲，不過應該有比我大的才對，就是，好像都是很無聊的東西，或者說不有趣的東西，雖然說有人說過真正有趣的東西不會存在在網路上，只是我的世界就只有網路而已啊，那這樣說起來我自己也不是一個有趣的人對吧？因為我也只存在於網路上的原因。』

也許她花了點時間打字。

「這個說法多少有點不公平，首先，只存在於網路上有很多種原因，像那些已經在現實上出書了或者變成明星的人，你說他們有多有趣嗎？每本書都是有趣嗎？就每年印刷出來的書量與每年剛出道的新人來說，我想有趣的東西不可能到達這個量才對，就是，基準點也是在於人上面，先不管質量怎麼樣，有沒有誰看到才比較重要，有的時候，不得不說運氣還是占絕大多數，甚至有些人其實相當有趣但沒有被有選擇權的人看到他的一生就這樣到終點了，這種人還是有，而且我想可能很多，那你覺得那些每季每季一堆的電影呢？每部都是有趣的嗎？我想絕對不可能，有趣到底是什麼？你想要的有趣應該長怎麼樣，我想每個人都不一樣，只是我們可能比較接近，所以覺得的有趣大概差不多，但這世界就是有各種人啊，不管是擁有權力的還是在落後國家的，每個人的有趣都不一樣啊，有的時候也不是只要同齡就一定吸引同齡，還是有相當多的變數，不過要說這個的話會牽扯到非常廣的問題，我們就先不說了，我們只要說彼此之間的事情就好了，至少就這件事上面是這樣。」

『也是，我甚至忘了人也是千百萬種，不好意思，我們再說回我們之間的事情吧。』

「沒事，這也是動腦的一環，剛剛我甚至都忘了找房子這件事，托你的福，不然，我們聊點別的事情吧？」

『我可以問一些比較私人的事情嗎？』

「像是什麼樣的事情？」

『比如說妳是怎麼樣長大的，環境又是怎麼樣，心裡想的又是什麼這類的東西。』

「意思是說要我說出我記得的自己的歷史嗎？」

『差不多是這樣。』

「今天沒有說的心情耶，雖然是假日有時間，但我不是屬於會說自己過去的人，也不會特別去挖別人的過去。」

『沒事，只是想到好奇而已，也不一定要說。』

「最近是不是遇到什麼事情了？」

『可能是吧。』

「希望是好事。」

對話停止在這裡，可能我多少被他影響了，覺得她也應該說出什麼，但其實沒有規定一定要說，我躺回到床上去，沒什麼事情一定要做，也沒有說一定要做有趣的事情，就這樣吧，即使剛睡醒不久，但不知道為什麼很快的就睡著了。

醒來的時候，天還是亮的，我記得睡前醒來是下午，所以沒睡多久嗎？我起身離開床，做了一下伸展，喝了水，肚子還不餓，坐在椅子上，由於只是淺眠的關係所以腦袋整理不過來，我閉上眼睛，默默的嘆了一口氣，然後等腦袋清楚了，睜開眼睛，打開電腦的螢幕。

信箱裡有一封信。

是他。

「剛剛又抽了一根菸，這次一樣配著黑麥汁，房間包含陽台昨天已經打掃過了，所以沒什麼事，但那感覺又來了，就是好像想做點什麼事情，但我完全沒事啊，所以想到了你，怎麼樣，你過得如何？」

『我睡了一下，剛剛好像想著有趣不有趣這件事。』

「結果自己有趣嗎？」

『我想不管怎麼說都稱不上有趣。』

「那讓我繼續昨天的話題可以嗎？」

『當然。』

我知道即將會到來的是一串字的信，所以等了一下。

「發現自己是同性戀之後，不得不跟男同學保持一點距離，是那樣校風的學校，以升學為目的的那種純樸學校，所以老師很嚴格的像是看守一樣的處理學生之間的感情問題，但怎麼想都不太可能，畢竟是男女混校，再加上是正值青春期的年紀，你覺得有可能每個都叫他不要談戀愛嗎？自然而然看到身邊越來越多班對之後，自己也在想著，也許可以戀愛，但自己是同性戀這件事情，畢竟算是少數，所以要找到也是同性戀的男生一定有點困難，所以我就用曖昧的方式接近每個感興趣的男同學，試著挖掘他到底是不是跟我一樣也是喜歡男生，但不太順利，當然，整個高中我並沒有交到什麼男朋友，反倒是試探一樣的，交了一個女朋友，我是不喜歡她，但她似乎很喜歡我的樣子，我們彼此笨拙的撫摸，但我絲毫提不起興致，可能她也發現了吧，自己並不喜歡她這件事，也很自然的沒多久就分手了，我在同班裡面找不到任何一個可以交往的人，雖然想過學長學弟還是別班的人，試著跟他們說話，但可以感覺得出來似乎他們都是有某種目的或者保有某種界線的跟我對談，雖然我不知道到底是什麼，為什麼跟以前完全不一樣，我開始感到疑惑，再加上是叛逆的年紀，所以時常曠課，頂撞，被記小過之類的，不過家裡完全也不知道，他們依舊不知道在哪裡，我回家依舊只是自己煮東西來吃，就是那時候學了一點料理的技巧，雖說現在還是很生澀，但以一個人不要求複雜的我來說綽綽有餘，就這樣，很自然的就畢業了。」

我一樣慢慢的看，他可能繼續打著。

「大學並沒有念，因為根本不管什麼課業，所以成績一直都很差，再加上被記一堆有的沒的，根本沒有學校要我，很自然的要當兵了，我其實還蠻期待的，因為那時候不是都要一起睡嗎？一起洗澡啦，吃飯啦，大家都是同性而且一起做所有的事情，我甚至已經開始幻想著在裡面可以交到一個不錯的男朋友，出來之後繼續交往過著還不錯的生活這樣，所以我就去體檢，每個都很仔細的照著指示來做，大概怎麼樣可以通過，心裡有個底，那時候還必須當快兩年的兵，簡直像是天堂一樣的地方，我可以不再管什麼，只是鑽進男人群裡面，但沒想到，通知寄來的時候，我是免役的，我完全沒辦法理解，覺得掉進了某種深淵一樣，現在想想，可能是爸媽給予了一定的壓力，也不得不這麼想，因為我並沒有什麼奇怪的地方啊，只是一個再正常不過的男孩子而已，不可能免役的，然後爸媽就突然出現了，說是以後要跟著他們一起在公司裡面學習，當然沒跟我說要我繼承，只是說年紀差不多了該獨當一面了，就這樣毫不負責的把我帶到了公司裡面，老實說，那時候我很想逃，但我沒有一個地方可以去，我只是想當兵享受那樂趣而已，雖然有問過高中同學可以暫時先去他那邊嗎，但每個都被拒絕了，這時候爸媽應該還不知道我是同性戀這件事，安排了一個像他們的專職祕書那樣的男性教我一切事情，好吧，既然當不了兵，那還是得過下去，如果我只能在這裡的話，那就這樣吧。」

這次我稍微想了一下，他這樣說的話，也許是要展開戀情了。

「當然，爸媽並沒有多管我，而是讓這個男祕書全部的時間陪伴我，他們可能有很多事要處理吧？這個男祕書，到這種職位上的話一定很得體，也很有腦筋，當然外表也不會太差，體格也有練過的樣子，很自然的我就喜歡上他，但我知道，絕對不能公開，如果讓我爸媽知道的話，可能他就會消失，這是很自然的事情，我已經不想再看到跟那個女老師一樣的人了，所以我暗戀著他，他每一個貼心的小動作，我都覺得是針對我一樣的，從以前到現在沒有真心的喜歡過誰，現在可以說是每天都很期待去公司，但不管怎麼說，他都是我爸媽的下屬，只是被安排來教育老闆兒子的一個角色，所以雖然很得要領，但總覺得中間有什麼存在，他始終沒辦法把我當一個正常人來看待，那種感覺又出現了，好像又是小時候的老師那樣的存在，什麼事都擋在我前面，什麼事都要干涉，即使這次我喜歡著他，但怎麼說，是一種很複雜的感覺，就像是在乾淨的畫布上塗抹了一層黑色然後在這黑色之上再加上黑色的感覺，我的存在也變得像是原本純淨的少女上了都市之後被汙染那樣的，這份感情不知道該何去何從，但當然我還每天去公司讓他教（教？），中午的時候跟著他到外面去吃沒什麼感覺的東西，回到家之後一個人弄著自己的晚餐，有一天去的時候，他已經消失了，我不知道是爸媽察覺了什麼還是這個男祕書察覺了什麼，總之，又有一個人從我眼前消失了。」

我吞了一口口水，但同時也覺得這個人很有趣。

「又開始了一直換人的狀態，我爸媽什麼都沒跟我說，但這時候已經跟小時候不一樣了，我知道哪裡不對，但我卻沒有人可以說，什麼感覺都自己承受，我知道，我是孤獨的一個人，就算是被包圍的小時候也是孤獨的一個人，沒有一個人站在我這邊，慢慢的我已經知道了自己的工作是什麼，也開始有時候自己可以做一點什麼，但那什麼，我至今仍沒有搞清楚，就在一次旅遊當中，爸媽去登山的途中，遇到山難，即使出動了一群的消防隊，還是找不到他們，等找到的時候，他們已經變成了乾枯的屍體，這就是為什麼已經不可考的原因，因為人已經消失了想再問也問不到了，簡直像在跟我說，你這個兒子不是我們想要的，所以我們都不要了，一下子主導權全落在我手裡，雖然感覺好像沒什麼變化，但這公司，已經變成我的了，瞬間的，辦好手續之後存摺裡的錢變成了天文數字，然後老家的那塊地，也在一次的政府徵收當中被高價收走，突然之間，我變得不知道該怎麼辦，我從來沒有問過誰該怎麼辦這種事，錢又是什麼樣的東西，根本沒考慮過這種事情，我開始所有人避不見面，什麼要錢的親戚啦，同事啦，都避而不見，關在房子裡，我甚至還持有股票，爸媽的股票全都變成我的了，我開始找人來處理這些東西，給他們錢，讓他們生出更多的錢，公司自然會有人繼承下去，因為我不要，但他們還是要運作，我就說讓我當股東就好了，讓我持有這裡的股票就好了，其餘的，我都不管了，隨便你們，反正這也不是我的人生，事到如今要找我也不要想找到我，我默默的把房子賣了，也換了手機，只通知了幫我管理錢的這些人，然後到外面去找了一間房間，就這樣住了下來，既然不用擔心錢的問題的話，我想怎麼過就怎麼過吧，當然，也開始了現在的生活，這時候我還沒三十歲。」

我本來不知道該說些什麼好，但覺得不能沉默下去。

『這就是你為什麼時間那麼多的關係嗎？』我說。

「是，不過我想一般人的重點不是這個。」

『是應該還有後續啦，畢竟那時候還不到三十歲啊，你說過你比我大，所以搬到現在的房間之後還有什麼組成你的東西對吧？』

「我想一般人的重點也不會是這個。」

『那到底是什麼？』

「算了，我想沒有白說，你確實有種讓人安心的感覺，可以讓你知道沒關係。」

『我是很想知道現在的你過得怎麼樣。』

「沒關係，還有得是時間，我想，我確實包含著你，你也確實包含著我。」

『所以你現在到底過得好不好？』

但話題沒有繼續下去。

我想他可能又去抽菸了，但不管我等了多久，信一直沒有再來過。

時間早已過了晚上，我看了看電腦的時間，不管怎麼等他都不會再寫信了，我隨便開了一個罐頭，想到我根本沒吃什麼晚餐，就這樣突然把這龐大的故事丟給我，我有點不知所措的感覺，但這會是很好的素材，沒有錯，我為了要整理這個故事，決定走到自助洗衣店那邊去喝一瓶飲料，我拿起零錢包，慢慢的走過去，聽得到蟲鳴，但沒有一隻鳥的叫聲，感覺好像快要下雨的樣子，我既沒有傘，也沒有雨衣，但好像也不會怎麼樣。

走到的時候，才發現店裡有一個時鐘，之前都沒有注意過，現在到底要注意這個做什麼？我丟了三個硬幣到自動販賣機，選了一個比較大罐的飲料來喝，但我依舊不知道這是什麼飲料，我必須整理這些故事，我打開瓶蓋，先喝了一口之後開始在附近走著，飲料就拿在手裡，想到什麼的時候就喝一口，有什麼在那裡，首先就是從小時候開始的父母不負責的態度，才讓他有種性別上的錯亂，但現今的社會這樣的風氣早已見怪不怪，以前可能在那樣的家庭裡，會上新聞也不一定，但現在就算在網路上說了什麼，即使是什麼明星，可能也不會引起多大的回應，有什麼在那裡，上了高中之後，一直到畢業，想交男朋友的心一直沒有變，有什麼在那裡，到底是什麼，每次我經過的時候就有路燈的反光直射到我眼裡，讓我不注意都不行，我先是停下腳步看了看，不就是一張像是塑膠的卡片被誰不知道為什麼丟在那邊嗎？算了，我繼續走，然後喝了幾口飲料，我覺得，可能分割開他的不是他的父母，而是他的環境，但那環境是他父母創造出來給他的，然後說離開就離開，不行，我不能放著他不管，我覺得如果讓他自由發展下去，雖然我還不知道到現在為止他是怎麼過的，不過他說過他沒有跟誰聯絡，手機也換了，把像是家的地全都賣了，自己只是在外面租房子而已，當然我想到了我，但跟我完全不一樣，只有租房子這點是一樣的，也許，我們某一點很像，但經歷過的東西是完全不一樣的，我把飲料喝完，走回自助洗衣店把空罐丟到垃圾桶裡，那東西又在閃著，有什麼在那裡，好像一直這樣跟我說。

我乾脆走近看，不遠，一張像是塑膠的卡片，上面寫著六位數字。

那是一張提款卡。

現在是晚上的十一點四十八分。

14

不過這個假期我並沒有看這本書。

我跟6號的對話很普通，通常都是閒聊而已，不過幾乎都是她在說她的事情，我很少說我自己的事情，因為我實在沒什麼好說的，真的要我說什麼我也說不出來，每天都一樣啊，有一次我這樣說，她只是嘆了一口氣，就這樣而已。

也許是假期快過完的時候，阿婆帶著我去買了新的制服，新的課本，新的書包，好像很貴的樣子，不過我看不太懂，跟我零錢包裡的錢都長得不一樣。

很快的開始準備要去學校了，這次的學校比之前的還要遠，而且是在相反方向，那個地方我從來沒有去過，阿婆一樣畫了一張地圖給我，阿婆千交代萬交代一定要吃好早餐，早餐一定要好好吃，這樣一天才可以充滿活力，然後又在我的零錢包裡丟了一些錢進去，然後阿婆出去了之後，媽媽回來，我就差不多睡了，幾點我也不知道，因為總是在這時候睡。

隔天當然在上課前我就醒了，新的書包不像之前是後背的，而是側背的，感覺好像隨時都會掉的感覺，走幾步路就不得不調整一下，沒看過的風景，這次不像那馬路一樣，是比較多房子的路，不過感覺都很舊，我一邊看著地圖，一邊尋找早餐店，地圖變得比較複雜，穿過好多像是巷子的地方，紅色箭頭也彎來彎去的，不過應該沒有走錯，然後我看到了一間像是早餐店的地方，不過氣氛跟之前那一家完全不一樣，好像賣的東西也不一樣的樣子，我上前說我跟前面那個買一樣的就好，很快的後面又被人潮吞沒，所以我就拿著不知道是什麼也沒看過的早餐繼續走，走到一半的時候，舊的房子就消失了，又是門口擺著一台車而且不只一樓的房子，也開始出現應該是跟我一樣要去同個地方的學生，車子開始變多，馬路也變得寬闊，但當然我還是看著地圖，並沒有跟那些應該要去同個地方的人一起走，路線變得簡單，人也越來越多，穿著跟我一樣制服的人，然後到了學校，不知道要怎麼進去所以站在門口，就有一個老師過來帶著我走，這樣看起來是新報到的學生喔，他這樣說，我一樣沒說什麼，然後流程都差不多，差不多的教室，差不多的操場，差不多的大樓，唯一不一樣的一點是桌子並不是相連的，而是每個都分開的，不會有隔壁坐著一個人了，這樣看起來沒有6號的身影，看來應該是不同班或者根本不同學校吧。

在老師說完一堆話之後，下課鈴響了，有一個女生走過來。

「是你啊。」她說。

我一臉疑惑的看著她。『妳是?』

她拿出綠色包裝的糖果。

「這樣知道了嗎？」

『喔，我想起來了，妳頭髮剪了啊，變得完全不一樣了。』

「沒辦法，學校的規定，不然我也不想剪。」

『沒想到跟妳同班。』

「老實說，還是一堆幼稚的男生，真不知道你們怎麼發育的。」

對此我沒說什麼。

「要不要吃一顆？」

『這到底是什麼口味的？』

「當然是檸檬啊，不可能是薄荷吧。」

『檸檬我沒吃過，好吃嗎？』

「你問一個每天都吃的人說好吃嗎，這不是廢話嗎？」

『也是。』

「為什麼都到國中了你們還是一樣啊。」

『我也不知道。』

「到底要不要吃啦。」

『好啊，我吃。』

她遞給我之後，我撕開包裝，一顆綠色半透明的圓球，沒吃過這種東西，我放進嘴巴，先是一陣酸之後，開始慢慢的變甜了。

『蠻好吃的。』

「不過不能一直吃喔，牙齒會壞掉。」

『好像不怎麼吃過這麼甜的東西。』

「你會喜歡的，總之呢，未來的三年，多指教啦。」

『三年啊。』

「怎麼？」

『沒事。』

她走開之後，我繼續吃著甜的糖果，很快的鈴聲又響了。

當然一開始，課堂到底在說什麼我是完全不懂，可以聽得懂老師說的話，但就是沒辦法變成文字，根本聽都聽不懂，板子上寫什麼也完全搞不懂，只要下課，我就去合作社買紅茶喝，一樣擠滿了人，放學回家之後，自己一個人吃麵的次數變多了，跟6號的對話雖然有時候會講到學校的課，但好像她也變了，不會特別再教我什麼，只是偶爾抱怨說今天的課好難喔，我都有點跟不上了這樣的程度而已，她好像不再是小老師，而是平等的朋友那樣的。去學校已經不用看地圖了，也是買著第一天買的那家早餐，我依舊不知道那是什麼，等到了學校，就恍恍惚惚的坐著，偶爾會在下課的時候跟綠色糖果的女生聊天，雖然有時候也會有其他同學來找我說話，不過都沒什麼好說的，他們也不再找我，好像基本上，學校生活只是這樣子而已。

很快的假期到來了，什麼作業的根本不想管，6號也沒有要管我的作業的意思，她一樣聊她的事情，我答著腔，阿婆開始更少出現了，這個假期幾乎都是我一個人去麵店吃麵，當然一樣偶爾會有送的湯，不過也都沒什麼感覺，好像一直從進入這個學校到現在，我都沒什麼實體的感覺一樣，覺得一切都是虛構的，一切都跟我無關，跟我不一樣的世界不小心包含著我持續的在進行，我只是不小心在裡面而已，其實這世界不是我的世界，我的世界是另一個世界才對，但我那個世界好像少了我也無所謂的樣子，不管我在不在裡面，好像都會運轉著，兩個世界在進行，到底我什麼時候才會回到我的世界呢？還是就這樣在別的世界裡直到我消失為止？我想到了6號在送我書的時候說過的話，那本書叫什麼名字已經忘了，甚至連會不會被當成垃圾丟掉了都不知道，今天在太陽先生還在的時候，我試著翻看看那堆的滿滿的桌子，那本書還在，不過好像變得皺皺的，我拿起來看，不可思議的看得懂書名叫什麼，世界末日與冷酷異境，我又想起了6號說過的話，好像這是兩個世界的樣子，這樣會是怎麼樣的故事，我不由得好奇了起來，於是拿著那本書，坐在木床邊，就這樣看了起來，沒想到，真的是沒想到，我竟然看得懂，可以，文字順利的化為語言，一邊看著一邊在心裡念著那段文字，好像以前看不懂的字現在都看懂了一樣，這應該才是我的世界才對，對，我的世界其實是充滿文字跟語言的，我一行一行的看，心裡一邊默念著一邊貪婪的讀著，讀到一個段落之後開始思考前面作者想表達的意思，也可以，文字順利的化為語言再變成思考，這之間毫無阻礙，我一直讀一直讀，讀到想上廁所的時候才停下來，連在上廁所的時候都在想著剛剛讀的段落，剛剛應該是怎麼樣，之後又會是怎麼樣，內心不斷的反覆這樣的翻動，在此之前我究竟是發生什麼事了？為什麼會看不懂？而又是怎麼樣的契機讓我回到我的世界去，一邊讀到段落的時候，一邊想著這個問題，很有趣的一個問題，有各種可能，也有各種變化，是啊，現在開始我才是我，應該說我才是在我這個世界的我，之前只是某種錯誤把我導向了別的世界去，在那裡不存在著文字，只有數字跟語言而已，其實我的世界應該是要充滿著文字才對的，我在我的世界裡，填滿了文字與思考，我在我的世界裡，輕盈的踏著步伐，這才是我熟悉的感覺。

門口有聲音，應該是阿婆回來了，但我管不了那麼多，我繼續的看著。

「唉啊我們家寶貝竟然在看書，我應該沒看錯吧？」

我沒有回答。

「好好好，看書是好事，不過拿著那麼厚一本到底是什麼書啊？」

我依舊沒有回答。

「但麵還是要吃的喔，不趕快吃的話麵會涼掉喔。」

我還是繼續看著我的書。

「瞧你那認真的樣子，我們家寶貝果然是個聰明的孩子，那阿婆自己先吃了喔，等一下就要出門了，假日一到啊，我們的事情就變多了，這是好事。」

『我等一下吃。』我終於說話了。

「好啦好啦，吃完我就要走了。」

阿婆走了之後，我才發覺自己的肚子餓了，沒辦法先停下來，吃完麵立刻再回來看，麵已經糊了，不過並不妨礙吃麵，現在也管不了那麼多，然後吃到一半的時候電話響了，我想應該是6號吧，不過我並沒有接，接了就代表不得不離開書一段時間，現在可不想多花時間在別的事情上面，我才剛回到自己的世界啊。

吃完麵之後，我繼續沉溺於書的世界裡面，也是我的世界，書看了三分之一左右，看樣子今天應該是看不完，沒辦法，畢竟是那麼厚的一本書，一想到要中斷與這本書的連結心裡不由得覺得難過，確實是好故事，不知道後面會怎麼發展，兩個篇章的世界本身也很有趣，世界與世界之間，世界末日與冷酷異境，媽媽回來了，但她好像很累的樣子，碎碎念了幾句之後就躺在床上睡了，我依舊坐在木床邊翻著書，這世界充滿變數，文字本身不只是文字而已，裡面包含著變數，而這變數會帶我到何處去，我目前還不知道，我想到我消失前都不會知道，文字就是這麼有趣，思考也一樣，雖然是我在進行思考，但我的思考裡面也是充滿著變數，不知道下一秒會怎麼思考，什麼東西會讓我思考，又該怎麼樣延續這個思考，很多東西，不光光只是表面而已，連裡面是什麼，內在是什麼，我們都不知道，這也是有趣的一點，一個人，一個世界，兩個世界，沒有人能真正的區分清楚，也許有人可以吧，不過我想至少我不行就是了，只是現在，我所處的這個世界，讓我感覺到很安心而已。

書大概看到快一半的時候，阿婆回來了。

「欸你一直都在看喔，不用睡覺的喔，你知不知道現在幾點了啊，都要十二點了，看書是好事，但要適可而止啊。」

『好啦看完這一段我就睡了，阿婆先去洗澡吧，然後趕快睡了。』不得不抬頭起來跟阿婆說話。

「你究竟是怎麼樣，怎麼突然就開始看起書來了，之前從來沒有看你看過什麼書啊，是不是那個女生說了什麼，一定是她對不對？」

『跟她沒關係。』

「算了，看書可以，但要記得時間，阿婆先去洗澡了喔，你都還沒洗對不對，未免也太誇張了吧。」

『一天沒洗不會怎樣。』

「到底是著了什麼魔啊。」

阿婆去洗澡的這段時間，我把這段的最後面看完，然後隨便拿了一張紙就當作書籤，應該是發票吧，伸了一個懶腰，這麼一來確實看了很久了，至少已經看了一半了，剩下的明天起床開始看應該是可以在明天看完，我把書闔上，再度的看了書的封面，然後躺在我的位置，一邊還在回想著今天看的內容，閉上眼睛之後，睡眠來得很快。

隔天醒來之後，當然是都沒有人在，先隨便泡了一杯泡麵當作早餐，今天一定要把它看完才可以，看太陽先生的感覺，應該是接近中午了，從來沒有在那麼晚的時間醒來，我通常很早就會睡，所以也通常在很早的時候就起來了，這麼說來的話，這算是午餐才對。

然後電話響了，我想應該是6號。

「昨天不在喔？」她說。

『只是睡著了而已。』我說。

「害我都想好要跟你說什麼了，今天說說別的事情吧。」

『嘿，妳借我的那本小說很好看。』

「你現在才看嗎？」

『沒辦法之前看不懂嘛。』

「那怎麼突然懂了？有誰教你嗎？」

『並沒有誰教我，我也不知道，也許是時間到了吧，就突然懂了。』

「真奇妙，不過我想應該是學校老師慢慢的把你教會的吧。」

『我想也不是，學校在教什麼我一點都不懂。』

「這就很離奇了，一個人會突然之間看懂文字嗎？」

『不過確實是這樣喔。哪裡可以看到更多的書啊？』

「一般來說是去書店買，也可以到圖書館借，不要想跟我借喔，我的書都很寶貝。」

『這附近哪裡有圖書館？』

「學校應該有類似的吧，只是規模大小而已，不過我想應該有書可以借。」

『我想我應該買不起書才對。』

「那就乖乖去學校借吧，附近沒有大圖書館，怎麼會突然想看起書來？」

『想到一些事情，反正就想到妳之前說的兩個世界啊，心裡想說翻看看好了，結果沒想到那麼好看。』

「總之有事可以做了對吧？感覺你的生活超無聊的，至少我是不能想像。」

『我想會有很多事可以做。』

「送你書是對的吧？我就想著你一定會看。」

『確實正在看，我想今天就把它看完。』

「今天嗎？很厚耶。」

『我昨天已經看一半了，我想不是什麼問題。』

「那麼厚的一本書兩天看完嗎？這樣消化得了嗎？」

『至少目前沒問題。』

「書還是要慢慢看的喔，比如睡前看一點這樣，不然腦筋轉不過來。」

『不用擔心這個問題，我時間多得是。』

「你沒問題就沒問題，好啦，我等一下有約，明天再打給你。」

『謝謝妳送我書。』

「不用這麼誇張，掰掰囉。」

『掰掰。』

掛斷之後，我跟昨天一樣坐在木床邊，拿起書籤就開始看，故事慢慢的進入高潮，看到一個段落，然後開始想，再繼續看，沒問題，這樣看得完才對，本來應該更早看完的，只是不知道會那麼晚起床，沒注意什麼時間，只是感覺天色慢慢開始暗了起來，不過並沒有誰回來，書只剩下最後的三分之一了，繼續看，過程中只是不斷地停下來思考，越到後面不得不要開始思考很多次，有時候甚至都還沒到段落就陷入某種泥沼裡面，不過這也是有趣的，感覺像這樣思考，不知道是多久以前的事情了，慢慢的故事來到了最終章，世界末日是嗎？世界的盡頭，在有時間性上的盡頭，確實是有趣的一本小說，我往後躺在床上，一直想著從昨天到目前那些看過的東西，越想越深入，但想更深入的話，我想目前還到達不了，不過什麼時候可以到達，我也不知道就是了，對了，看樣子，今天應該要到很晚她們才會回家吧，不知道有沒有問題，不過很快的，思考就又回到了書上，想著想著，看完也該休息了，我看了一下鬧鐘。

現在是晚上的十一點四十八分。

15

回到家的時候已經是半夜了，我把那張提款卡拿起來先是反射性的注意一下四周有沒有人，然後就直接走回家，連頭都沒有回。

照理來說這裡面有錢才對，我會把錢放到像這樣的東西裡面去，然後轉給房東，這麼說來的話，上面寫的6位數字，是像密碼一樣的東西嗎？看起來是某個人的生日的樣子，也許是這個人，但這樣的話可能輕易就被破解了，或許是別人的生日，哪個對他來說很重要的人的生日也不一定，不行，我無法安靜下來，注意到的時候自己連椅子都沒有坐的只是站在門口走來走去而已，一般來說撿到像這樣的東西到底該怎麼處理？交給警察局？但裡面有錢啊，無視？但裡面有錢啊，還是通報上面寫著的銀行？但裡面有錢啊，對，裡面也許可能有錢也不一定。

這樣的話我不就可以暫時不用管什麼房租還是什麼惡夢般的打工了嗎？

不管怎麼說，我從來就不覺得自己是什麼道德潔癖的人，事到如今也不需要額外生出這種東西吧？我應該把這張提款卡插進提款機裡面，輸入上面寫的數字，然後一切就知道了，不需要想這麼多。

我走到桌子前，看了看電腦螢幕，但沒有什麼新信，然後拿起了一捲大型垃圾袋，先是想了想，提款機這樣的地方應該都裝有攝影機才對，被拍到會不會有什麼後續的事情發生？但我只是像一般人一樣的去領錢而已啊，以防萬一，我決定繞去平常比較不會去的提款機，雖然不知道對不對，甚至不知道裡面有沒有錢，只是這樣覺得而已。

我拿著那一捲垃圾袋跟提款卡，什麼也沒帶的就這樣走去，但也許應該是深夜的關係，並沒有誰在外面走動，好像不可避免的，這是一種類似會帶人進入警戒的狀態裡面，可能本來只是漫步走去而已，現在已經加快了腳步，但並沒有誰知道我拿了掉在地上的提款卡，就是這種作賊心虛的原理，可能是因為這樣，我加快腳步低著頭走過去，然後到的時候一樣注意周圍有沒有人，把卡片插進去。

輸入了上面寫的6位數字。

然後就冒出了習慣的功能選擇，既沒有誰突然把我從後面抓走，也沒有誰把這張卡片停止功能。

我先按下餘額查詢，但冒出來的數字連看都看不懂，很長很長的一串，我一直對於數字是沒什麼概念的，可能，是一個比較大的金額，這樣想的話應該通。

然後再輸入一次密碼，按下提款的按鈕，因為不知道該怎麼按，所以只是按下了上面預設的金額而已（這是多少我也搞不懂），然後就冒出了發鈔中，問我還要不要繼續交易，我反射性的按下不要，然後提款卡退出來，錢也冒了出來。

我把垃圾袋其中一個打開，把錢放進去，因為沒什麼背包這種東西，所以想到要裝東西只是想到垃圾袋而已，放進去之後，繼續操作，每一次都按下一樣的按鈕，只是不再選擇不交易，而是一直繼續下去。

開始覺得現在有點非現實的感覺。

這東西叫做錢嗎？我不太確定，而這時候，已經冒出了這台機器的今日額度已使用完畢這樣的訊息，卡片被退出來，上面還是看不懂的數字，袋子裝了一半左右。

所以還有錢嗎？

我又走去印象中依稀記得的別的提款機，垃圾袋有點半透明這樣在外面走好像不妥，所以我又在裝有錢的垃圾袋上再套上另一個垃圾袋，一個還不夠，感覺還是看得出來，我套上了至少五個垃圾袋，因為怕磨破，感覺這是很貴重的東西，雖然不算重，但要維持著拿起來的姿勢一直走，覺得有點累人。

到的時候，還是一樣的動作，插進卡片，輸入密碼，然後一樣的按鈕。

莫名之間，一袋就這樣裝滿了，就連堆在我房間的垃圾都沒有多到這樣，什麼是錢，什麼是垃圾，我已經有點搞不清楚，錢是應該比垃圾多的東西嗎？

這一台也超過額度了，由於已經沒有記憶中的提款機了（也不可能會記得那麼多），所以我先是套上新的垃圾袋，然後沒有什麼方向的在附近晃，也許到處都是提款機，也許不是，不知道，沒怎麼注意過這件事情。

到了新的，又再輸入再裝進垃圾袋，一直反覆的進行著，兩隻手已經拿不動，我開始把一些用揹的，兩手再繼續拿，這樣看起來簡直像是撿回收的老人而已，沒錯，這樣看起來並不像個裡面塞滿錢的人，這樣即使碰到了誰都可以自然的走過去，感覺離家越來越遠，如果再這樣下去的話，我會超出自己對於這個城市的概念，可能會到一個自己根本沒去過的地方，就在我這樣想的時候，提款機冒出了餘額不足的訊息，不用再繼續下去了嗎？已經沒了嗎？我可以回家了嗎？雖然不知道這樣意味著什麼，但總覺得像是從一場夢裡面醒來的感覺，我一直持續的在做夢，也許現在是夢吧？一般故事到這個時候就捏自己的臉，我看過這樣的故事，所以沒有捏臉，即使是在做夢，也無妨。

我至少扛著七、八個大垃圾袋的錢（垃圾？）開始往回走，也許到家夢就會醒了吧？可能會被熱醒，現在也許已經早上了也不一定，到了某一個時間自然的就被熱醒，然後在恍惚之間這一切就結束了。

然而我回到家之後，電腦還開著，窗戶也開著，門既沒有上鎖，裡面也沒有誰來過的樣子，一切就跟剛剛出去的時候是一樣的，只是現在，我多了很多東西，我把這些放在地上，先是拿水壺裝水（去的時候還在注意有沒有人），裝完水喝完了，這些東西還在，我坐在床上，望著這些厚厚的袋子開始發呆，而時間也來到了快早上的時間，我看了一下四周有沒有人（這個時間有也很奇怪），確定沒人之後，把門鎖起來，把提款卡壓在鍵盤下面，確認了一下垃圾袋還在，躺在床上就這樣沒了意識。

隔天醒來，簡直像是沒事一樣（會有什麼事？），我打開電腦，拿水壺裝水，回來的時候，才發現那裡有東西，是我昨天拿到的，還在，我打開來看了一下，裡面躺著滿滿的鈔票，我甚至看不懂這是什麼價格的鈔票，不是我打工拿到的那種鈔票，好像很久以前有看過，但怎麼想也想不起來，不需要再打工了吧？我只是從某一袋的某一疊拿出可以放進口袋的程度，快速的走去打工的地方，跟他們說我以後不會再來了。

「做膩了是嗎？」

『沒有只是不需要了。』

「對啦，像你們這樣的人只會一直換來換去。」

我雖然想說我做很久了，但什麼也沒說，只是轉頭就走掉了，打開店門的時候好像聽到裡面有人在嘆氣。

然後再走去平常經過但不曾進去過的那些不知道到底在賣什麼的店，買了一個比較大的旅行背包（我甚至看不懂價格），我想可能先暫時不要讓那些東西被用垃圾袋裝著，但還不知道買這個背包要做什麼，只是這樣覺得而已。

之後我走回家，一樣是快速的，然後到家的時候，把口袋裡的鈔票拿出來放到桌上，把背包放在門後，覺得自己還是怪怪的，但說不出是哪裡怪，就是覺得，好像被拉扯到很遠的地方去，這地方真的是我以前住的房間嗎？我坐在床上，望著這一堆垃圾袋發呆，多出這一堆垃圾袋之後就好像不再像是以前住過的地方了，我現在在哪裡？什麼叫做現實？我到底存活在什麼樣的地方？我起身打開窗戶，甚至試著打開冷氣，冷氣先是一陣大聲的機械聲之後，然後慢慢的開始運作，也許我就跟這台冷氣一樣，是被遺失掉許久然後再度啟動的某個零件，我關上窗戶，再次坐到床上，由於房間不大，很快的就變涼了。

隨著這舒適的溫度，一下子就睡著了。

醒來的時候還是白天，冷氣還在運作，我身體還裹著棉被，就這樣到桌子上喝水壺的水，連水也變得涼了一些，我關掉冷氣，一下子咻的一聲周圍再度被安靜所包圍，然後慢慢的聽到蟲鳴，打開電腦嗎？不，現在不想看什麼電腦，由於沒有開電腦所以不知道幾點，也許還在中午，或者已經到了下午，雖然我人在這間房間裡面，但心思感覺不在這裡的樣子，但在哪裡，我也不知道，好像是被誰用古老的遊戲搖桿操控著的樣子，我再看了看這些垃圾袋，也許是瑪莉歐的蘑菇也不一定，這些可能可以給我什麼，至少現實上面不需要管那麼多（現實？），但這條路上什麼阻礙也沒有，沒有水管，也沒有烏龜，本來瑪莉歐是做什麼的去了？已經忘了，又為什麼非得要敲破磚塊吃蘑菇踩扁敵人不可，我也不知道，又到底為什麼會想起這個遊戲，我什麼都不知道，現在的我什麼都不知道。

我決定做點實際的事情，一直被這樣的感覺所困著的話可能不是什麼好事（也許），周圍開始被溫度包圍，這次我沒有拿一疊鈔票，只拿了幾張而已，背包也還沒有動，然後拿起零錢包就這樣出門了。

我走去附近的平常去的便利商店想買點什麼。

「今天不是來裝熱水的啊？」

但我沒有理會，我只是挑了那些看起來想喝的想吃的應該叫做食物飲料的東西，依舊什麼也沒說的放到櫃台上，然後從口袋拿出了一張。

「今天是怎麼樣，吃得不錯喔。」

我指著櫃台上的東西叫他快點。

然後找回來給我的錢越來越多了。

我想到如果鈔票再繼續這樣多下去，事情不知道會變成怎麼樣，想到了我的提款卡，我可以把錢全部存進去，要用的時候再拿出來就好了，鈔票一直擺在家裡的話，如果誰來了（根本不會有誰會來），被看到的話不知道該怎麼解釋。

然後回家之前，想著要怎麼樣把那大量的鈔票存到我的提款卡裡面，至少不應該在白天的時候這樣做，太危險了，這至少必須在深夜的時候進行，但我知道附近那家常去的提款機可能不適合，覺得必須要去遠一點的提款機才可以，這附近的幾乎已經都去過，不能再去了，必須到更外面沒看過的地方才比較安全，處理掉這些雜物之後，我開始避開離家近的地方，刻意往遠的地方走去，感覺那些人有點危險的樣子，有一台黃色車子停在旁邊，這東西我還記得，叫做計程車，是可以花錢載你去任何地方的東西。

「小哥要坐車嗎？」

『嗯，先往外面晃吧。』

「要有個目的地啊，不然我也不知道該開去哪裡好。」

『外面的銀行。』

「這樣更加難懂了啊。」

『就比較遠的銀行。』

「總之，不是這附近的銀行就對了吧？」

『就這樣。』

「不是我在說啊，你不是在躲什麼東西吧？」

我下意識的看了看周圍。

『並沒有。』

他只是瞇細了眼睛，嘴角似乎露出了微笑的就這樣讓我上車了。

到一半的時候，我問了時間，現在是剛到下午的時間。

「不用上班的嗎？」他問說。

『等一下要去。』我說。

從後照鏡他看著我，我也看著他，他又再度的露出了微笑。

我覺得有點煩，只是看著外面記下這些路線好在半夜的時候再次走來，即使是半夜的帶上一堆垃圾袋感覺搭計程車也不太安全。

「先生，先生到了。」

『到啦？』

「接下來是屬於你的時間。」

這個人到底想怎麼樣。

「但錢還是要收喔。」

我從口袋裡拿出一張，錢又變得越來越多了，我離開車子之後，他還按了一聲喇叭。

這附近完全沒有看過，但是銀行沒有錯，雖然樣貌長得不一樣，但外觀還是差不多的，我先是在門口看了看，提款機好像在旁邊的樣子，我走進去之後，只有零星幾個人而已，而提款機的數量超過人的數量，試著把我自己的提款卡插進去，按下屬於我自己的密碼，然後選擇存款的功能，把口袋裡剩下的鈔票存進去，提款卡退出來之後，確認一下攝影機的位置，然後依照剛剛記得的路試著走回去，然後我用走的走回家，一樣開了冷氣。

我依舊沒有打開電腦的心情，只是把垃圾袋打開，然後拿鈔票把背包塞滿，這樣的話即使背著背包現在出去外面也不會有誰發現才對，看來買背包是正確的，但現在既沒有要出門的打算，也不是現在這個時間去存錢，現在才下午而已，而我打開冷氣的目的就是，我想睡上一覺，等待著深夜。

冷氣一直沒有關過，就這樣睡睡醒醒幾次到了深夜的時間，我還是沒有打開電腦。

周圍的霓虹燈確實還亮著的數量已經變得很少，紅綠燈也變成了閃紅黃燈的樣子，聽這個車聲應該確實是深夜了沒有錯，我把冷氣關掉，垃圾袋綁好，背包沒有變一樣是塞滿的，全身上下都扛著這幾袋的往下午來的那家銀行走，到的時候，即使是深夜也滿身大汗了，喘息聲也變得急促起來，我知道裡面的攝影機位置，所以沒有馬上進去，如果就這樣扛這一堆進去的話被拍到也許會有麻煩的事，我把垃圾袋全部放在門口，只是背著那塞滿的背包就這樣走到裡面最角落只拍得到背面的提款機，插入自己的提款卡，輸入密碼，然後按下存款的功能，機器打開來的位置慢慢的從背包裡面拿出一疊來放在裡面，雖然叫我確認金額，但已經超過了我能計算的金額，根本看不懂，沒事，不會有誰來的，就這樣重複著從背包裡面拿出一疊存進去，然後再拿一疊，等拿完了就去外面再把背包塞滿，進去存，一直到全部的垃圾袋都清空為止，我想花上了有好幾個小時，天色也慢慢的亮了起來，不知道走過來花了多久，也不清楚到底存了多久，甚至不知道裡面到底有多少錢，最後我提了房租的金額出來，我也只記得這個數字，塞進零錢包裡面之後，在外面慢慢的伸了懶腰，這樣一來，什麼也不用擔心了。

我想想，這樣我還住在那破房間裡面做什麼，可以換到更好的地方去啊，但一時之間也不知道該去哪裡，太久沒有找房子了，而且我想馬上就換，不太想等，這樣應該是去找旅館這樣的地方嗎？但實在沒怎麼進去過，也不知道到底該找哪一間好，我在回家的路上開始注意附近的旅館，最好是那種不引人注目甚至不注意看不知道這是旅館的旅館，但似乎沒發現到什麼，倒是裝潢氣派的旅館很多，也許這附近是專門給那些有錢人花錢的地方也不一定，沒辦法，那就住這種旅館吧，沒得選了，我還有印象的範圍裡似乎也差不多是這樣的旅館，我一身輕的回到家之後，先把水壺的水喝完，然後把本來裝著鈔票的垃圾袋打開，把房間裡面可能已經不需要的東西，包含那些罐頭啦，破洞還是長斑點的衣服啦，水壺，盥洗用具，棉被，枕頭，其餘的也不需要動，就這樣全部塞到原本的垃圾袋裡面，東西不多，甚至還沒有裝滿全部的空垃圾袋，電腦，我先是考慮了一下，然後決定先留著，畢竟裡面都是我的小說，我也不知道要怎麼把它弄出來，就先留著吧，全部裝完之後，拿到樓下附近一家專門撿回收的那戶門口放著，這樣一來的話，我身上什麼也沒有，就只有還穿著的衣服跟電腦而已。

我回到樓上的房間去，沒有開冷氣，因為沒有棉被了，但因為是接近早上的關係還不算太熱（跟開著冷氣比還是差很多），先是睡了一下，醒來的時候，感覺至少過了好幾天。

16

隔天早上醒來，因為前一晚十二點多才睡，所以中午了我才爬起來，而且睏得要命，睡眼惺忪的整理應該是前一晚該整理好的東西，然後還在想著那本書的東西，想到應該可以在學校借到這個作者寫的其他小說，所以把名字記起來，村上春樹，整理好書包之後，時間有點趕，加快腳步到了早餐店，因為看得懂文字了，所以我也看得懂那手寫的厚紙板招牌，賣的東西不多，我也不知道以前都吃什麼，看了一下價錢，跟老闆說我要燒餅油條加蛋，老闆只是看了我一眼，就說等一下馬上好，燒餅油條好了，我就加快腳步去學校，到了比較寬闊的馬路的時候，途中經過的招牌也看懂了，有一些文具店，一些賣吃的小館子，還有雜貨店，不過還是住家比較多，到了學校之後，跟老師打招呼，二一九教室，公告欄貼著誰要負責打掃哪個區域的公告，還有課表，我從書包拿起小本子把課表記下來，坐在座位上，黑板上寫著誰是值日生，至少不是我的名字，我一邊吃著早餐，一邊想著等一下的課不知道自己看不看得懂，會不會課本的字還是看不懂，還有那些奇怪的符號，心情有點雀躍，簡直像要去做從來沒有做過的事那樣，把垃圾丟到一般垃圾的垃圾桶之後，就等待著上課鐘聲響起。

沒問題，至少今天的課都聽得懂，雖然算是中途才開始懂的，不過好像也沒什麼差的感覺，雖然有些地方沒辦法銜接起來，不過只要翻翻前面的課本就可以稍微懂了，課本裡寫什麼我也完全都看得懂，老師寫在黑板上的字我也都懂，今天一下子接收了大量的資訊，想到還有更多的資訊，往後也會有更多的資訊，好奇心就出現了，雖然不是多感興趣的科目，不過閱讀本身我不討厭，現在也沒什麼其他小說可以讀，就把課本當作培養閱讀習慣的興趣就好了。中午午休的時候，我沒有趴在桌上，現在老師也不是都坐在教室後面，所以我就一邊逛著學校，一邊尋找圖書館，但沒有叫做圖書館的地方，只有閱讀室，我走進去，至少書還是有的，問了一下坐在那邊打瞌睡的老師，裡面的書都可以看，但不能借回去，只能在這裡讀，心裡一邊盤算著也許可以在午休的時候都到這裡來，不過前提是要有喜歡的書，我開始尋找村上春樹，很明顯的就擺在顯眼的位置，問了一下老師，老師說這是現在非常紅的日本作家，似乎他也感興趣的樣子，跟我說了非常多關於村上春樹的事情，本來想說讀後感的，但被我阻止，我說至少等我看完我們再討論，他好像覺得掃興的感覺，有一段時間，除了課本之外，就是在午休的時候到閱讀室來，一邊讀著村上春樹，不過很快的，短篇就看完了，也沒有新書進來的樣子，沒辦法只能翻翻其他書，當然作者名雖然會念但完全不知道是誰，我翻了翻，大部分是艱澀難懂的文字，讓我提不起興趣，看了一小段就放回去了，我翻起他的其他小說，但實在時間太短了，看樣子只能去書店買了，不過不知道一本書要多少錢，也不知道我的錢夠不夠，閱讀室對我來說已經沒有任何價值了，最後也不去了，午休的時候，我就乖乖趴在桌上休息，等待著下午的課。

放學的時候，會去附近的店裡面看看，也有到過書店過，裡面真是琳瑯滿目的書，有雜誌，有報刊，有漫畫，不過我一樣一個都買不起，除了偶爾在放學時間站在書店翻一翻之外，也沒辦法做什麼，我也找到附近有專門賣下午茶或者是喫茶店之類的地方，飲料的價格還可以，但那些吃的東西我就完全買不起，這些吃的喝的跟雜貨店不一樣，除了價格比較貴之外，也用比較講究的容器裝著，大概就是貴在這種奇怪的地方吧？不過可以坐著，也會有人端上來，那感覺倒是挺好，心裡想著可以約6號來這家店，雖然只買得起飲料就是了，不過我想6號應該買得起那些蛋糕啦，甜點啦之類的，每天每天放學一些時間就是來逛這些店，不過不會在這邊吃晚餐，吃晚餐還是必須是家對面的麵店才行，不知道為什麼，已經變成了一種習慣，雖然麵本身不覺得哪裡好吃，不過就是非那裡不可，然後回家之後，偶爾阿婆會在家，問我去哪了，我就說跟同學玩，沒說我一個人在外面到處晃，不過阿婆在家的時間並不多，大部分還是都不在家，我就坐在木床上看著課本，想著今天教的東西，然後把前面看過一遍，因為我很早睡，所以看的時間也不多，就一點一點慢慢看，6號打電話來的時候，就說到她掛掉為止。

『真的沒辦法借我書嗎？像上次那本一樣的書。』有一次我說。

「沒辦法，我的書從來不借人的，想都別想。」她回說。

『但是我很想看啊，書店的那些書我都買不起。』

「學校沒有圖書館嗎？」

『有是有，不過沒辦法借回家啊，不知道為什麼。』

「真奇怪，那就不叫圖書館了。」

『它是叫閱讀室啦。』

「好奇怪的名字，我們學校確實有圖書館喔，不過不開放給其他的學生。」

『課本都看膩了。』

「不知道為什麼，聽到你說課本都看膩了，覺得我沒有白教，不過到底是什麼樣的契機讓你開始閱讀東西啊？」

『我也不知道，說實在的我也很想知道。』

「真是奇妙。」

『不過閱讀本身真的很有趣。』

「當然，那裡面都是智慧，都是有辦法寫書的人專有的智慧與才華。」

『不過那些外國作家的書我都看不下去。』

「為什麼？我倒是比較喜歡外國作家耶。」

『哪裡怪怪的，讀得不順。』

「我是看得很開心，國外的生活與經歷都是我們平常體會不到的，例如俄國的作家就會寫那冷得要命的天氣，我們這裡完全不冷。」

『如果都是村上春樹就好了。』

「他也是國外的啊，為什麼他的就看的下去？」

『我也不知道，就是讀起來意外的順，也可以一直看下去，故事本身也很有趣。』

「我媽媽說過他的東西很白話，會不會是這個原因？」

『可能吧，那些難懂的文字我一點興趣都沒有。』

「我自己是不太看他的書，所以我也不懂。」

『要是他每隔三個月就寫一本就好了。』

「媽媽說他可是都要隔很久才會出一本的喔，你就慢慢等吧。」

『唉，算了。』

「你就抱著期待的心等吧，好東西可是沒辦法大量產出的。」

『也是。』

對話差不多是這樣，結束之後掛掉，當然還有一些其他的，不過都是她自己的事，跟我沒什麼關係。

在教室換成三一九之後，教的東西開始變得難懂，至少在二一九的時候還沒那麼難懂，自己維持一個正常學生的成績，老師知道之後叫我過去問說怎麼成績一下子變好，我只是說因為自己覺得可以更好而已，以前是什麼成績不太知道，因為都用猜的，我想也不會好到哪裡去，目前的成績算是中上，麵店阿姨說過，到高中就要用考的，我也不想考到太爛的學校，不然都是一群奇怪的小孩，突然之間看懂所有的東西之後，覺得世界變得比較不一樣，也不是說之前是歪的，就是類似另一個世界那樣的感覺，不過把我拉回現實的就是家裡跟麵店，讓我覺得其實還是同一個世界，只是可能平面的東西換掉了而已。

時間過得很快，一下就要畢業了，跟國小一樣，有一個畢業典禮，像是校長一樣的人在上面講話，不過都很無聊，完了之後又換另一個人講話，每個人都講很久，當然還經過很多事情，不過基本上都跟國小差不多，回到教室之後大家一樣在黑板上寫東西，不過也很無聊，我自己一樣沒有寫，走回門口的途中，吃檸檬糖果的女孩來找我說話。

「一下子就畢業了，不知道高中的男生會不會比較成熟一點，不要再那麼幼稚了。」她說。

『我也覺得是一下子，不過中途發生了一些事情，讓我覺得自己有點成長。』我說。

「喔？是什麼樣的事情，我也覺得你有點變了。」

『這倒說不明白。』

「裝什麼神祕。」

『也不是，不是隨便幾句就能解釋得清楚的。』

「你確實沒其他男生那麼幼稚。」

『很高興聽到妳這麼說。』

「不過還是很幼稚。」

『這就有點傷心了。』

「你以前不是這樣說話的，自己有發覺嗎？」

『沒有耶，有那麼明顯嗎？』

「怎麼說，變得更平易近人一些，覺得好像原本是鈍鈍的角，現在那角好像慢慢消失了。」

『自己倒沒什麼發現。』

「不過這應該是好事，至少跟你對話比較沒有隔閡。」

『我有時候也希望跟同學處得好一點。』

「以前的你不可能會這樣說的。」

『希望我們還可以同班。』

「我想考的是商校，男生比較不會有興趣吧？」

『不知道喔，會考到哪裡，題目有多難，現在還不確定。』

「嘿，最後要不要一顆糖果？」

『當然好。』

我接下糖果之後，她就快步離開了，中途回頭看了我一眼，然後就走了。

自己國中畢業了嗎？好像沒什麼真實的感覺。

當然接下來的假期不會閒著，我很認真的在沒有人的木床上溫習著課本，自己出題目給自己答，有什麼學校可以考我也不知道，這個假期，我除了課本之外，也跟阿婆借錢買了村上春樹之前的小說來看，阿婆知道我是要買書之後，就說我送你就好了啊幹嘛要用借的，自己第一次跟別人主動要錢，那感覺蠻難受的，就像做了虧心事那樣，還是哪裡犯錯了被老師罰站的感覺，我先花了兩天把小說看完，是《尋羊冒險記》，也是相當有趣的故事，自己還是不太敢相信自己可以看那麼長一串的文字，而且一看就停不下來，簡直像什麼癮一樣，那感覺就像是經歷了一段不可能經歷的人生一樣，好像只有村上春樹的故事能讓我有這樣的感覺，雖然我不敢確定他是不是真的很厲害的作家，不過他寫出來的東西就是能吸引我，我想這世界上有各種書，可能都有吸引的對象吧？我只是恰好被他所吸引而已，例如6號就喜歡其他的作家，我想到了確實書店裡有非常多的書，非常多的人，都在不同的位置看著不同的書，有些是工具書，有些則是參考書，也有一些是去看漫畫的，吸引的對象不同，只是這樣而已，沒有誰比較厲害還是誰比較會寫這樣的事情，這是讀課本所感覺不到的樂趣，也是唯有看小說才有的樂趣，其餘的書都吸引不了我，而且還一定要是村上春樹不可，這樣說起來自己算是他的粉絲了，就像6號的媽媽一樣。

假期到一半的時候，就被阿婆說哪一天就要考試了，要去哪裡考，又畫了一張地圖給我，我甚至不知道自己要考哪裡，好像一切都安排好了那樣，不過也管不了那麼多了，反正該準備的都準備好了，該看好小說的也看完了，我想不會是什麼問題，到了當天，依照地圖走，然後就很順利的考完了，題目不難，該寫的都寫完，也沒有空白的地方，我想應該可以考上，至少心裡是這樣想的，結果怎麼樣目前還不知道，沒事，該做的都做了，接下來我回到家之後，就完全不再讀課本，已經沒有任何意義了，我就看《世界末日與冷酷異境》跟《尋羊冒險記》這唯二的兩本小說，雖然已經看過了，但重新再讀過感覺又不太一樣，好像又更離作家近了一點，離自己遠了一點，但同時我也保持著小說裡面的我，很奇妙的感覺，自己到底是什麼？哪一個才是我？有時候拉回現實的是肚子餓的時候，有時候則是6號的電話，我就到對面的麵店吃麵，然後回答著6號其實不太丟給我問題的問題，結束了之後，又再重新回到小說裡的我，又再一次的感覺那樂趣，過了不久，小說也看得差不多了（這次我特別放慢腳步仔細的看），完全沒事做之後，就躺在木床上，一邊想著不著邊際的問題，一邊打發著時間，時間到了就吃麵，時間到了就接電話，這個假期除了去考試之外，幾乎沒什麼外出過，假期到尾聲的時候（我甚至不知道是尾聲），阿婆晚上回家跑來告訴我，你考上了，情緒很激動，好像是什麼值得慶祝的事一樣，不就是繼續念書當學生嗎？這有什麼好值得高興的，我不是一直都是這樣嗎？不過我也沒有多說什麼，只是問阿婆說我考到了哪裡，第一志願喔，這個城市最好的高中，看來果然是聰明的孩子，喔，這樣啊，我隨便應著，我們又去買了新的制服，新的書包，新的課本，已經不用繡學號了，然後剪了頭髮，說是之後都要維持這種頭髮的長度才可以，不然會被處罰，喔，這樣啊，我只是做著習慣的事情而已。

然後，我進入了以升學為目的的一般高中開始了高中的還是一樣的學生生活。

17

也不知道過了多久，也不知道有沒有確實的睡著，更不知道有沒有確實的醒來，房間裡面已經只剩下本來就有的東西，其餘的除了電腦之外的都清空了，好，去旅館吧，我把電腦塞到背包裡面去，零錢包則放在口袋，我走下樓，已經不用警戒了。在附近的提款機裡提了看不懂但是出來是一疊的鈔票，然後走向最近還有印象感覺稍微好一點的旅館，幾乎純白的一間旅館，連陽台都幾乎是白色的（除了某些植物的痕跡），我走進去，到像是櫃台的地方把一疊鈔票放在桌上。

『我要住一段時間，這些錢夠嗎？』

「呃，我想這應該可以住很久，先生，有沒有預定的日期或是打算住幾天，這樣比較好算金額啊。」

『沒有，我也不知道會住多久，總之先大概幫我預定久一點的時間。』

「這樣的話，先住一個禮拜方便嗎？」

『都可以。』

「之後住得舒服如果要繼續住的話，或者是長住的話，我們再討論喔，價格相對的也會比較便宜一點。」

『我的房間在哪裡？』

「您稍等一下。」

她收下錢之後，在櫃台後面不知道在做什麼，然後又把一疊鈔票擺在桌上，還有一個看不懂的東西。

『這是什麼？』

「這是電子感應鎖喔，就當作是鑰匙之類的東西就好了。」

『那要怎麼用？』

「感應一下就可以了，正確來說把這黑色的地方對準門口黑色的地方，會有嗶的一聲，就代表開了喔，先生很久沒住飯店了嗎？」

『飯店就是旅館的意思對吧？現在都不用鑰匙的嗎？』

「嗯，現在都幾乎是這種的喔。」

『幾樓？』

「在三樓，右手邊的電梯可以搭上去。」

『沒搭過什麼電梯，我走樓梯可以吧？』

「當然，隨您高興。祝您有愉快的假期。」

我把桌上她找回來的那一疊鈔票再放到背包裡，問了一下樓梯在最深處的地方，我走向那裡，然後往我的房間走。

拿著那個詭異的感應鎖，往門鎖的地方嗶的一聲，門就稍微開了一點的寬度，至於房間的內部我看不太懂，總之跟我以前住的那間完全不一樣，每個都高調得嚇人，好像彰顯出我的價值本身已經超越了整體的概念，我我我，這個是我，好像每個都這樣跟我說，我先把背包放在床邊，走進像浴室的地方，每個都乾淨得嚇人，好像才剛剛有人全部仔細的刷過的感覺（我到後來才知道這是正常的），我到床上去，首先不懂床跟棉被之間為什麼還要有一個像是套著的東西存在，棉被感覺也不厚，只是薄薄的一層，但很踏實，每個都是純白的，牆壁的顏色不是純白，而是有點像奶色一樣的咖啡色，我不知道這到底應該叫什麼顏色才對，我把背包打開，拿出電腦，想著要怎麼樣把裡面的資料弄出來，對啊，我可以全部寄到我的信箱裡面去，小說檔案不大，寄到信箱裡的話沒有問題，怎麼沒想到這個，但我現在不想打開電腦，只是心裡這樣先想著，就昨天買東西的感覺起來，這筆錢似乎是一個很大的數字，基本上只要給出這樣的一張都會找出更多的鈔票，是啊，這是個金額很大的鈔票，這是錢，一大筆錢，我零錢包裡的提款卡裡面躺著更多的錢。

我在想，這錢到底是要拿來生活（而我之前的生活到底算什麼？），還是拿來自由，自由也許可以用錢換來，還是拿來做點什麼其他的事情，像是僱人用錢生錢那樣的，但我完全不懂，或者是一點生活一點自由，還是其他的一點什麼。

而這一點什麼，到底又是什麼，我現在還想不到。

不過首先，我想至少要買一台新電腦才可以，至少，其餘的可能這房間裡就有了，確實的有冰箱，裡面也冰有飲料，雖然不知道有沒有吃的，不過我想時間到了也許自然就會知道，如果沒有吃的，再出去吃就好，也無妨，房間不熱，我想是有開冷氣的，不過沒有聽到什麼像是冷氣的聲音，窗簾全部拉開，陽光些微的射進來一些，長長的一條線區隔開每個像是跟我訴說著看我的東西，劃出曲折的線。

我打算出門一趟，把一些記憶中經過的那些東西確認是不是自己所需要的，至少現在，我有這個本錢。

我把鈔票放回背包裡，然後走下樓梯往外面走。

原本以為必須要繞周圍一整圈才會知道自己曾經經過哪些東西，沒想到隔壁就是一棟大樓，我走進去之後問門口的那個女生說裡面有賣什麼，她跟我說只要你想得到的幾乎都有賣喔，這裡是百貨公司，甚至連電影院都有，你有耐心的逛完的話，我想不管什麼你都找得到，喔，這樣喔，我跟她說，我雖然搞不太懂，但跟她說了謝謝，最後問她說電腦在哪裡，她跟我說3C的話在地下一樓有一整區都是喔，地下一樓，我懂了，我再次的跟她說謝謝，然後往裡面走找往地下的樓梯，在中間的位置，有一個自動就會往下的樓梯，這叫什麼我也不知道，只是不需要移動腳步走下階梯，自己就會往下的那種樓梯，我站上去，樓梯慢慢的移動，第一個看到的就是一整排的攤販，每個都不大（至少跟鐵板燒比的話），上面的價格有些看得懂有些看不懂，但這都不是我以前經過的那些東西，好像是吃的東西，有香味飄出來，但對我來說也是種奇異的味道，我再往裡面走一點，看到一區好像是電腦的東西，還有很多看不懂的東西，原來電腦的外型並沒有變得太多，至少還是看得出來的，我隨便靠過去一個櫃台。

『我要買新電腦。』

「喔？筆電嗎？預算大概多少呢？」

『不知道，有沒有推薦的？』

「如果沒有預算的話，那我幫你介紹現在有活動的機型吧。就是旁邊這一台……」

然後他熱心的說了一堆我聽不懂的話，我默默的聽，不好意思打斷他的熱情。

『可以收信嗎？』在他一連串的講完之後我說。

「當然，打電動都不是問題。」

『那可以操作給我看嗎？』

「先生是很少用電腦嗎？」

『嗯……這樣理解可以。』

「因為這些東西都一樣啊，收信點這個，輸入您的帳號密碼與平台就好了，其餘的我想看就懂了。」

『那要怎麼上網？』

「現在都是用 Wi-Fi 上網啊，只要知道密碼就好了。」

『不用接網路線嗎？』

「要接網路線是可以啦，如果你很在意穩定度與頻寬的話，只是現在都是5G的我想都不是什麼問題。」

『那你教我怎麼用那無線上網。』

然後他又熱心跟我說步驟，我一一記在腦子裡，這介面完全跟我之前的不一樣，覺得更加清晰，也許因為這是新機型的關係，或者說，我那台太舊了。

『那要怎麼上網？』

「點瀏覽器啊大哥，這個東西。」他又操作給我看。

『喔，這樣我懂了。』

「先生決定要這一台了嗎？還是要不要帶DM回去參考別的看看，或者我再幫你介紹看看有沒有喜歡的啊，這台是很划算啦，新的，剛好公司在推活動所以比較多的折扣。」

『這一台就好。』

「好，我幫您包起來，電腦啊，記得千萬要小心對待喔。」

我從背包裡拿出一疊鈔票來，不知道多少錢，他雖然好像跟我說過但我根本聽不懂，但覺得這樣拿整疊的放在那邊好像不太妥，所以大概只拿了四分之一的分量。

「來，您的電腦。」

『這些錢夠嗎？』

「當然，先生拿太多了，你等一下啊。」

然後他好像在算鈔票的數量，把多的給我，然後又拿出新的鈔票塞給我。

「你買這一台絕對不會後悔啦，要不要考慮一下藍芽耳機呢？還是音響之類的，很多很多喔，我們這裡。」

我示意不用的舉起手，然後往樓上走去。

因為不知道樓上賣的都是什麼東西，所以我打算慢慢逛看有沒有什麼還有印象的東西，但很多都只看過外型而已，它是做什麼用的根本就不知道，我就上前去問店員，這個東西是拿來做什麼的，幾乎每個都很有耐心地跟我說一些聽不懂的話，我只擷取我覺得需要的部分，當然絕大多數還是沒看過的東西，覺得它的外觀不錯，就去問這個是做什麼的，一樣擷取聽得懂的部分，雖然有很多店員跟我說這個搭配什麼現在有促銷喔，要不要考慮看看，有些甚至主動拿起來放到我的手裡或者塗抹在我手上讓我試著用看看，我每個都沒有拒絕，耐心的聽完他們的話，然後再離開。

今天先觀察就好，不要多買什麼東西，即使有錢，甚至買什麼都不是問題，也不需要什麼都買。

然後到稍微上面一點的樓層之後，出現了類似餐廳一樣的地方。

這麼說來的話肚子也有些餓了，我決定找一間店來解決一下。

選了一間看起來像是專門賣麵的店，對我來說，其餘的我幾乎看不太懂，雖然有些店上面有大大的招牌，但那是什麼我完全沒辦法理解，對我來說最親切的，還是麵這東西。

我在空位坐了下來，有一位服務生來送上一杯水，然後像是菜單一樣的東西也一起附上來。

「需要幫您介紹嗎？」

『嗯……有沒有比較推薦的麵？』

「當然，我們的麵都是……」然後又說了一堆我聽不懂的話，當然，我不會打斷他，只是想著，好像現實的東西多出一些，思考本身就會少了一點，如果這就是所謂的生活的話，那我寧可要自由。

「……這樣您要慢慢選還是從我剛剛說的裡面挑一樣呢？」

『你說的第三個。』

「好的，那麼飲料與甜點要選什麼呢？」

『又要選嗎？』

「畢竟是套餐。」

『每個的第二個。』

「不用稍微看一下嗎？」

『我看過了，就第二個。』

「那稍坐一下，馬上為您送來。」

服務生退下之後，我一邊玩著桌上擺的看不懂的裝飾，一邊想著不著邊際的問題，我想自己還是必須想些什麼，只是好像是很無聊的事情，就一直覺得說，到目前為止生命當中的東西雖然不知道什麼叫多，不過至少跟他比起來的話一定算是少的了，所以我才有那麼多的時間去想這些有的沒有的，什麼叫常識？又要怎麼鬆綁？我不太清楚，就是好像不得不生活的時候，就不得不沒辦法維持所謂鬆綁，而生活就是某種常識嗎？目前我是不太懂，可能每個人只要習慣了某種生活方式之後那就是所謂的常識了吧。

就在我想到這邊時，服務生端著一盤東西來了。

「甜點在用餐完之後會送來喔，先生慢用。」

我看著這一盤東西，雖然是細細長長的好像叫做麵的東西，可是又好像哪裡不太一樣，多了很多顏色，也多了很多看不懂的東西，旁邊放著的飲料也是看不懂的東西。

我想先不管那麼多，吃看看再說。

沒想到吃下去的時候，簡直按下了某種開關一樣。

這到底是什麼味道？可以再請服務生來為我解說一次嗎？但不行，我沒空，我要吃，我好像突然想到了吃這件事情，然後不得不吃了，附著的叉子好麻煩，我開始用手抓麵來吃，抓起放在旁邊的像是配角一樣的東西吃，我從來沒有像這樣吃過東西，應該說，我沒有吃過這麼美味的東西，美味到，我可能這輩子沒吃過什麼食物吧？我想不起來這輩子到底吃過什麼食物，只是突然這樣想而已，我以後都可以吃這樣的食物嗎？這是應該的嗎？我以前到底在吃些什麼？吃又是什麼？不知道，完全搞不懂，我被眼前的這盤麵搞得逐漸分不清楚了，幾乎像是想到要吃東西那樣，就這樣開始吃起來。

吃完的時候，我的手也沾滿了像是醬汁一樣的東西，附近的人都在瞄著我這邊，我又直接把放在旁邊的飲料一口氣喝完，覺得又是沒喝過從來沒有體驗過的感覺，我拿起放在旁邊的衛生紙，把手擦乾淨。

「先生，先生您還好嗎？」

『嘿，我肚子還很餓，可以再吃嗎？』

「當然，我們就是賣這些東西的。」

『那再隨便選幾樣你剛剛講過的東西上來，越快越好。』

「先生是要外帶嗎？」

『沒有我現在要吃。』

他好像想了一下的樣子。

「那我先幫您附上比較好消化的飲料，甜點就先不上。」

『都可以，記得不要再給我這個了，給我筷子。』

「您稍等，馬上幫您準備。」

然後食物一道一道的上來，我也偶爾會停下腳步，把每一口都咀嚼到最後品嘗它的味道，該停的時候停，該吃的時候吃，服務生把我的盤子一個一個收下去，然後再繼續上，還有嗎？還有沒有推薦的？都送上來。我這樣跟他說，他則一樣說稍等一下。

在我吃不知道第幾樣的時候，服務站在附近看著我若有所思的樣子，然後往裡面走，接著兩個人一起出來，另一個穿得比較複雜一點。

「先生您這樣吃會吃壞肚子喔。」

『沒事我會付錢。』

「一般來說我們的分量已經很足夠了，您這樣吃的話我怕身體吃不消。」

『讓我吃，錢在這邊。』然後我拿出幾張鈔票放在旁邊。

他收下之後說。「如果需要廁所的話隨時跟我們說，您慢慢吃。」

好像在吃東西的時候，慢慢的也不再思考什麼問題，也許是因為現在才正體會到食物的美妙，我不知道，算了不想了。

「還需要嗎？」

『幫我上什麼甜點吧。』

然後他又端出小小的一碗東西出來，旁邊還有一包東西。

「本店的一點小小心意。」他微笑著說。

當然我並不知道這是什麼。

甜點是一個冰冰的東西，味道也是非常奇妙，我不太懂什麼食物的形容詞，總之對我來說很複雜，但同時也很簡單，只是沒體驗過的東西而已。

吃完之後我先是讓腦袋沉靜一下，我不太懂這之間到底經過了什麼，只是好像是從來沒有經歷過的事情，我閉上眼睛，這才感覺到肚子好漲，吃了多少我不知道，好像相當多的樣子，我睜開眼睛，走到櫃台去，問小姐說這裡的營業時間，她跟我說了之後，找了我一些鈔票，這只是幾張鈔票而已，如果以後都可以吃這些東西的話，不知道會變成什麼樣子，不過，應該不會再吃那麼多了。

「這是我們的名片，如果您住在附近的話，我們也是可以外送的喔。」

『意思是可以送到我住的旅館嗎？』

「喔？您住旅館啊，當然可以，只要不遠我們都可以送。」

『就在旁邊而已。』

「那很歡迎您。」然後她揮揮手，我也揮揮手。

我差點忘了我有買電腦這件事。

一吃就停不下來了，到現在我還是搞不懂是什麼樣的契機讓我可以這樣狂吃，明明之前只要隨便一個罐頭或是一碗泡麵就可以的。

原本還想繼續往上走，但想了想作罷，今天先到這邊吧，也許，我這個人到處被挖也被挖空了。

我順著自動往下的樓梯回到一樓，走出去之後直接往還記得的旅館的方向走（還好這件事情沒有忘記），走到三樓，拿出卡片，嗶的一聲，門又開了。

我把電腦放下，背包放下，先到浴室去喝了水，然後坐在馬桶上開始消化，完了之後甚至覺得我整個人都變輕了一點。

本來想睡一下，但是看著新買的電腦，心裡還是比較多好奇的感覺，我先是打開舊的電腦，打開信箱，裡面除了廣告信之外還有很多他們寄來的信，但我沒有理會，而是把我每一部小說都寄到自己的這個信箱裡面來，完了之後，確定收到之後，打開來也沒有問題，就把舊電腦關掉，從此之後，你再也不需要了。

我拆開新電腦的包裝，隨便的放在旁邊，第一個感覺是好輕又好薄，之前裝在箱子裡沒感覺到，原來現在的電腦不是變得更加笨重又多功能，而是在多功能之下又變得更輕薄了嗎？而且開機也好快，輸入一堆有的沒的，我想到了要先上網才可以，先是憑藉著記憶依照剛剛店員講的上網，但到了輸入密碼這個地方，我不知道密碼啊。

沒辦法，我走到一樓的櫃台去問。

「密碼我抄給你喔，用床旁邊的電話就可以打過來了啦，不用特地走到樓下來。」

『這我倒不知道。』

「其實密碼就貼在房間裡面，你一定沒仔細看對不對？」

『我看不懂啊。』

「您蠻特別的。」然後她給我一張紙條。

我又走回去三樓，嗶的一聲，我到電腦前輸入密碼，顯示成功之後點開店員剛剛說的信箱，然後繁雜的流程，終於可以收信了，介面不太習慣，不過還蠻直觀的，幾乎都是一些看得懂的小圖示。

我一樣把廣告信全部刪掉，留下他們的信，至少好幾封，我依照時間，先點開了最後一封。

「嘿，你消失到哪裡去了？」是她。

然後再點開他的。

「如果在忙的話，記得看到的時候回個信喔。」

事情沒完沒了，好像從撿到提款卡開始，自己就不知道跑到哪裡去了。

18

『沒什麼，只是單純的感想。』

「從來沒有誰說過我可愛，連家人都不太會說，被同學這樣說是第一次。」

『我也是第一次稱讚別人可愛的啊，我也不是到處隨便亂說的好不好。』

「可愛在哪裡？」

『細細的嘴唇，鼻子的大小也恰到好處。』

她沒有說什麼話，好像在確認的用手摸著嘴唇跟鼻子。

「謝謝你的稱讚，希望不是什麼奇怪的把妹技術。」

『是真心的啦，我真的沒有稱讚過別人。』

「你很有趣。」然後她就走了。

我在說什麼？其實這個女生一點都不吸引我，但為什麼我會脫口而出說她很可愛呢？自己完全搞不懂，但沒想到，這只是開端而已。

當然課還是有好好的上，也很認真聽並做筆記，只是到下課的時候會去主動的找人說話，也不是說話，只是聊天而已，聊聊家庭啦（我撒了謊說我有爸爸），國小國中遇到的同學啦（當然我也隨便亂胡掰），他們也好像很自然的會把以前的事情跟我說，人只要聚在一起，自然的就會冒出更多的人，然後我也去找了學校的圖書館，這間學校確實的有圖書館，不是閱讀室，雖然規模不大，但可以借回家看，我起先跟裡面的老師說有沒有村上春樹的新書或者是推薦的作者，老師跟我講了好多，我說我看不太懂太艱澀的文字，老師說可以看看國內的作家，當然也有些賣弄文采的作家，不過那我也不喜歡，我可以推薦給你，你以後會常來嗎？我說當然會，我很喜歡看小說，老師就帶著我把他想推薦給我的書一本一本的拿給我看，我翻了幾頁，好像確實可以看得下去，我就先借一本，離開前不忘跟老師說村上春樹有新書要跟我說喔，老師只是微笑著說好，午休結束之後，再繼續回去上我的課，跟同學聊天，互相在上課的時候傳紙條，很自然的，我就跟同學打成了一片，不光光只是男生，連女生也是，男生通常比較好動，心思也比較簡單，比較好掌握，女生則多需要談一談，她們不知道為什麼戒心比較重，不過通常聊了一下就可以很順利的進行下去，我甚至到回家的時候都不太敢相信自己會這樣做，不過這其實很自然，我並沒有刻意，就是嘴巴就想說出那些話，我就讓它說出來這樣而已，表情也好像自然變得比較親和（雖然自己看不到），回家之後，我還在想著這些已經過去的事，阿婆回來了。

「趕快吃麵，不然接電話吃到一半可就糟了。」阿婆說。

『阿婆今天累不累？』我說。

「唉唷寶貝啊，第一次聽你這樣說耶。」

『就關心一下啊，我知道工作一整天一定很累。』

「你這樣說阿婆真的很高興，好啦趕快吃麵了。」

然而電話並沒有響起。

也許今天6號比較累也不一定，我在木床上溫習著功課，差不多了就拿起放在書包裡那今天借的書，是一本短篇小說集，雖然沒有很喜歡，但我還是慢慢的花時間把它看完了，阿婆去工作，媽媽回來，我就躺在床上睡著了。

過了一段時間，與同學之間變得更加親密，也會在週末或者放學的時候相約出去玩，我說了非常多的謊，不僅說自己有爸爸，也說了跟媽媽感情還不錯，沒有提到阿婆的事情，偶爾會去書店翻翻新書，但一樣都沒有想買的慾望，文具店的那些東西，我除了買筆記本跟筆之外，也沒買過其他的東西了，我開始會在上課的時候假裝抄筆記的那樣在筆記本上寫一些小故事，寫一寫最近的生活啦，跟同學間的相處啦，到了後來，變本加厲的甚至會開始自己虛構故事來寫，雖然大多圍繞著自己，或自己身邊的人事物，但整體上來說是虛構的，自己除了自己沒辦法寫其他的東西對嗎？一切都是以自己為中心才會有比較深刻的體悟然後開始一連串的幻想，有時候一堂課還不夠我寫，甚至寫了一整天也不一定，但當然，回到家之後就不會寫了，不知道為什麼，家裡的感覺不適合寫東西，既沒有可以寫字的桌子，那腦中盤旋的幻想也不會在家裡濺起水花，我在家，只能看看書，看看課本，當然我知道6號已經不會再打電話過來了，有一段時間我很在意，畢竟是每天通電話從國小到國中的對象，為什麼突然就不打了呢？當然也想過要不要打電話過去，但我根本不知道她的電話號碼，也想過要不要去她家找她，但我一樣不知道她住在哪裡，完全無解的情況下，只能任憑自然的安排了，會不會有某一天突然電話響起是6號打來的？但都不是，都是高中同學，心裡好像有那麼一絲遺憾的感覺，但也不至於說過意不去，畢竟我現在朋友也是相當多，怎麼說，我不太會形容，大概就像是原本很要好的鄰居突然一聲不響的就搬家那樣的感覺吧？唉，算了，我現在只能往前走了。

不知道是不是常常寫東西的關係，我的國文作文總是拿高分，其他的科目雖然也不低但都沒有全班作文第一名的程度，但老實說作文題目都很無聊，什麼夢想啦，家庭啦，未來啦，我完全對這種東西不想理會，但考試就是考試，不得不寫，雖然寫得心不甘情不願，但總是能拿到高分，這我也是相當不解，圖書館還是一樣會去，有時候坐在那邊的老師換了的時候我就自己進去找國內作家的書來翻，有興趣的就借回家，沒想到那麼小的一間圖書館竟然可以有翻不完的書，這我可是求之不得，回家看書，上課寫東西，下課聊聊天，週末出門聚一聚，好像就是我目前的校園生活的樣子。

到了高二的時候，還是維持著差不多的樣子。

我去圖書館閒晃，今天那個很熱心的老師在，情緒好像很激動的跟我說，村上春樹終於出新的長篇小說了！喔？等了那麼久終於出了嗎？但老師說現在圖書館還沒有，沒辦法只是地方學校的圖書館而已，不會那麼快，叫我如果想看的話到書店去買，不趕快去搶的話我怕買不到喔，有那麼難買？不禁在心裡起了疑問，但我確實想馬上看沒有錯，放學之後，我就到書店去，就放在一進門第一眼就能看到的地方，上面印著大大的村上春樹，以及新書名，海邊的卡夫卡，卡夫卡是什麼，我不太清楚，為什麼是要在海邊而不是在山上，但不管那麼多了，也不需要特別翻，確實也只剩下幾本而已，我直接拿去結帳，阿婆到了高中給我的零用錢變多了，所以我也才能夠那麼常出去外面喝茶，當然也買得起小說，而且還不只一本，分為上下兩本，我拿了那厚厚的重量，想像了一下即將結帳完拿回家把這厚厚的重量全部刻進腦子裡，心裡就雀躍不已，但當然，很貴，至少最近沒辦法再出門了，那書真的好厚，比《世界末日與冷酷異境》還要厚，我還沒看過那麼厚的書，回到家之後，阿婆不在，我先去對面吃麵，然後回來之後立刻翻開第一頁，叫做烏鴉的少年，一開始是一段逃家的故事，而且主角年齡跟我差不多，搭上長途巴士就這樣逃家了，我繼續看下去，雖然也是分為兩個篇章的主體，但一開始另一個世界意圖並不明顯，只是類似回憶一樣的檔案資料而已，雖然無法感同身受，不過我想應該是為了後面所做的鋪陳吧，再回到少年，到了圖書館，嗯，圖書館我也常去，不過只是學校的圖書館而已，有機會的話也想到書中那麼大那麼氣派的圖書館看看，裡面一定有我喜歡的書，叫做烏鴉的少年常常出現，通常帶有一種隱喻式的對話，不過目前還不明朗，沒關係，慢慢看，然後另一個世界又是意圖不明的篇章，不知道什麼時候才會回到世界本身，這之間少年找到了工作，然後中田先生終於出現了，原來前面意圖不明的篇章是在說中田先生以前的不明經歷，不知道為什麼，突然就變得腦袋不靈光了，一直到了老年，中間跳過了很多東西，沒關係，那不重要，可以跟貓溝通，在知事那邊領取補助一邊幫人找貓過活，不知道故事會怎麼發展下去，我先停在這裡，用買書的發票當書籤然後去洗澡，一邊想像著逃家一邊想著叫做烏鴉的少年然後漫不經心的洗著澡，現在是冬天，家裡的水沒辦法太熱只能把熱水那邊轉到最大才勉強適合冬天，洗完的時候還有點冷趕緊穿上一層又一層的衣服，沒有保暖的毛衣，只是很多層的衣服而已，這才有一點保暖的效果，然後我又在木床上翻開書，哇，山中小屋，好像突然間又很想住進像這樣的小屋，不過森林我是一點都不想去，這時候，阿婆回來了。

「怎麼在看那麼厚的書，麵吃過了沒有，要不要去買？」阿婆說。

『我吃過了。』沒辦法只能先暫時離開小說。

「啊那個女生怎麼都沒有打電話過來了？」

『我怎麼會知道，阿婆趕快休息啦。』

「不是啊，就這樣突然生命裡少了一個人，不覺得很可惜嗎？又不是死了。」

『也許她有她要忙的事情啊，說不定她不覺得她生命裡少了一個人。』

「好歹也說一下原因嘛，什麼都沒跟你說嗎？例如交了男朋友他不准她打給你之類的。」

『沒有這種東西啦，好啦，阿婆工作那麼久趕快吃晚餐了。』

「吃是會吃，只是問你一下，阿婆就覺得怪怪的。」

『這種事情不管怎麼想都沒有用，麵總是有吃完的時候啊，大概就像是這種事情而已吧，不用太在意啦。』

「好啦，阿婆吃完麵就要去工作了，今天早點睡啊，不要拖太晚。」

『我一直都很早睡。』

「哪有你上次看書也是看到很晚，都快高三了，要多努力一點喔。」

『我知道啦。』

然後阿婆開始吃麵，我的思想也中斷了，一想到等一下媽媽就要回來了，也看不下書了，我再度的把發票當作書籤，闔上感覺才剛看沒多久的小說，一切就中斷了。

隔天當然沒什麼心思在上課（寫故事），也沒有去圖書館說我買到書了，我只想趕快回家繼續讀我的小說而已，當這樣的思想越強烈的時候，時間就過得越慢，越在意時間，時間好像就跟你唱反調一樣把時間調慢，當你注意到現在時間正在流動的時候，那流就會像安靜的湖泊一樣一動也不動，好不容易放學了，卻又被老師叫過去。

「你國文跟作文的成績都很好耶，你知道嗎？」老師說。

『其他的應該也不差，老師我的成績應該沒什麼問題才對。』我有點不耐煩的說。

「以後想考哪裡？會不會想往這方面發展？」

『以後的事情我還沒想過。』

「回到家都在做些什麼呢？」

『吃晚餐睡覺啊。』

「不是，我指的是除了這些之外，例如有沒有自己寫文章或者看書之類的。」

『看書會啊，不過家裡不太適合寫文章，寫故事我很喜歡。』差點沒說出都在上課的時候寫。

「那老師覺得你可以考慮一下未來的事情喔，老師覺得你有這樣的天分。」

『什麼樣的天分？』

「還很難下定論，不過我想你是適合中文系的。」

『中文系在做些什麼？』

「還要看學校的啊，你喜歡寫故事看書的話，也有專門學那些，也就是以寫作為主要目的的學校。」

『我還搞不太清楚，不過我會放在心上，老師趕快下班回家吧。』

「要記得喔，你是有天分的。」

『謝謝老師。』然後我就離開回家了。

這天的雨下得異常的大，原本就是木造加上鐵皮的家雨聲滴滴答答的很大聲，不過這並不影響我看書，反而是因為這樣，讓我聽不到外面的車聲，也沒有什麼哪裡奇怪的聲響，反而是在這樣的雨中，能不被干擾的專注在書上，我就躺坐在木床上一頁一頁的翻著書，甚至連麵都沒有吃，阿婆今晚沒有回來，當然電話也不會響，雨一直下到我睡覺前為止，一下大一下小，我的呼吸隨著文字跟雨勢調整快慢，雨勢跟呼吸也融入在文字當中，每翻一頁，那呼吸才又再度的動起來，我澡也沒有洗，只是換上了有圖案的家居服，現在的我，完全在文字間遊行。

結果當晚，阿婆跟媽媽都沒有回來，我想是因為工作忙，我也什麼都沒吃，上冊看完了，我心滿意足的闔上書本，終於要互相有來往了嗎，少年與中田先生，兩人即將在同個地方，中田先生是一個奇妙又有趣的老人，不知道為什麼，我很喜歡中田先生，少年則是有自己的投影的感覺，不知道下冊會如何展開，除了期待之外，滿滿的好奇心填滿了我，我知道，自己是被村上春樹的文字所影響的，這是其他的作家做不來的事情，就像前面說過的一樣，我是被他所吸引的。

隔天照常去學校，只是不那麼在意時間了，雖然想這樣想，但當你想到了就是在意了，怎麼逃都逃不掉，時間依舊過得很慢，我只是嘆氣再嘆氣，下課就用手托著下巴，雖然有人來找我說話，但我什麼都不記得，有些東西，不管怎麼擺脫都擺脫不掉，好像蒼蠅一樣，把牠趕走了還是會回到一樣的地方，終於放學了，我心裡想著今天一定要把下冊看完，突然之間老師叫住我，叫我趕快回家，是啊，我是要趕快回家啊，回家看我的小說，只是沒想到，要看下冊，已經是很久以後的事情了。

19

隔天早上醒來，我先是懷疑自己到底有沒有睡著這件事，但當然我睡著了，只是睡著的時候不會意識到自己睡著了，而是醒來的時候才會知道自己有睡過這件事，就算有夢一般的東西把你拉扯，這都不會讓你意識到自己正在睡覺這件事，而是在某種自然的狀態下，就跑掉了，說是跑掉也不對，我想它沒有去哪，也許就在你身後也不一定，或者兩個人只是背靠著背的那樣坐在床上，我想確實的某個東西出來，而這東西總是抓不到。

我試著想認清楚自己正是醒著這件事就好。

我先打開水龍頭喝水，然後拿起放在旁邊的牙刷想想起來這東西應該怎麼用，好像是要擠上牙膏之類的把牙齒刷乾淨這樣的東西，我把全部擠在那刷頭的地方，很笨拙的拿起來放在嘴裡上下左右刷著，不得不咳了嗽，嘴巴裡長久有一個異物好像很自然的就會這樣，吃進去了一點牙膏，不過好像也沒怎麼樣，我把牙齒全部刷過一遍，雖然有杯子，但我沒用那個裝水，而是打開水龍頭把嘴巴裡的牙膏泡沫全部順著水吐出來，雖然有肥皂也有洗面乳（應該叫做洗面乳），但我沒有用，只是在吐完泡沫之後用水把臉全部沖過一遍，然後拿起放在旁邊的毛巾把臉跟嘴擦乾，旁邊也擺了一些上面寫有符號的用品，我不知道用途是什麼，甚至是這輩子沒碰過的感覺，雖然我想在這之後慢慢的讓周圍的東西與我有點關聯，不過我得先想辦法弄清楚它的用途，拿起來來回的翻著看，並沒有什麼說明，只是一個很簡單的，不知道是什麼的用品加上包裝，如果不知道它是做什麼用的又為何出現在這裡，到底應該怎麼樣與它有關聯呢？

但有些事情可以剛起床的時候想，有些事情則不可以。

我走出去陽台，看這個陽光的話應該是準備中午了，每個在底下的影子都變得小小的不再拉長，我記得我在三樓，算是不高也不矮的地方，我好像沒有從這個角度看出去過的印象，覺得事物都長得不太一樣，好像角度上，大小上，全部都不一樣的感覺，不過要我認真形容的話，自己則沒有把這些化為文字的能力，就是，它們只是長得看似一樣但好像哪裡少了一點什麼哪裡多了一點什麼的日常生活一環而已。

我想起自己曾經抽過菸，不過是多久以前已經忘了，他確實的說過他會在陽台抽菸，配一瓶黑麥汁，現在不知道他怎麼樣了，我想抽點菸，以前應該是因為沒錢買菸所以沒繼續抽，現在的話，我想抽一輩子可能都不是什麼問題，不過，好像又不是那麼的需要菸，即使抽了，它也會在時間到的時候燒到菸屁股，這之間到底經過了什麼，想了什麼，可能會隨著這根菸的熄滅也跟著消失了，好像想到以前放煙火的夜晚，這跟那個好像是差不多的東西。

放棄陽台，我走回到房間裡，在窗戶旁的木頭條上（這東西叫做桌子嗎？）打開我的電腦，一樣先刪廣告信，然後想著該點誰的信好，我決定了先是她。

『不好意思，突然之間忙了起來，不是消失到什麼地方去喔。』我打說。

大概過了幾分鐘吧？

「忙是都不用聯絡了嗎？不知道人是會擔心的嗎？至少寫個信說我要開始忙一陣子了啊。」

『忙的時候就是沒時間說自己忙的一種狀態啊。』

「連寫一封信的時間都沒有？」

『今天不用上班嗎？』

「喔，請了假，等一下要先去看房子。」

『一般來說，找到房子之後，先要怎麼樣啊？』

「首先不得不把房間塞滿，當然還是要有空間，只是覺得這樣空蕩蕩的感覺只是隨便擺在路邊的房間而已，會買很多東西啊，只要是覺得需要的，其實也不一定需要，覺得它好看的，就買來放在房間裡，有很多東西啊，不一定是要發揮什麼功用的其實只要擺在那邊就好了喔。」

『妳有住過旅館嗎？』

「有啊，以前畢業旅行的時候去過。」

『那現在的旅館跟以前不一樣了嗎？』

「我覺得就外觀上來看，已經完全不一樣了，那感覺像是以某種目的邀請你加入的詐騙集團那樣的地方。」

『我大概可以理解。』

「嘿，你覺得我們的人生當中什麼是生什麼是死啊？」她好像決定好話題了。

『這東西好像很久以前流行過。』

「以前當然也是會想，只是現在想想，感覺又不一樣了。」

『那妳以前是怎麼想的。』

「覺得就是無常的一種意外而已啊，可能我們人生下來被賦予了生命本身就是意外，然後意外的活著，最後意外的死去，一點都不自然的東西，有的時候想想自己正在思考這些事情可能也只是某種意外而已。」

『我不太記得以前自己想過那些，不過好像想過的樣子。』

「那你現在想一想啊。」

『好像我們人有時候只是死掉似的活著。』

「這樣想的話有點悲觀啊。」

『但不得不這樣想，就是以前不是也很流行什麼對自己殘忍一點以表達對自己的不滿嗎，會在手上劃上一刀又一刀，然後去刺青，象徵著各種不滿，可能是某種失望，好像給予自己難過一點是會讓自己好過一點，但這樣到底又是為了什麼？我們人以死的方式對待著自己，我覺得這樣的形容蠻貼切的，雖然我並不知道到底什麼是死，不過總有種已經死掉的感覺，妳不這麼覺得嗎？我想，我們人醒來就是活著，而睡著就是死去了。』

「我覺得這話不能對一個即將搬出去的人說。」

『是妳叫我想的啊。』

「可是有時候，在那些對自己殘忍的方式過後，表達自己的失望之後，好像瞬間又可以變得更溫柔一些。」

『老實說，我不知道什麼叫做溫柔。』

「那你對人不溫柔嗎？」

『如果說不知道什麼是溫柔叫做不溫柔的話，我想是這樣沒錯。』

「那這樣也不對啊，如果你不知道什麼叫做溫柔，又怎麼知道什麼叫做不溫柔呢？」

『總之，我想我不懂什麼叫做溫柔，即使把這兩個字擺在那邊，我想我也沒辦法順利的解釋這個詞的意思。』

「但好像那些曾經跟著流行對自己殘忍的人到最後都變得很溫柔的感覺。」話題停在這裡，我稍微的就著椅背往後靠了一下，好像有什麼即將到來。

『嘿，我可以把妳買下來嗎？』我幾乎是反射性地打出這幾個字。

「是什麼色色的東西嗎？」

『不，我想我不需要這些，只是怎麼說，我想我是需要妳的。』

「突然就被需要了嗎？」

『我想，我們人生當中除了意外之外，也有很大多數占有的是尋找自己的零件這樣的動作，可能人的一生當中有些找都找不到。』

「零件？什麼意思？」

『妳可以想像成正準備要組裝一張桌子。』

「填滿什麼那樣嗎？」

『對，我覺得，妳可以填滿某一部分我的空缺，當然還有很多很多，只是怎麼說，妳是一個很重要的零件，藉由妳才可以帶動其他零件那樣的零件，當然每個人都有空缺，只是有些人選擇用愛情，親情，甚至是什麼事業之類的東西來填滿，但我不需要那些東西，我就只是需要這張桌子而已。』

「如果你即將要組裝一張桌子，想必是有什麼用途才會去做吧？」

『我想我什麼目的也沒有，就像是這邊剛好有一個空位，所以必須擺一張桌子這樣而已，我既沒有要使用，也沒有像妳說有什麼用途那樣的組裝，就只是，這邊確實需要一張桌子，妳應該有想過，要搬出去，可能還是屬於自己的桌子會比較安心吧？就像那樣的感覺而已，其實很單純。』

「那要見面嗎？」

『我想不用，妳只要在這裡就好。』

「這樣感覺起來蠻傷心的。」

『當然，藉由網路來尋找很重要的零件，可能是一件很蠢的事情。』

「不過實體上，真正的要跟誰過著應該屬於自己的生活，好像更蠢。」

『我想妳應該比我更懂才對。』

「當然，我是專家。」

『買是買下來了，所以該付的錢會付喔，妳可以找比較好真正喜歡的房子住，也可以買很多東西填滿自己的房間，甚至連工作都不需要去了，妳現在起是自由的。』

「沒想到自己的自由是花別人的錢，我覺得有點詭異。」

『真正花錢的人是誰其實都無所謂啊，反正收錢的人永遠不是自己，既然這樣，誰花的誰出的又何必去在意？』

「那會不會是某種等價交換的概念，就是我也必須給你什麼。」

『我想讓它自然就好，現在即使叫我想我也想不出來。』

「這其實有點脫離常軌，一般男人的話恨不得身邊有一個可以擁抱的女人，甚至是花大錢也在所不惜，好像給誰一個交代，但到底是給誰？給長輩嗎？給社會嗎？沒有，其實他們只是自己想要抱女人而已，有的時候這樣會比較正常。」

『但沒有規定一定要這樣吧？嘿，現在是常識上的鬆綁，這樣想就好了。』

「真的不用見面嗎？」

『不，不需要。』

「其實我蠻想見你一面的，即使這樣也不需要嗎？」

『真的不用。』

「該怎麼說，所以你是我的誰嗎？」

『是誰都可以。』

然後我把電腦闔上，她應該也懂我的意思，我背起背包，確認裡面還躺著那一疊鈔票跟提款卡，然後走下樓，出去到外面去最近的便利商店，拿出熟悉的百元鈔票跟店員說我要買菸，直覺的看到後面的那一堆菸裡面，最顯眼的就是一個紅白包裝的菸，跟他說我要那個，還有一個打火機，付了錢之後，我走到外面去點上一根菸，店員立即跑出來說這裡禁菸，揮手要我離開，沒辦法，我只能往馬路上靠一點，經過的車子對我按了喇叭。

點上之後，覺得哪裡很熟悉，也許一樣，也許不一樣，我想是根本上的不一樣，我確實的變了。

但到底該怎麼樣劃分這條界線？我想什麼都不需要，現在只要讓我好好地把這根菸抽完就好。

我沒有把菸吸到肺裡面（或者有？），只是把菸吸進去，然後吐到空中而已，剛剛在想什麼，做過什麼事情，瞬間的就忘記了，但隨著菸逐漸的往後燒，那感覺似乎又回來了。

這根菸燒盡之後，我把剩下來的菸跟打火機丟到垃圾桶去，想著必須做點什麼事情，不然可能事情不會順利下去，可能要有一些改變才可以（雖然我很討厭這個詞）。

我回去旅館的時候，第一眼看到了冰箱，對了，我還有冰箱裡的飲料可以喝，雖然說不熱，但誰不喜歡冰透的飲料呢？已經有誰來整理過了，床上被罩著剛進來的罩子，浴室裡的牙刷跟牙膏也變了，不過感覺並沒有比較乾淨，可能原本就不亂的關係，只是在出去的空檔之間，有誰進來為我打掃，這感覺蠻不可思議的。

我打開冰箱，又是一堆看不懂的符號，冰的飲料並不多，可能隨時會在打掃的空檔來補充也不一定，我選了簡單的顏色，喝完之後把罐子丟到垃圾筒裡去，這麼一說的話，連原本在地上的那些電腦箱子也不知道消失到什麼地方去了，不過這也沒什麼，只是有誰替我打掃而已，我付了錢，可能這些原本就應該有的吧？

然後我打開電腦，發現她又寄了好幾封信過來。

「我看到一間還不錯的，只是廚房小了點。」

「這間可以，有陽台，有洗衣機，可以曬衣服，廚房感覺還是不太對。」

我又再拿出冰箱裡的一罐飲料出來。

『妳慢慢看，不用擔心價格的問題，喜歡最重要。』

一段空白，也許她在走路也不一定。

「我覺得今天先看這樣就好了，總覺得好房子短時間要找到也是蠻困難的，倒不如說，短時間就找到的房子，可能是某種騙局也不一定。」

『妳不是在找房子嗎？』

「是啊，現在正準備回去。」

『那妳怎麼寫信的？』

「手機啊，大哥。」

『手機？』

「又是常識上的鬆綁嗎？算了，總之，在任何地方都可以收信跟寫信。」

我是真的搞不懂，導致我根本沒辦法回些什麼。

「這樣真的可以嗎？就是，我來選你來出錢。」

『都已經這樣了，事到如今不要跟我說妳不想給我。』

「倒不是這樣……覺得是某種道德上的崩塌。」

『不用考慮這些。』

「真搞不懂有錢人的想法，不過，你是個有趣的有錢人。」

『自己不覺得自己有趣。』
「有趣的人都這樣說。」
『那麼有找到你人生中的某一個零件嗎？』
「房子只是某種附加物，我想我到哪裡都可以生存下去。」
『想法還蠻樂觀的。』
「當然，我一直都不悲觀。」
當然我想到了我自己，沒辦法說些什麼，也許她真的正在走路，也沒有繼續回下去。

我上網開始想幫她找看看房子，當然我最會的也只是上網而已了，不得不說，速度變快很多，我搜尋關鍵字，租屋，冒出一堆像廣告信一樣的廣告，我往下滾，好不容易滾到不是廣告的地方，慢慢的開始看，在搜尋處想打關鍵字，但問題來了，她到底住在哪裡？會不會根本不在我這個城市？我現在看的又是哪一個城市的房子？結果到最後根本沒辦法幫上她什麼忙，我開始想想我當初是怎麼找到那大樓的，好像很自然的就到那裡了，那時候只要求便宜，越便宜越好，其他的自己再習慣就好，但當然，我曾經習慣過，只是已經不再需要了，只是目前，我還不知道我目前需要的是什麼，沒事，我正在習慣當中。

外面天色慢慢暗了下來，還是必須要吃晚餐才可以，如果我在生活的話。手邊已經拿起那家麵店的名片，但今天已經叫別人幫我做很多事情了，原本都是我自己一個人做事的，感覺好像不太對，這些都是用錢可以換來的，當然我很早就知道，只是當我真正在當中的時候，還是習慣不起來這件事，慢慢習慣吧，我對自己說，然後背起背包走到買菸的便利商店，雖然逛了一圈，但還是不知道該吃什麼好，有很多像食物的食物，但我根本不知道味道是什麼，價格看得懂，但不知道要吃什麼的話，好像對現在的我不是那麼適應，太多太多新東西了，以前便利商店就長這樣嗎？還是因為是別的便利商店覺得哪裡不一樣呢？還是不一樣的只是我而已？

當然，最後我選了泡麵，而且還是以前吃到膩的泡麵。

到房間的時候，嗶的一聲，我走進去，還沒有到泡麵好的時間，我打開電腦。

「我吃飽了喔，自己買的，當然，這很早就說過。」

『我正要吃。』

「是不是不要打擾比較好啊？」

『沒事，很快，唰的一下就吃完了。』

「唰的。」

『今天找房子累了吧？』

「我元氣滿滿，如果跟一個人說你從今之後不用上班賺錢了，你覺得她會怎麼想？」

『好像也是。』

「嘿，要不要聊聊你的人生？」

『我的嗎？我已經說得夠多了啊。』

「沒感覺你怎麼說啊。」

『真的已經夠多了，不如，說說妳的吧？』

「我的嗎？」

『當然。』

她好像考慮了一下，中間的一段空白，我在這段時間把泡麵吃完。

「也許可能是很無聊的喔，這樣還要聽嗎？」

『沒事，我很想知道。』

「那先說好，不要打斷我，讓我一口氣說完。」

『好。』我說。

20

回家之後，家裡一樣一個人都沒有，我先去對面的麵店吃麵，試著想想等一下要開始讀的書，麵店阿姨今天又送了一盤醃的小菜跟湯給我，當然我不覺得好吃，不過還是擠出了一些微笑，好像與人之間，我除了微笑，就是附和，然後自然而然人們就會開始對我抱有好感（或者之類的東西），我搞不太清楚自己為什麼會變成這樣，又是從什麼時候開始，我依稀記得我原本只想要有自己一個人的空間跟時間而已，怎麼就一下子被別人給填滿了呢？不過，我還是很會利用時間，我知道什麼時候人潮會消失，我就趁那段時間尋找好像已經不在的自己，當然這樣的時間不會太長，很快的，毫無目標但卻又不得不找的時間就會過去，人潮再度湧出，身邊填滿了別人，自己到底是什麼，好像已經無所謂了，電話鈴聲響了，起初還意會不到，畢竟思想在雲端上，但過沒多久，現實就回來了，我走去電話旁拿起電話。

「你趕快來醫院，媽倒下了！」媽媽說。

『阿婆嗎？發生什麼事了？』

「我也搞不清楚，反正先來就是了！不要問那麼多！」

『妳等我一下，我馬上去。』

掛上電話之後，心裡想著莫名其妙自己也搞不懂的東西，現實？好像也還沒真正回來的感覺。

我拿起零錢包，也不知道去醫院要帶什麼，乾脆什麼也不帶，我攔下了計程車，說到醫院去，請盡快。

在醫院找到媽媽的時候，她只是待在急診間外面一臉憔悴好像有不得不做的事情但又沒辦法去做的感覺，明明已經很累了，卻也不能休息，我搞不太清楚狀況，只是安靜的在她旁邊坐下，她這才意會到我已經來了這件事。

「你來了啊，唉唷好麻煩喔。」媽媽說。

『到底是怎麼樣了啊，好端端的為什麼會在醫院。』

「詳細情形我也不知道，就是飯店的人通知我說媽在工作途中倒下了，一個人在整理房間的時候就這樣倒下了，好險有人發覺，不然不知道會怎麼樣。」

『阿婆還好嗎？』

「你覺得呢？」

我感覺我好像問了廢話。

「一定都是因為你，要不是因為你的話，我跟媽大可過著簡單不用這樣到處打工的日子，雖然不能做正職，因為欠債，做正職就會有勞保那錢就全部都給別人了，做做兼差也沒什麼不好，可以領現金，但你知道嗎，因為你，我們全部的錢幾乎都花在你身上了，考什麼鬼高中，你最好給我趕快去工作，把我寶貴的時間還給我，像蛀蟲一樣鑽進別人的生活裡，很快樂嗎？」

我沒辦法說什麼。

「我偶爾也想穿著高跟鞋在晚上走上街頭啊，即使沒什麼錢進酒吧，但就是會這樣想，嘿，我的人生不是只有你而已，我自己也有自己的人生要過好嗎，你這樣把自己的問題丟給我，明明是你的問題，現在變成我的問題了你知道嗎？我可是一點都不想幫你，這世界什麼鬼倫理道德的，為什麼媽媽就要負責照顧小孩啊，你以為我想生嗎？你以為我想懷孕嗎？你以為我想在家看到有一個人多出來嗎？一點都不想！這世界規範的，都是一些狗屁！」

我低著頭。

「媽是很照顧你沒錯，把你當成寶貝一樣的養，但完全沒想過我的感受，如果她就是要這樣照顧你，那她就自己一個人去做啊，為什麼要連我都牽扯進來，好啦，是我生下你沒錯啦，但我生下你也只是因為沒錢沒臉去把你拿掉而已。媽可能很高興有孫子，但我一點都不高興我有兒子，根本是毒瘤，媽應該是沒辦法再工作了，你自己以後好自為之，我就只能賺那麼一點錢而已，不要再給我惹麻煩了，我不管你現在是學生還是什麼東西，給我去打工，不管做什麼，給我賺錢，以後給我錢，把我花在你身上的時間跟金錢全部還給我，這樣懂了嗎？」

我不擅長跟媽媽說話，所以我選擇什麼都不說。

我掏出零錢包，把一些錢給媽媽，然後只能等待。

過沒多久，醫生出來了，我本來想上前去詢問阿婆的狀況，但被媽媽阻止了。沒辦法我只能坐在塑膠椅上看著媽媽跟醫生交談，我不太清楚媽媽阻止我去聽的用意，我也插不上嘴，媽媽是陌生的，醫院也是陌生的，所有的一切都是陌生的，現在才發覺。

媽媽回來之後，嘆了一口氣。

「就是過勞啦，搞得身體不好了，看這樣子也沒辦法工作了，我知道有一家一直缺人的餐廳缺洗碗工，你明天就開始去那邊洗碗，我會先交代好，拜託你了，不要再折磨媽了，自己也該嘗嘗社會的必經之路，我不管什麼上學不上學的，錢給我就是了，等一下還要去批價，想到這個就很煩，你啊，賺不了大錢啦，我一看就知道，從小就是了，也不知道媽對你那麼期待做什麼，還好你考到公立的高中，不然我是真的不想管你了。」

『阿婆一直都會在家了嗎？』

「不然能去哪裡。」

『連白天也在嗎？』

「你想呢。」

我沒再多問什麼。

護士帶我們到阿婆的病床前，阿婆已經清醒的樣子。

「唉啊，怎麼突然就到醫院來啦。」似乎還想開玩笑似的。

「媽，別鬧了。」

「沒什麼事，就是睡不好而已，寶貝你不要擔心啊，乖乖念書考大學。」

「哪裡來的錢考大學啊，拜託。」

「妳別吵，寶貝就是該上大學，錢的事我會想辦法。」

「妳已經沒辦法工作了妳知道嗎？」

「就算沒工作，我也有辦法。」

「拜託認清一下現實好不好，這已經不是妳一個人的問題了。」

「所以才更該讓寶貝念大學，不然我要怎麼交代。」

「媽，妳已經老了，妳要寵他到什麼時候？」
「誰說我老，就說了我只是睡不好而已。」
「那妳說說，錢要怎麼來，我一個人賺的也有限啊。」
「船到橋頭自然直，連這個道理都不懂嗎？」
「真不知道該怎麼說妳……」
我一直找不到時機說話，但老實說要說什麼我也搞不懂。
「等一下點滴打完就可以出院囉，記得要去櫃台領藥，婆婆，孫子很帥喔。」護士說。
「很帥對吧？」阿婆說。
我找不到語言，媽媽也找不到語言，似乎連護士也不知道該說什麼了。
在媽媽去櫃台的時候我跟阿婆說話。
『阿婆以後的事交給我就好了，不用再擔心了。』
「聽你這樣說是很感動啦，但我不准你休學，我那壞女兒一定叫你去工作對不對？」
『我會繼續上學，也會考到好大學，到時候我賺大錢，再讓阿婆吃好吃的玩好玩的。』

「我可是很期待，怎麼搞的，好想睡覺，這點滴一定有問題，寶貝，我們回家了好不好？」然後阿婆把點滴拔掉。

『嗯，我們回家了，等媽媽回來。』

三個人搭著計程車，我本來要再從零錢包拿出錢來付錢，但阿婆阻止了，今天各種人阻止我事情。

我心裡雖然懷抱著一些不安，但實在太累了直接就睡了。

隔天上學根本不知道自己在做什麼，我不知道自己該怎麼做比較好，好多沒碰過的事情一下子就發生了，讓我分不清楚什麼是現實什麼是虛構，自己是什麼一直搞不懂，自己到底又在想些什麼，自己的立點無法掌握的話，很多事情沒辦法順利的連貫下去，放學之後，我到了媽媽說的那家餐廳，對方看到我之後只是叫我到最後面陰暗的角落裡，在一個跟店面完全牽扯不上，可以說是相反的地方洗著碗，我只是覺得站著好久，腳很痠，手一直泡在水裡也起皺了，收碗的阿姨一直迅速的把骯髒的碗盤用籃子堆在我的旁邊，甚至有些裡面還有非常多的廚餘，就這樣塞滿了水槽過濾的排水口，拿起來丟掉之後，繼續用廚餘塞滿，上下來回的手也已經疲倦了，好累，從出生以來沒經過這樣累人的過程，覺得下一刻就要這樣倒下了，但想到阿婆也是這樣過來的，心裡頭充滿著抱歉，現在換我了，不用擔心。

領了當天的薪水之後我塞到零錢包裡回到家，阿婆躺在木床上，感覺上比以前更瘦了，臉上的皺紋好像也刻得更深了，頭上原本幾乎本來就是白色的白髮好像也變得更加蒼白，雖然綁著馬尾，但許多地方並沒有綁好而散亂，好像阿婆突然間的就變老了。

「怎麼那麼晚啊？跑去哪裡了？」阿婆問說。

『沒有啊，快考試了，晚自習。』我撒了謊。

「看你的電池只剩下10％了，好累的樣子，準備功課一定累壞了吧？」

『累是當然累，畢竟一整天都待在學校裡頭啊。』

「都高三啦，好好準備大學的考試吧，一定要抬頭挺胸的進大學，知道嗎？」

『我想應該會考到不錯的。』

「不能說不錯，要最好的，這樣才匹配。」

『我努力啦，阿婆，我累了，先洗澡睡覺了。』

「阿婆也差不多了，早上吃藥，中午也吃藥，連晚上也要吃藥，天知道醫生都開了什麼藥給我，搞得我渾身沒力氣。」

『早點睡早點休息。』我已經沒什麼力氣說話了。

直到段考的時候，才知道我的成績滑落得這麼厲害，簡直是一大截，老師找我過去問了一些話，我就直說家裡出現了一點問題，現在比較沒那麼多心思在課業上面，老師只是一臉遺憾的拍拍我的肩，辛苦了喔，沒事，我說。

上課幾乎都在打瞌睡，下課直接趴在桌上睡，一開始同學還很關心的問我發生什麼事了，但我只是搖搖頭說沒事，只是最近比較累而已，很快的，同學也忘了我的存在，老師也不再管我打不打瞌睡，有的時候甚至從下課一直到下一堂課下課都沒醒來過，不再寫什麼虛構的故事，也不再去圖書館，根本沒那個心力，也不注意什麼書不書的了，這些對現在的我來說一點都不重要，好不容易放學了，就去餐廳洗碗，甚至連假日都沒有，每天都要去，也不知道媽媽怎麼跟他們說的，我覺得我快碎裂了，好像從現實與現實之間把我撕裂開來一樣，裡面絲毫不帶什麼虛構與想像，全都是現實的東西，就是都是現實的東西，才有辦法把它撕開來，每天都好累好累，好像走著走著隨時都可以睡著一樣，一天一天這樣的過，我已經完全分不清楚什麼是什麼了，有一次週末洗完碗回家的時候，阿婆這樣問我。

「連放假都要晚自習喔？」

『當然，都快大考了，現在可是分秒必爭啊。』

「看來大學沒那麼好考耶。」

『阿婆工作的時候都在想什麼？』

「工作喔，想著賺來的錢要帶你去吃什麼好吃的啊，買什麼好玩的給你啊，如果這樣想的話，一點都不辛苦了。」

然而阿婆不曾帶我去吃過什麼好吃的，也不曾買什麼好玩的禮物給我，我知道，這只是修辭法的一種。

『工作一定很累對不對，偶爾也要想想自己啦，自己才是最重要的。』然而我現在連自己是什麼也不知道了。

「反正呢，只要時間過了，錢就會進來啦，這樣一比的話工作根本不算什麼啦。」然而我覺得工作的時間消耗成本遠比所拿到的金錢要來得高許多。

『我覺得啊，自己能當學生真幸福。』不，我現在只想做著單一的事情，學生這件事只是把我搞得更累而已。

「當然啊，學生只要努力讀好書就好了，考上好學校，就是對長輩最好的交代。」不，學生之所以是學生，是因為他付出了學費，這是學費所換來的，努力讀好書如果是對長輩的交代的話，那也只是對付出學費的那個人一個交代而已。

『不過啊，我還是覺得要念自己喜歡的科系喔，老師跟我說了很多，說我愛看書啦，愛寫東西啦，可以朝這方面發展。』對啊在妳生病之前我確實是愛看書也愛寫東西，不過現在已經不是這樣了。

「原來你是真的愛看書啊，可是沒有看你在家裡寫什麼東西過啊，我們家好像也沒什麼好書桌。」原來妳不知道我喜歡什麼就幫我付出學費讓我給你一個交代嗎？那這到底要交代什麼呢？妳什麼都不知道啊，我到底要知道什麼？

『嘿，阿婆，我累了，我先去洗澡喔。』我已經無法對話下去，一連串的折磨下來連基本的對話本身都產生了疑問。

「早點睡。」

有一天午休的時候，我跑到行政大樓的樓頂上面去，這裡不會有人，我知道，天空被一層厚厚的雲所覆蓋，沒有陽光透出來，即使是在夏天，也有這樣的中午，我試著想從人與人之間拉扯出比較遠的一段距離，我無法掌握人與人之間正確的距離，所以我的距離感也不會出來，好像身邊隨時都有人，又好像都沒有人，但等到察覺到的時候確實又有人在我身邊經過，不管有沒有對話，都不重要了，我接下來到底該怎麼辦才好？但當然誰都不會跟我說，因為這是我必須自己決定的事情，但現在的我，已經不是我了，我不知道自己是什麼了，當自己被撕裂開來的時候，我就已經不是我，即使像現在這樣一個人的時候，我也不是我。

當一個人在一個人的時候也不是一個人的話，那就什麼也不是了。

於是我在鈴聲響的時候，就把一切放棄掉了，我回到沒有距離的人群裡面，不再多想。

但當然隨波逐流的話，就是要準備大考了，如果沒有明確的決定的話，就只能考了，隨著模擬考的成績下來，我知道自己的程度完全跟那些一流的大學搆不上關係，就只能考一些私立且風評不是很好的學校而已，我內心有點掙扎，據說私立的學校學費都很貴，這樣我真的要考嗎？會不會乾脆一點就去工作就好了，但我念的是以升學為目的的高中，什麼技能都不會到底要怎麼找工作，我開始有點茫然，然而時間已經近了，我已經拿到了准考證，連在哪裡考都已經決定了，事到如今，也沒有後路可以選擇了，我到了當天，還是搞不清楚狀況，在考場裡沒有覺得哪一個人是完整一個人的樣子，現在到底還有什麼東西是東西的，考卷，筆，橡皮擦，黑板，這些理所當然的東西在我眼裡沒有一個是長成它原本正確的樣子的，考完之後，填寫志願，雖然前面還是填了理想中的公立學校，但考慮到現實（現實？），後面還是填了一些比較有可能會上的學校，科系是什麼已經不重要了，即使在填志願，我也不知道自己在做什麼，公布的時候，我看著自己上的學校，果然是私立且完全不有名的不起眼的科系，我再看了看位置，離家裡非常的遠，我甚至不知道那是哪裡，真的該去念嗎？現在還可以反悔，但我不知道。

回家之後，跟阿婆說我考到大學了。

「喔？是最好的大學對不對？我知道我們家寶貝一定是最厲害的。」阿婆看起來又更瘦了。

『不是最好的，但老實說也不差了啦，阿婆我努力了。』我又撒了謊。

「好好好，每天都晚自習到那麼晚，競爭一定也很激烈才對，盡力就好。」然後她咳了幾聲。

『不過有點遠喔，雖然想選近一點的，但實在不好考，有時候也會想在假日的時候回來看看阿婆。』

「好好念書啦，回家幹嘛，你不是說喜歡看書嗎？阿婆給你一點錢，拿去買書吧。」

『不用啦，我自己有錢，阿婆最近身體感覺怎麼樣？』

「老是老了，不過不用擔心，老當益壯嘛。」

『那就好，阿婆我可以打電話給妳嗎？』

「打電話做什麼？」

『就想跟阿婆說說話啊。』

「可以是可以，我都在家啊，我想過不了多久又要出去工作了。」

『好好休息啦，阿婆，我已經長大了。』

「哪裡有，不久前還是一丁點大的小嬰兒而已，還敢說自己長大了。」

『那都多久以前了，我現在可是大學生了耶。』

「那是不是要搬過去那邊租房子住啊？阿婆給你錢，找好一點的適合自己的房子。」

『不知道耶，好像可以抽學生宿舍，也不知道自己抽不抽得到，如果抽到了，離學校近，也很省。』

「跟別人家的小孩住喔，天知道他們是好人還是壞人，自己一個人住比較好啦，也可以訓練一下獨立啊。」

『阿婆我等一下要跟同學慶祝，晚點才會回來喔。』

「好好好，阿婆也累了。」

但當然我是準備要去洗碗了，現在已經不能用晚自習當藉口，只能隨口胡掰了。

我並沒有抽到學生宿舍，看來是準備要一邊租房子一邊念書了，當然洗碗的工作也結束了，畢竟要離開這裡了，我知道去到了那裡，除了租房子念書之外（可能不會念什麼書），也要一邊工作才可以，媽媽並沒有多跟我說什麼，我除了按時拿錢給她之外，也沒機會說上什麼話，房子啊，完全沒概念，一直以來都是住在這簡陋的鐵皮木屋裡，過沒多久我帶著簡單的行李，當然還有村上春樹的小說，我幾乎已經忘了我還沒有看《海邊的卡夫卡》下冊這件事，沒辦法，完全沒有時間，我雖然不知道我即將會如何，但自己就只能順著這波流，帶我前既熟悉又陌生的世界，為什麼這麼說，因為那裡還是充滿著人，可想而知。

21

她可能正在打有著一大串字的信，我暫時也想不到要做些什麼，所以就去洗澡，蓮蓬頭的感覺跟水龍頭開關的感覺都不太一樣，為了習慣熱水與冷水之間剛好可以沖澡的溫度，我適應了一下，我目前只是還不習慣而已，人為了要從習慣裡跳脫出來，可能需要大量的時間與某種決心，當然，這是從有什麼變成一無所有的狀態，如果像我這種從一無所有的狀態變成有什麼的狀態，我想大多數人都是可以馬上切換的，只是一點點時間上的問題，人都有奢侈心，自從我在吃完那頓義大利麵之後知道了這件事情，人有的時候，會以極其相反的方式前進，當然，因為我本來也沒有什麼東西，所以可以被填滿，稍微的被填滿，而會買下她，也是某種填滿，想必人生到後面還會被更多東西所填滿，自己會不會溢出，現在的我還不知道，如果用這些錢，變成什麼樣子我也不會知道，畢竟，不曾有這樣的經驗，太多事情搞不懂了，以前的我到底搞懂了什麼？

房間的溫度剛剛好，即使剛洗完熱水澡也不會流汗，感覺今天也做了相當多事情，所以有點累，我先躺在床上，當然因為頭髮是濕的所以並沒有躺在枕頭上，只是在旁邊的空位用手支撐著頭而已，我又再想了一下填滿究竟為的是什麼，人生真的必須被填滿嗎？人真的覺得填滿是必要的嗎？真的會有這樣無聊的自覺嗎？即使不填滿也沒有差吧？時間還是在走啊，即使做無聊的事情，時間還是一樣在動啊，那這樣多出無謂的填滿這個東西會不會其實只是某種像是買到不好吃的泡麵那樣而已的事情呢？但不管怎麼說，我想目前我的人生是需要填滿的，即使這不是一般論，也不是一般人會想的事情，但我就是想到了，也沒有辦法。

在我洗澡出來想這些事的時候，電腦新信的通知響了，而且不只一次，現在的電腦新信的通知聲音也不一樣了，不過我的電腦除了新信會有通知聲，大概也不會有其他的聲音了吧，所以我判斷這應該是新信，頭髮還沒有乾，但其實乾不乾也無所謂，我也沒有要睡覺的意思，我起身，走到窗戶旁邊的像桌子的地方，點開信箱，確實是有新信，看樣子在我去洗澡的這段時間，她也打了相當多字的樣子。

我先點開第一封信。

「老實說光是要我回想我就花了一點時間，因為都是一些其實根本無所謂也不重要的事情，不過至少是組成現在的我的過程，而我又把自己賣給了你，所以我還是試著想看看，當然花了點時間，我先從我有記憶的時候開始說起。雖然家沒有變，有記憶我想也不是從學生時期才開始的，但不知道為什麼，沒什麼該有的東西在那邊，好像這個家並沒有值得擁有這個家這樣的詞所給予應該有的價值的樣子，總之，我不太記得進入國小前的事情，而進入國小之後，老實說也不是特別有印象，只是像片段一樣的東西而已，國小對我來說，算是覺得自己可能不適合團體生活的過程，那到了國中，當然也不會有什麼變化，好像除了數字之外，又多出了英文是比較有用的，當然現在基本上只記得一些，不過只要不至於看不懂我想就好了，既不需要什麼複雜的單字，也不用懂什麼語法之類的東西。好像國中也是一樣有一些有的沒有的比賽，大家一樣一起湊熱鬧，弄些有的沒的，我當然也是沒辦法享受這些東西，但總有很享受的人，這些人通常都會被選成班長啊，還是什麼股長之類的，也許這些人出社會之後會比較成功吧？畢竟是有這些因素在裡面，我是不得而知就是了，自己從來沒有被選成什麼角色過，不需要在一大早起床一直到傍晚的這段時間裡，除了上課跟下課還要負責其他的事情，我不能理解，也不想理解，到了高中好像家裡就開始會注意你的成績，當然我根本也不太管什麼成績，回家也不溫習什麼功課，反正記得的東西永遠記得，不記得的東西不管怎麼記都不會記起來，但那時候我還是覺得男生很幼稚，高中應該比較沒有什麼早熟不早熟的問題了，還是有，我也不知道，還是跟以前一樣喔，會有運動會，開始有社團要參加，還不得不參加一個，我已經忘記自己是加入什麼社團了，反正大概也沒什麼特別的吧？雖然說我並不管什麼成績，但也不是每次都要去補考，也不知道為什麼，成績不差，但也沒到多好，就是屬於中間的位置而已，誰都不會注意你的那種，連老師都不會注意，家裡的事其實也沒什麼，反正學生的工作好像跟家庭無關的樣子，學生就是只活躍於學校那樣而已，當然也有一些比較特別的學生啦，比如說家庭關係比較複雜的，好像聽過的樣子，不過這也不是我要管的事情，那都是老師要處理的事情啊，但這些事情，總是會傳到全班都知道，也許這就是所謂的學校吧？簡直跟社會一模一樣，只要是非一般的事情，總是會被放大，然後每個人都會知道的樣子，但其實這是私人的事情耶，這大概也是我之所以沒辦法融入所謂團體裡面的原因之一吧？理所當然的考上了大學，但也沒什麼感想，還是差不多的東西，只是從家裡搬到了學校所在的城市去住，我是抽到宿舍了，所以也沒有租什麼房子，但我沒有學貸喔，不知道為什麼，家裡其實沒那麼有錢，但也許家裡的狀況也是某種不能公開的複雜吧？金錢這東西總是這樣，所以我才說我不懂有錢人的想法，雖然說離開家裡很開心，但也只是搬到了另一個跟家裡差不多的地方而已，只是不會再有誰盯著你有的沒的，在宿舍裡他們巴不得能多自由就有多自由，但所謂的室友這東西又是另一個麻煩的地方，就是你也不能不管他，即使他可能也不想要你管，但你必須去管他，不然他會覺得自己好像哪裡做錯了那樣，不過，我還是誰也都沒怎麼管，只在室友聚集在一起說些什麼的時候，自己也巧妙的混進去說些什麼而已，自己的事不太提，反正只要畢業了，我們也沒什麼關係，我覺得我好像也沒跟家裡的人有什麼關係過，一直以來，我都覺得有人這件事，好麻煩。」

沒想到第一封這麼長，看來她真的花時間慢慢回想了，我自己是想不太起來這麼多就是了，然後我點開第二封。

「大學畢業之後，雖然想過要不要乾脆直接住在外面就好了，但我實在沒有錢，因為還沒找到工作，所以很正常的就回到了家裡，然而當我回家的時候，才發現自己原本的房間已經變了，我原本那個最大的房間，被鋪滿了深色的木板，家具也直接換成新的了，而且比我原本的要好上許多，當然我並沒有多問什麼，可能是有誰預計要搬回來吧？我被安排在一間比較小的磁磚地板房間，很奇怪喔，都是一些龐大的家具，而且完全不好看，廉價的床，廉價的衣櫃，雖然是木頭，但一點都沒有木頭的感覺，雖然想過要不要乾脆自己賺錢買點自己喜歡的家具，但那些龐大到似乎搬都搬不走的樣子，連桌子椅子都是廉價的，原本自己的房間被擺滿了昂貴的家具，自己現在住的這間則是完全的對比那樣的存在，我雖然想問到底那間是要給誰住的，但始終說不出口，對於家裡，我總是處於一個中立的存在，喔，你回來啦，啊，要走啦，大概頂多只是這樣而已吧？雖然大學不是學什麼立即派得上用場的，但我知道，自己的經濟必須獨立，所以很快就去找了工作，當然跟我學的並沒有關係，所以也找了一段時間，不過總算順利找到了，是一個看店面的，幫忙查看貨物擺放啦，補貨啦，結帳啦，進貨之類的雜務而已，裡面倒是有一個辦公室，不過跟我無關，也不知道他們到底在做些什麼，沒什麼機會進去，只有在領薪水的時候會進去而已，當然由於是第一份工作，所以做得比較久，不過也不是說相當久就是了，也不是現在的工作，剛進去的時候，還開心的想著只要一個月過了我就有錢了，根本沒想到這樣的事情其實自己也沒辦法習慣，因為沒有工作過啊，之前都只是以學生的立場來活在這世界上的，不過其實蠻自由的，因為老闆他們都在辦公室裡面，也不會特別出來管我，我想根本也沒有空吧？至少，不用再攪和進什麼奇怪的團體了，但老實說，也很無聊，開始在這個時候會想一些有的沒的，開始會進行思考這件事情，沒有人來光顧的時候，或者他們還沒有來結帳的時候，我就在想一些以前根本不會想的事情，也才有了現在這種思考模式，工作時間是從下午開始，一直到快要午夜的打烊時間，我也負責打烊，關燈啦，關鐵門啦，確認電器有沒有確實的關閉這樣的事情，老實說，我並不討厭這樣的工作性質，我想我討厭的是根本上的工作這件事情，因為我只是一個人在外面顧店而已，所以也不會有誰來打擾我，沒有什麼運動會，也沒有什麼要團結不團結的，我一個人只要做好交代好的事情就好了，並不是熱門的店，所以人也很少，晚餐時間我也負責要叫便當，就到處蒐集一些店的菜單。然後每次吃完晚餐過沒多久之後，在裡面辦公的人就下班了，只剩下我跟老闆娘，老闆娘還是幾乎都在辦公室裡面，外面還是差不多都是我在顧店，因為是一般的下班時間，所以人潮就會變比較多，只有在人多的時候，老闆娘才會出來幫忙，第一個工作只是這樣而已，很簡單的工作，很多空閒的時間，然後有一次在連假的時候，親戚回來了，我才知道，我原本的房間，那鋪滿木頭地板的房間，原來被當成客房了，很奇怪的一件事，當然之前有跟你提過，就是到底，誰才是真正待在家裡的人我搞不清楚，我開始會想，會不會這家的複雜程度，遠比我想像的要來得高，也許他們金錢上有往來，或者其實是他們幫我繳的學費也不一定，印象中家裡人不怎麼出去工作的樣子，幾乎總是在家，但不知道為什麼有錢，所謂的血緣關係，就是只有在金錢上有出現改變的時候，但不會是你變沒錢的時候，只要你突然有錢了，自然身邊就會有很多人假裝關心你，然後一點一點的從你這裡拿取金錢，我開始工作之後深刻的發覺到這件事，其實也不是我變得多有錢，只是我開始賺錢了，他們就會跟我要錢，當然我住在家裡，給點錢倒是無所謂，畢竟不用房租嘛，雖然房間不喜歡，似乎也沒有空間讓我買自己的東西，不過會免費讓我吃午餐，即使我一點都不喜歡吃，親戚回去之後，把他們蓋沒幾天的棉被被單拿來洗，地板掃過拖過，開除濕機，好讓他們在下次回來的時候可以有全新的東西可以使用，嗯，我確實只是一個多餘的存在而已，雖然我至今不知道家人是因為好客的關係還是真的有什麼難以啟齒的事情，不過總之，家裡最好的房間被拿來當作客房用，不過我想，算了，也沒什麼，只是偶爾打掃一下而已，提醒我家裡還是必須要打掃的那樣的存在，當然家裡的事情也沒什麼好說的，大致上之前也跟你提過，而且這時候我也幾乎都不在家，所以對於家裡也沒什麼好說的，畢竟回去的時候都要半夜啦，睡都是睡到快中午，晚餐也不在家裡吃，所以也無所謂了。」

又是很長的一封信，而且還有後續。

「至於為什麼會換工作，其實相對的簡單很多，就是因為店面賺不到什麼錢，所以乾脆把店面收了，租給別人用，所以我的工作也沒啦，其實也並沒有沮喪，反正也做很久了，我不覺得這樣的工作可以做一輩子，沒了就沒了也不會怎麼樣，我先是在家待了一陣子，那些親戚有時候回來得很頻繁，有時候則是半年都不會回來，我真搞不懂，然後家裡也會莫名買一些奇怪的中藥回來，要我什麼什麼時候喝這樣，這都是為妳身體好，總是這樣說，但我只想回，如果喝這些東西身體就會好的話，那麼也不需要醫院了，這世界也會和平得多，但當然我並沒有說出口，只是在固定時間假裝喝掉其實只是把它倒掉那樣而已，因為他們也不會一直待在廚房，多半在客廳看電視之類的，開始有固定的親戚會回來家裡住幾個月，然後回去不知道哪裡，然後再回來，我開始覺得家裡實在不適合我，但我也沒有足夠的錢可以搬到自己想住的地方，因為不是什麼有特殊才能的人，所以也找不到什麼比較高薪的工作，但當然我還是隨時在注意求職網的訊息，畢竟待在家裡只會讓我更不安心，既然都不會安心的話，那乾脆出去賺錢好了，至少偶爾還可以吃點什麼牛排喝點紅酒之類的。

第二個工作雖然表面上看起來是有固定職位的，去面試的時候也說可以有很多能發揮才能的空間，但當然這些都是騙人的，由於畢竟是在城市裡，雖然不大，但城市就是城市，所以無可避免的，我還是進入所謂的辦公室裡，當然在學生時期已經很清楚的知道自己並不適合這樣的體系，雖然不會有什麼運動會，但實際上每個人私底下都在競賽，誰比誰怎麼樣怎麼樣，誰家怎麼樣怎麼樣，都還是一樣的事情，而我去的時候，也只是丟給我大量的行政工作而已，只有在少數的情況，也許是有案件進來了，才有真正發揮所長的地方，雖然不是什麼值得一提的才能就是了，基本上，我幾乎算是個全職的行政人員，輸入什麼資料，印什麼資料，在開會的地方放什麼資料，把資料寄給誰，大概只是這樣的事情而已，而最令我厭惡的，就是所謂辦公室這樣的團塊，我實在無法理解為什麼到現在還必須像國小那樣男女同桌一樣隔壁就緊鄰著另一個同事，每張桌子都靠得緊緊的，也不是沒有多餘的空間，我實在不懂為什麼要這樣擺設，讓每個人擁有自己的空間不是很好嗎？我工作上算是有效率的，這點大家都認同，也深得老闆的喜愛，但我實在喜歡不起來這樣的工作氣氛，為什麼要在我思考著該怎麼樣處理這份資料的同時，隔壁有誰正在吃從便利商店買來的飯糰跟飲料那樣，沒辦法，我跟老闆直接說，可以讓我到一個周圍都沒有人的地方辦公嗎？要我做什麼都可以，只要周圍不要有人就好了，當然起初老闆應該有懷疑我是不是想偷懶，但我實在無法接受這所謂的辦公室，老闆想了幾天之後，說我可以把自己的桌子搬走，但由於實在沒有地方了，所以只能在倉庫，我就在想，其實還有好多地方可以搬去啊，所謂搬到倉庫是什麼意思？是指把我流放的意思嗎？我不是不注重什麼辦公室氣氛，而是你所僱的人我喜歡不起來啊，以前的排練我還是會去啊，不是說就不參與了啊，你知道你僱的都是怎麼樣的人嗎？都是一些像小學生那樣的人啊，但這些當然說不出口，好，我就搬到倉庫去，想必這件事情可以讓同事私底下光要說閒話就說不完了吧？無所謂，我只要上班自己愉快就好，反正領的錢都一樣，倒不如讓我擁有某種程度上的自由。

即使是像倉庫這樣的地方，但當然還是有所謂工作上的往來，所以我有時候還是必須到辦公室去，其實也不遠，只是隔一道門的距離而已，但我每次要去上廁所，每次跟同事討論公事的時候，周圍總是安靜得可怕，從原本的假象的得到同事老闆的喜愛，變成了像是被驅逐一樣的存在，沒事，不用理會這些，我告訴自己，反正我早就知道總有一天會這樣了，但也不是說我就偷懶什麼的，每件事我都還是認真的處理，漸漸的，那像案件型的工作也輪不到我了，會不會這裡的人都是這樣被騙進來的呢？還是說他們根本不在意這些？只要有工作做有薪水就好？

我突然開始懷念起以前自己一個人顧店的時候，那空閒屬於自己的時間，我開始會在午休的時候上網看別人寫的東西，也是認識你的地方，雖然都是些無聊的事情，但不知道為什麼很紓壓，也許我也是跟小學生一樣，在心裡暗自的嘲笑著誰而過活的吧？不過，我也不是真的如此，我還是會挑著看，並不是貪婪的每篇都看，也不太會留言，而且也沒什麼好說的，不就是那樣嗎？大家說的都是同一件事啊，他們只是要人氣啊，我想很少人會像我這樣不希望自己變得有人氣，大家寫得這麼頻繁，寫得這麼大眾，不就是希望得到別人的認可嗎？我完全不寫任何東西，不過說不定只是我沒有才華而已就是了，不按讚不拍手，只有覺得有共鳴的才會特別留言，我午休通常不會睡，這是我這天最認真的時候，我只能從網路上接受人，我知道了，我所討厭的，就是人的實體存在本身。」

這也是最後一封，看來她已經說完了，我看也花了很多時間，當然，她的用詞很白話，讓人很好閱讀，相當的口語，我想了一段時間，但不知道該怎麼回比較好。

22

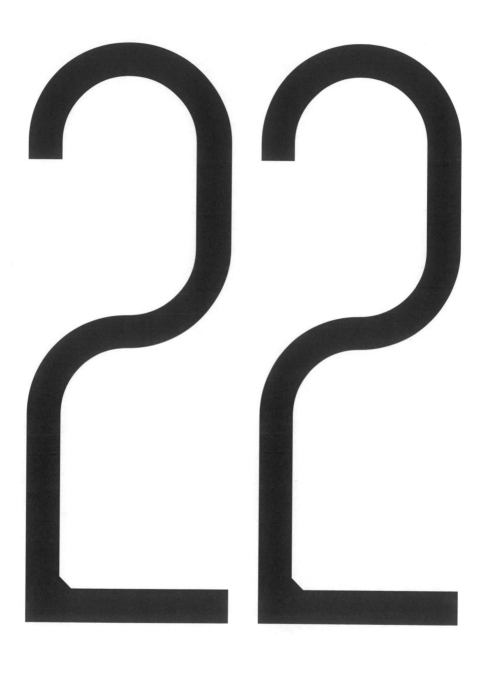

我把簡單的行李先放在旅館，沒辦法住太久費用很貴，所以只是淋浴了一下換上新衣服（但當然還是舊家帶來的舊衣服），立刻出門去找租屋處，這輩子沒找過租屋，所以什麼都不懂，收集一些資料之後，也到了晚餐時間，我在附近晃一晃找了一家麵店來吃，也沒什麼味道的感覺，然而價格卻是貴上許多，我租屋從價格最低的看起，那是一棟大樓裡六樓的小房間，裡頭有一台看都沒看過的冷氣，附有跟老家比起來小得可憐的單人床，另外還有鐵的桌椅，不得不說，看起來相當落魄，不過好歹是大樓，雖然沒有獨立的浴室，但這樣比起來也便宜得多，吃完麵之後，也差不多下決定了，就到看都沒看過燈光很亮的便利商店去打算給自己一個犒賞，裡頭雖然小卻是什麼都有，連通馬桶的都有，我在飲料櫃裡依序看著，因為根本不太知道是什麼味道所以只選擇包裝，自己實在很討厭那些過度裝飾的包裝，所以挑上了一個只有紅白而且紅色占絕大多數的飲料拿去結帳，我問店員這是什麼，他說是可樂，聽都沒聽過，我坐在便利商店外的椅子，這個城市好吵，既沒有鳥鳴聲也沒有狗在吠，但卻有各種奇怪的機械聲充滿著我的耳朵，再來還要找打工才可以，沒什麼時間慶祝了，喝完這罐可樂之後（味道確實蠻新奇的），在路上晃著看有沒有缺洗碗的，這種莫名其妙的霓虹燈，一堆的紅綠燈斑馬線，來來往往的車潮，行人走路的速度，都讓我無法好好的看清楚貼在店門口的招人啟事，最後在一家大得嚇人也不知道是賣什麼吃的店，走進去詢問，我說我只會洗碗而已，也做過一段時間，我想應該沒問題，對方也沒說什麼，只問我要日領還是月領，我說日領，那就說下禮拜就來上班，我記下這家店的位置（沒辦法都是新東西記不了那麼多），再試著走回已經決定的租屋處，也不會太遠，大概跟去國中的時候差不多的距離而已，雖然我不知道時間過了多久，但感覺差不多，行人一直從我旁邊超過我並回頭好像鄙視一樣的看了一眼，沒事，總會習慣的，然後我再回去旅館裡盥洗就睡覺了。

隔天用公用電話打電話給租屋的那支電話，說我想要租（當然前一天已經見過面了只是沒立刻說我要租），他馬上說好，隔天就可以入住，感覺好像是租不太出去的房子，價格當然很便宜，我再打電話給阿婆，問她身體還好嗎，家裡有沒有什麼變化。

「我那女兒啊，雖然嘴巴很壞但心裡不壞啦，她也是努力賺錢，阿婆還有一些補助，日子還過得去，你就安心的上學吧，要認真喔。」阿婆說。

『我找到租屋的地方了，很便宜，我想應該不會太花錢。』

「那有喜歡嗎？喜歡最重要啊。」

『喜歡啊，小小的但一個人足夠了。』我撒了謊。

「好啦，你決定就好，都跑出去念大學了耶，時間過得好快，說真的，你可要認真喔。」然後她咳了幾聲。

『身體不舒服嗎？』

「唉啊，只是咳嗽而已不用在意啦。」

『阿婆以前學生的時候都在做什麼啊？』

「當然是玩啊，都沒在念書的，所以也不太識字，我們那個年代啊，雖然老師管得嚴，但沒現在的老師那麼認真啦，他們就只是愛打人而已，其他的沒在管啦。」

『所以也沒念什麼大學囉？』

「什麼大學，念到國中就沒念了，因為根本不識字啊。」

『字很有趣喔，雖然都是固定的，但每個人組合起來的方式都不一樣，課本雖然都一樣，不過只要自由發揮的時候那就相當有趣。』

「你跟我說這些我也聽不懂，你是個聰明的小孩，阿婆一直都知道。」

『好啦，剩一塊了，阿婆我改天再打給妳。』

「好好念書啊。」

我掛斷之後，想著到下禮拜洗碗之前要做什麼。

於是我想到了《海邊的卡夫卡》。

隔天搬進去那六樓的小房間之後，因為自己沒帶什麼行李，所以一下就收拾好了，雖然想過要不要開冷氣看看，但又作罷，現在並不熱啊。

我拿起《海邊的卡夫卡》，躺在稍微比木床軟一點但也好不到哪裡去的床上，開始翻起來，果然到了同一個地方，星野青年真是個奇妙的存在，我完全不在意時間，畢竟還沒有要洗碗，也沒有要上學，我就一頁一頁的翻，一個字一個字的讀，外面雖然有聲音，但完全不影響我看書的專注度，好久沒看書了，之後不知道有沒有錢買他的新書了，入口的石頭，只有入口，少年與佐伯小姐談起戀愛，談戀愛是什麼感覺完全沒概念，只是好像不得不注意心裡揪成一團的感覺，那麼撫摸愛的人的身體又是什麼感覺？也是摸不著頭緒，好像這樣的情節不斷的在他的小說裡出現，但我怎麼樣都無法體會，也無法預設，少年都是這樣的嗎？我是不是個異常的少年？不知道，上冊的回憶慢慢的浮現，似乎又想起上冊的情節，不過這樣分開一段時間來讀，好像也無所謂的樣子，下冊的情節比起上冊更吸引我，更充滿未知數，我把每個字都刻進腦海裡，中途偶爾停下來思考，不過通常沒什麼結論，畢竟自己知道的還是太少了，我把我所能具體視覺化的，都試著把它的畫面浮現在腦海裡，也試著想過「海邊的卡夫卡」究竟是怎麼樣的一幅畫，不過始終沒辦法，就這張畫，即使描寫了那麼多，都沒辦法在我腦海裡出現，明明是那麼重要的一個環節，我自己是很懊惱，大概是沒看過什麼畫的原因吧？其他人與人我都可以想像，只是就沒有臉而已，我大概可以想像沒有臉的中田先生與大島先生，佐伯小姐也可以，隨著時間與故事推進，天慢慢變黑了，我不得不去開燈，然後再從床上改到坐在椅子上，書也慢慢接近尾聲，感覺還有很多事可以說，不過如果真要說的話可能不管怎麼說都說不完吧，當我看到佐伯小姐與中田先生死去的時候，內心的基石好像哪裡有點改變，類似重心的東西好像跟那入口的石頭一樣整個被翻過了，我無法掌握內心的改變，繼續看著書，最後看完的時候，車聲已經減少了，可能接近半夜了也不一定，這麼說來肚子完全不餓，當我專注在某件事情上的時候，常常跟現實就脫離了，即使脫離專注上的東西也是一樣，現實並不會馬上回來。

我又躺在床上，試著思索剛剛的片段，但怎麼樣也靜不下來，內心一直有東西在翻動，我乾脆走到樓頂上去，雖然數不清楚到底爬過了幾個樓層，但至少有一定的數量，我坐在樓頂邊緣的地方，試著往下看，樓頂不做點防護措施真的沒問題嗎？算了，也不是我說了就能改變的事情，底下黑漆漆的，但有光害，天空也濛上了霧霧的一層，不知道是雲還是哪裡的光，總覺得這黑不是單純的黑，不過看著看著，單純的黑是什麼顏色，自己也搞不清楚了。

我抬頭看著月亮，然後瞬間閃過一個念頭。

我要當小說家。

我要寫出像《海邊的卡夫卡》這樣的故事，我要說很多很多的故事，我要把它們都寫出來，即使只有村上春樹的百分之一不到，我也要盡我可能寫出那樣動人的故事來。

內心的翻動停止了，基石好像固定一樣的，心裡平靜了不少，原來一個好故事是會讓人試著想出另一個更好的故事的，我不知道自己想做什麼，將來又會如何，但至少，我現在想寫小說。

我從樓頂下來，又經過了無數的樓層，回到自己的房間，現實才終於回來。

我該怎麼樣寫？總不能叫我每個字每個字用手寫出來吧，那稿紙必須得花費多少，而且寫字的速度也絕對跟不上頭腦想的速度啊，我想起了以前的電腦課，好像可以在電腦打字，雖然沒認真上過電腦課，但也摸過電腦，同學敲鍵盤的速度很快我還記得，我也可以這樣嗎？但不管怎麼說，我沒買過電腦，也不知道價格多少，如果加上我的伙食費跟房租還有學費的話，肯定不夠買，但不管怎麼說，想寫小說的這份心情一直沒有被現實所掩蓋過，非常的澎湃，甚至連思考本身都變成了小說對話般的想法，心裡一直想著還沒有形成的故事，跟阿婆說看看吧，說不定很便宜也不一定，我不知道，但跟阿婆說也許有辦法，雖然自己不喜歡跟別人要東西，但這東西非得要的時候，還是必須跟別人要，我要想辦法讓自己可以買得起非得要的東西才可以，雖然不知道寫小說賺不賺錢，但這現在不是重點了，重點是我想寫，我必須要有工具，雖然對不起阿婆，但也沒有辦法了。

結束今天吧，把今天結束掉，明天才會到來。

隔天醒來想一想，到底該怎麼跟阿婆開口，突然間要一台電腦感覺好像哪裡不合理。

『阿婆，有件事情想跟你商量看看。』我用公用電話打過去。

「寶貝你說看看啊，只要我能做的一定做。」

『因為學期要開始了，老師說要用電腦的檔案當做作業交，現在電腦很貴嗎？』

「電腦嗎？好像不便宜，不過我也不知道耶，要問問朋友。」

『我如果沒辦法交作業的話，好像沒辦法耶。』

「當然，阿婆知道，不用擔心啦，我會想辦法。」

『如果太貴也不用勉強喔，跟老師說一下應該沒關係。』

「我們要當個好學生，老師說什麼就做就好了，不用說什麼，電腦我會想辦法啦。」

『那不用太好的喔，只要能寫作業就好了。』

「你地址給我吧，到時候寄給你，寶貝啊，這當作是阿婆送你的禮物吧。」

『謝謝阿婆。』

過沒幾天，電腦來了，比教室裡的要小上許多，也更薄，這種的應該很貴吧？不太懂，不過這樣的話我也可以到處帶著走，說不定可以跟以前一樣在上課的時候寫著故事，只不過是用電腦了，感覺雖然蠻重的，不過無所謂。

隨著開始洗碗，新學期也開始了，校園大得可怕，沒想到連去上課都要到處走，跟以前完全不一樣，以前是老師會來教室，現在則是我們要去找老師，跟同學的相處（雖然只有短時間會相聚）也很融洽，好像之前那種撕裂自我的感覺已經消失了，不是每天都要去上課，時間沒有被綁得那麼緊繃，有時候甚至還可以回家睡個午覺，或者跟同學去附近的速食店吃點東西，然後再繼續上課。

『阿婆妳覺得人生是什麼？』有一次我打電話給阿婆問說。

「你不覺得很像用過即丟的那些塑膠還是紙或者保麗龍之類的東西嗎？」

『怎麼說？』

「都是不必要的東西啊，而且還不一定會被丟掉。」

『人生不必要嗎？』

「我想絕非必要。」

『阿婆好像很懂。』

「怎麼可能，寶貝啊，這是我活這麼久的一種感覺而已啦。」

『聽起來很負面。』

「這怎麼會負面，雖然用過即丟，但卻是生活當中的必需品啊，就這點來說一點都不負面。」

『很廉價的意思啊？』

「至少阿婆是這麼覺得，即使是那些有錢人也不見得會好到哪裡去。」

『有錢人又是什麼？』

「阿婆沒有錢過，不過我想啊，如果我們這種窮人是筷子或者湯匙的話，他們頂多只是裝著食物或者飲料的碗或盤子而已。」

『好像有道理。』

「阿婆不懂啦。」

然後她又咳了幾聲。

好像沒事的過了一陣子吧，唯有跟阿婆聊天的時候才覺得時間過得比較快，其餘都差不多，不快也不慢，好像差不多的機器在運轉一樣而已。

這天在校園準備去上課的時候，聽到廣播我的名字叫我去導師那邊，我並不知道發生什麼事了，至少現在不希望發生什麼事。

「同學，趕快回家，媽媽打電話來說家裡出事了。」班導說。

『什麼事？』到底又是什麼事？

「唉，反正快點搭火車回家吧，假我請就好了，我會跟每個老師說。」

『好，謝謝老師。』

我回到租屋處，把電腦跟一些衣服塞到包包裡，當然還有我的零錢包，什麼都不想的就這樣搭上火車，連買票到月台實際進到車廂裡的時候，也完全不想思考，一直等到車子搖搖晃晃的進家裡的時候，我才想到。

該不會阿婆出事了吧？

應該不會吧？前幾天我們還聊天啊，可是阿婆一直咳嗽，讓我有點擔心，會不會連說話都很吃力了我也不知道，畢竟看不到阿婆啊，我也不知道媽媽有沒有好好照顧阿婆，阿婆有辦法自己一個人去麵店吃麵嗎？可以走路嗎？連這些我都不知道，我只知道自顧自的說著問著自己的事，阿婆不太說自己現在怎麼樣，只會說就老了而已，沒什麼大不了的啦，雖然我沒老過，但常常經過的那些像喪禮一樣的棚子外面掛著的照片總是接近阿婆老的樣子，所以想到老了可能就準備要死了吧，然後想到阿婆，我便搖搖頭只是自己說著，阿婆還沒老。

實際出現在家裡的時候，已經被一群身穿一樣衣服的白衣人團團包圍著。並沒有看到媽媽，我只是在被塞在小的可憐的空間裡放下自己的行李，也並沒有人來找我說話，這像是制服得白衣人給人一種很不祥的感覺，阿婆呢？阿婆在哪裡？但每個都走來走去，我也不認識，根本搭不上嘴。

有誰正在牆上鑽著洞。

有誰正在外面呼喊誰。

有誰正在擺放花跟紙。

每個誰都是白衣的，而且都非常忙碌的樣子，好像並沒有注意到我的存在，我身穿深色的運動衫。

阿婆跟媽媽到底在哪裡，我不知道，我只知道我是異樣的存在而已。

後面有一個像是祕密基地的地方，周圍全部被圍起來，有誰正在把一個大櫃子搬進去，為了騰出空間，我不得不挪動了身體的方向，那個誰還朝我看了一眼，我乾脆拿起電腦，就側在木床邊緣那邊打開電源，這感覺很新奇，我想把這經驗記錄下來，我慢慢的在電腦打著家裡被一群白衣人包圍住，並沒有誰注意到我，也並沒有誰跟我說話，類似像這樣的東西，不過腦袋裡卻沒有什麼故事形成，只是像備忘那樣把這些記錄下來而已，人一直走來走去，我的前腳跟碰到誰的後腳跟，他才看向我。

「你是哪一位？」誰說。

『我是這裡的小孩，請問發生什麼事了嗎？你們又是誰？』

「啊？沒聽說過這裡有小孩啊。」

『我是這裡的小孩。』我再度重申一次。

「你等一下，我去找人。」然後他把東西放到定位之後往外面走。

這段時間我一直注視著他，他搬著像是爐子一樣的東西擺在門口，然後外面莫名之間已經搭起了棚子，還有人在指揮交通，為什麼自己要穿深色的，為什麼非得挑在今天，我一直搞不懂，但這好像不是重點。

過了一段時間他沒有要進來的意思，我就走到外面去。

外面坐滿了一樣全都是白衣的人，有人喝著飲料，有人吃著看不懂的東西，外面鄰近車道，雖然車不多但變成單行道的話就必須要有人指揮，如果兩台車同時要經過的話，可能會吵起來吧？不過這也不是重點。

桌子上擺著各種看不懂的東西，奇怪形狀的紙，像是收音機一樣的東西，到處都是礦泉水，被誰喝到一半就這樣放在那邊，到底是誰的有人在意嗎？我想起了阿婆說過的人生，我們的人生，確實就像這樣的礦泉水一樣，並沒有人真的會把它喝完，全都是喝一口就放在那邊，然後繼續打開下一罐礦泉水，這現象只會不斷的循環，然後媽媽跟一個衣服顏色不太一樣的人出現在棚子邊。

「你回來啦。」媽媽說。

「妳兒子？」那個誰說。

「是啊，目前還是。」

「很抱歉打擾，我是負責人，如果哪裡不滿意或是哪裡覺得需要改進都可以跟我說。」

「他哪裡聽得懂。」

『不好意思，可以跟我說明一下狀況嗎？』這是我在這個老家裡說的第一句話。

「外婆走了，心裡很難受喔，我們都明白，所以我們要把事情辦得完美一點，讓外婆走得安心。」那個誰說。

『阿婆走了？走去哪裡？』

他眼睛朝上指著天上。

『人要怎麼走去天上？』

「你真的什麼都不懂，阿婆過世了啦。」媽媽說。

『什麼？過世了？死了嗎？』

「現在不要隨便說什麼死不死的，過世就是過世了。」

『讓我看看阿婆。』

「你要看可以啊，我剛剛根本沒看到你，媽現在應該在冰櫃裡。」

我點點頭，跟著媽媽走進去，那個誰也一起走進來，我們一走進來，全場的人都停格了一秒左右。

「在這裡，你要看就去看吧。」媽媽指著那個像祕密基地一樣的地方。

我走進去，眼前出現一個人可以躺著的大櫃子，原來剛剛搬櫃子進來是這個嗎，但這也不是重點，我不知道腦袋該想什麼才好。

「節哀順變。」說著那個誰把頂部的毛巾拿開來。

阿婆面無血色的躺在裡面。

當我看到這一幕的時候，我才知道什麼叫做人生，什麼叫做並非必要的東西，好像不管我怎麼樣，阿婆都不會再動的樣子。

我的世界崩潰了。

23

我想我必須回點什麼，所以又反覆的來回看了幾次這三封信，不過我想，她今天暫時應該不會再寫信給我了，怎麼說，有這種感覺。

『看似好像很平凡的人生，但其實沒想到卻是最孤獨的嗎？生而為人，但討厭人，怎麼想都是一件難過的事情，不過，妳還有網路，在那裡並沒有實體存在的人，我也在那裡。』我回說。

我只回了這些，她是跟我完全相反，從別人的存在，體會到了自己的無歸屬感，別人存在，那我可能不應該存在吧？她好像想這樣說，我覺得這樣反覆的看下來有種難以說明的情感，可能填滿她的不會是我，我想她也不會被什麼填滿，然而我卻要她來填滿我嗎？我說過，她是一個無可替代的零件，至今我仍這麼相信，只是會不會對她而言，她自己沒有那樣的存在感，這可能只是我自己強壓在她身上的使命而已，但不管怎麼說，我想她可能可以試著接受這樣的我，當然，只是在網路上的，我想這也是她所希望的，我自己也覺得，現在不太想跟誰見面，只要讓我維持著跟某個店員或老闆娘見面的程度就好了，現在的我也不需要人的實體存在本身，我想要的是她的東西，而不是她本身。

當然她並沒有再回信了，我想光是要她想起這些事情，可能就太累了，我不知道現在幾點，不過感覺似乎是可以睡覺的程度，我沒有關燈，只是閉上眼睛，

什麼也沒有的，就到了隔天。

起床之後，我立刻打開電腦確認她有沒有回信，但怎麼想應該都不會，雖然可能已經辭掉工作了（或者沒有），也有可能又去看房子了，她到底去做了什麼？我不是她，這件事倒是現在才清楚的認知到。

我簡單的盥洗，從驚訝的牙刷與牙膏變成了只是習慣的一環，雖然應該是有洗面乳的，但我始終只用肥皂，從太陽的角度看來，應該還是早上，好像以前曾經頻繁的出入過早餐店，似乎早上就該去早餐店買東西，但不是為了填飽肚子，而是如果不這麼做的話，如果不帶著早餐走的話，似乎那就不會是早上，算了，過去的事就讓它過去吧，現在的我，是現在的我，誰都不是。

如果這樣一直住在這裡的話，好像也不是辦法，雖然說有錢，但如果不是屬於自己的地方，感覺就哪裡不太對，至少自己租的房間可以說這是我的房間，但旅館裡的房間就只是人們經過的地方而已，沒有人會真的說出自己是住在旅館裡的，一般人的生活又

該是怎麼樣的呢？從她的信裡知道會叫便當來吃，會換口味，會去上班，會喜歡什麼討厭什麼，我之前呢？我只是吃著便利且可能稱不上的食物而已，便當這東西已經不知道幾年沒吃過了，也沒換過什麼口味，根本不知道是什麼味道，雖然我也會去上班，但我不知道我到底喜歡什麼討厭什麼，我都只是隨心所欲的過而已，即使這個隨心所欲也包含著別人，但還是隨心所欲，因為我已經習慣了，如果我現在想要填滿什麼的話，我想不會是這些東西，而是像她這樣的零件，而這些零件也不一定每個都是人，雖然我現在還不太清楚，但我必須去尋找，首先，就要從擁有自己的住所開始。

我想到了之前幫她找房子的那個網站，試著再搜尋一次，好不容易找到之後，開始翻了起來，當然是看得懂有幾個0，租金多少我不太清楚，總之就是這樣的數字，我一個一個看，我可能可以擁有比較好的住所，現在我有錢，雖然我不太清楚什麼叫做好，但喜歡不喜歡這種事情我倒是很清楚，總之，要找到自己喜歡的住所，花時間慢慢的找，我把這個城市幾乎想的到得租屋地點都看過了，但沒有一個是喜歡的，會不會，那些讓人感覺喜歡的，早就被人搶光了，我花時間慢慢的一個一個看，先不管裡面的格局到底是怎麼樣，就是照片上來看，到底喜歡不喜歡這樣而已，但還是一樣，沒一個喜歡的，雖然想過要不要換個網站試試看，但其實都是差不多的，房東這樣的物種就是會把自己的房間到處貼滿一樣的東西，網站不會管你有沒有重複的，他們是要賺錢的，當然是越多越好，東西多讓人感覺就是值得信賴的，瀏覽量就會變多，廣告收益也會提升，就跟那些在社交平台是一樣的道理，這世界都是這樣的道理，好，我已經花時間的全部都看過一遍了，裡面大概有一半是重複的，如果沒有一個自己喜歡的地方，難道還要一直住在這裡嗎？我不能擁有屬於自己的生活嗎？我還是必須在一個自己不喜歡的空間裡過活嗎？我這樣問自己，但當然知道問也沒有用，什麼都不會改變，雖然我不是誰，但我是我自己。

我想到了他，如果是這類事情的話，也許他懂一些。

打開信箱，往前翻了一點，自從他說完他的過去之後，我們就沒有再通過信了，當然他是有寄信給我，只是我沒有回而已。

『不好意思，最近在忙一些事情，所以一直沒有回你的信，怎麼樣，生活還過得去吧？』我簡單的說，不想搞得太複雜。

也許他正在忙著做家事，忙著煮飯，或者忙著在陽台抽菸，信件沒有馬上回，不過我想他會回我的，所以我只是躺在床上，等待著回信。

大概過了一陣子，通知響了，我點開來看。

「你喔，就這樣不知道跑到哪裡去了，反正現在看起來沒事就好，你不知道人的好奇心是很可怕的嗎？」

『就是出現了一些必須要處理的事情，不得不先去處理這樣子，但你的信我有看，只是沒時間回而已。』

「不是去亂搞什麼有的沒的吧？」

『怎麼可能，忙都忙死了。』

「那就好，我現在有空，你那天想問什麼來著？」

『就是你的生活是怎麼過的，我現在很想知道，就是，生活到底是什麼？』

「別人的生活是怎麼樣我是不太清楚，不過就我而言，生活是獨自的，一個人的，誰都不能進來，也不會想要去誰那裡，但不是真的足不出戶那樣，只是形式上的，自己一個人採購啦，買菜啦，買些喜歡喝的飲料，喜歡吃的零食，自己一個人打掃啦，刷馬桶啦，刷浴室的地板啦，掃地拖地，然後在買回來的食材當中挑自己今天想要吃的東西，花時間慢慢的把它弄成自己喜歡吃的樣子，吃完了之後，就配著黑麥汁抽菸，黑麥汁的熱量很高，所以一天還不能喝太多，生活也是控制自己的一部分，怎麼說，生活上所有的事情都必須自己來，而我在那自己的過程當中，也會逐漸找到自己到底是什麼，並在上面寫上記號標註這是什麼時候的自己，當然人都會變，變的時候自己也不可能知道對嗎？必須過一段時間才會知道原來自己變了，我想自己一個人安靜的生活，就是反覆這些事情而已，就是逐漸抓住自己的一種過程。」

關於這個我思考了一下。

『也就是說，自己到底是什麼，是從自己的生活當中產生的？』

「這樣理解可以，不過也許有人會說，我自己喜歡吃外面買回來的，也喜歡叫人幫我打掃，那樣也沒什麼不對，只是對我來說不是這樣而已，我說過，盡量不要去別人那裡，這是很重要的一點。」

『一個人靜靜的生活。』

「這樣聽起來蠻美的對不對？但實際上是相當殘酷的一段過程，在剛開始的時候。」

『那麼該怎麼開始呢？就是生活到底應該要怎麼開始？』

「你現在想生活嗎？」

『我想是的。』

「有錢嗎？」

『我想有的。』

「預算多少？」

『我不太清楚，不過我想很多。』

「那你現在呢？住在哪裡？」

『旅館裡。』

「我想至少該有自己的房間。」

『我也是這樣想的，但我上網找，不管怎麼找都找不到自己到底該住在哪裡。』

「你是怎麼找的？現在網路上的房子都是騙人的，如果連那騙人的都騙不到你的話，你究竟想要什麼樣的房子？」

『就租屋這樣，多少錢都可以，有沒有什麼樣的管道是專門找租屋的？』

「你的預算是租屋嗎？」

『不然還有什麼？』

「如果你說你有錢的話，為什麼不考慮買一間房子？」

『買房子？』

「是啊，自己買的話，就可以隨自己喜好來布置裝潢啊，只要鄰居不壞，環境便利，甚至有的時候也不需要便利，我覺得只要安靜的地方就很適合了，雖然現在房價已經漲了很多，不過我想一個人住的地方還算是可以接受的，不需要到大房子啊，也不用考慮什麼可能會有家庭之類的，如果是這樣的話，我想會好找很多。」

『自己沒買過房子啊，實際上應該怎麼做比較好？』

「就跟看租屋是一樣的啊，也是挑自己喜歡的格局，只是大部分還是以空房為主，或者根本是空地，怎麼樣，你很急嗎？」

『我想沒辦法等。』

「那你可以找那些專門賣給單身小資族的房子，都已經裝潢好的，只要手續辦好立刻就可以住進去，但要記得，一定要自己去看過，照片這東西在網路上是不可以相信的。」

『但沒有照片的話又該怎麼判斷這是不是自己喜歡的呢？』

「你先想好到底什麼是你需要的，現在網站很方便啊，都可以幫你過濾條件，再來就是看周邊環境，例如交通啦，購物啦，沒有小孩所以不考慮學區，這樣就單純得多啦，主要還是看你到底想要住在哪裡，我想地段也是很重要的，例如靠不靠近海啦，附近有沒有公園啦，這些都要考慮進去，但我想你跟我都一樣，其實安靜最重要，不過現在都比較方便了啦，都是氣密窗，但通風會有差，就把這些全部都想進去考慮好，然後再挑，就不會像大海撈針那樣找了。」

『這樣也許是個方法。』

「至少買房子不會像租房子那樣，搶都搶破頭了，光是選就有得你選了，慢慢挑，我想會有好的結果，但要記得，往上找，不要住在平房，最好要有陽台，很多事情從上往下看比靠近人群的視線來看會清楚得多，不過現在要找平房也不容易就是了，尤其在城市的話，我只是覺得，有的時候像陽台這樣的空間是很適合思考的地方。」

『我會考慮進去。』

「一個人一旦開始一個人之後，雖然有些人會慢慢變得不是一個人，但大多數還是會出現屬於自己的一個人，雖然我不太清楚你的狀況，不過我想你會找到自己，抓住自己之後，事後再來看，會非常有趣，我一直都是這樣的循環，有的時候會有好壞，這也很有趣。」

『謝謝，但我想我不會想什麼好壞。』

「這倒是。」

話題沒有繼續下去，我想問的已經問完，他該說的可能也已經說完了，我先開了一罐飲料，然後到陽台去，試著照他所說的在陽台思考事情，當然從上往下看的經驗已經很多，我也知道必須這樣才可以，只是，陽台倒沒有考慮過，我把房間裡的椅子拿到陽台來，坐在上面，以前沒有試過坐在陽台邊，都是站著從上往下看，真正坐在椅子上的時候，看的東西不僅不一樣了，甚至連思考本身都開始變得不太一樣，看不到真正走在正下方的人群，每個人騎著車，開著車，走路，都跟站著的時候有著微妙的變化，我不太會形容這種變化，好像是睜開眼睛與閉上眼睛這樣的感覺，原來坐在陽台是這樣的感覺嗎？看太陽的角度，應該已經過了中午，坐著看的感覺也不太一樣，感覺太陽先生以微妙的姿態緩緩的滑入某種地方，雖說有點熱，但還是有風的，也不是陽光直射，我喝了一口飲料，往後靠在椅背上，聽著城市的聲音，我覺得好像往哪裡離得更近了一些，甚至覺得可以就這樣直接睡覺都沒關係，我閉上眼睛，聲音變得更加的清楚，我想自己是需要城市的，不如說，我已經太習慣城市了，想安靜的時候隨時可以進到房間裡面去，想感受城市的時候，隨時可以出來陽台，我想這也是我必須的，他說得沒錯，陽台是必要的存在。

我休息了一下，慢慢的把飲料喝乾，才睜開眼睛，現在是需要安靜的時候，我把椅子搬回房間裡，把空的飲料罐丟到垃圾桶，看了一下電腦，發現有新信。

「我想我並不孤獨，網路填補了我絕大多數的空缺，像這樣什麼都看不到也不用管什麼的不是很好嗎？也不需要隨時注意，想看的時候看，不想看的時候就不要看，就算是工作，也可以安排時間的啊，不過我已經把工作辭了，剛剛回去辦公室，把我在倉庫的桌子清空搬回到那塞得滿滿的桌子堆裡，我以後不用管這些了，不過還沒找到房子，如果我今後如願以償的找到自己喜歡的房子，像這樣跟你聊聊天，偶爾上網看看別人寫了些什麼東西，然後煮自己喜歡吃的晚餐，這樣的人生一點都不難過喔，人有的時候就是會這樣，但當回過頭來看的時候，其實也不會怎麼樣，我想是個不錯的人生。」

『但不要輕易下結論，妳還在過程當中，如果下結論了，那就是別人的人生而不是妳的人生了，現在也是，以後回過頭來看，其實也沒有怎麼樣啊，到底想要怎麼樣呢？人這種動物已經夠自私的了，追求自己喜歡的，並沒有什麼不對。』

「其實還是要感謝你啦，可以讓我這樣。」

『給我妳的帳號，我先把一些錢給妳。』

「可是我還沒有找到房子耶。」

『沒事，我只是證明妳可以擁有自己的人生而已。』

「那我可以買一些以前就很想買的東西嗎？」

『當然。』

她把她的帳號給我，就跟房東給我他的一樣，我把它記在電腦裡，每次要去給錢的時候寫一張小紙條放在口袋，給完就丟掉，每次都是這樣子。

『我想最近就會先給妳一部分。』

「你決定就好。」

『試著抓點什麼。』

「你這樣說我很難辦。」

『跟我不用在意禮儀。』

「你這樣說我聽不懂啦。」

『妳不是一直希望有自己的房間嗎？可以裝得下妳喜歡的東西的空間，以後妳暫時只要想著這樣的事情就好，先把自己搞好，才有辦法對等的聊天啊，就像我消失了一陣子一樣，那時候我也只是先把我自己搞好而已。』

「不過到底是什麼事情啊？」

『大概就跟在冬天腳趾頭踢到床腳是一樣的事情。』

「越說越難懂。」

『房子慢慢找就好，總之一定要喜歡。』

「這是當然的。」

我把信箱關掉，再回到網站上，依照剛剛在陽台所想的雛形去篩選，當然一開始並沒有方向，只是個雛形，所以結果出來很多，我再依照裡面的條件想，廚房跟陽台一定要有，安靜，便利，還不能離城市太遠，當然我對於街道名完全不熟，所以每看到一個附有附近街道名或者什麼圈什麼區的（還不是每個都有），就去查地圖，不能離這裡太遠，但太近似乎又會遇到認識的人，沒想過要搬到別的城市，雖然我並沒有什麼行李，但也不想搭很久的車，這樣的話條件又縮得更小了，雖然想過叫麵店的麵來吃，但我不知道該怎麼叫，拿出那天他給我的名片上面只有一些數字而已，看都看不懂，也許還是得自己去附近解決才可以，會不會這間旅館也有餐點服務呢？我往房間四周看了看，看到了那天櫃台小姐說的電話（應該吧？），然後看了看名片的數字，是不是只要按這些數字就可以了？我試著按看看，電話響起，很客氣的服務員，聽聲音的感覺應該跟那天一樣，我說我要一碗推薦的麵，你們是賣麵的吧？他說當然可以，您要外送是吧？請問在哪裡？我說就在隔壁的旅館，他這才意會過來我是那天的客人，問我今天想要吃多少，我說一碗就好了，隨便什麼都可以，他考慮了一下，問我在幾樓的哪一間房，我跟他報了數字之後，再回過頭來看房子，冰箱裡的飲料已經喝完了，我去浴室喝了一些水，一直到麵來之前，我只是專心的篩選房子而已。

24

『阿婆，這是什麼？』

「我不是你阿婆，我是你媽。」

等到我回過神的時候，人躺在家裡的木床上，周圍一個人也沒有，看外面，好像是白天，感覺得到時間過了一陣子，又彷彿是瞬間的事情，好像有一個很漫長的空白的夢，我搞不太清楚，想說出什麼話，但什麼也說不出來，我不知道發生了什麼事情，只是覺得睡了一覺的感覺，好像有什麼在那裡，又好像什麼都沒有，時間不站在我這邊，但它確實的走了一段距離，現在是白天，我躺在木床上。

我試著雙眼直視外面的光線，覺得太耀眼於是閉上眼睛，然後就發現原本應該是黑暗的畫面上冒出了一個光點，當我在黑暗中的眼睛想要看這光點的時候，這光點就稍微移動一下位置，而我又想看著它，它就一直往旁邊移動，就這樣追到視線的角落，而它又好像彈回來似的，輕輕的碰了一下邊緣又再往反方向開始移動，我一直在追逐這個光點，周圍有時候會有其他不知道形狀的光點跑出來，但這個光點不太一樣，外面的光線的光點是唯一的，好像什麼永恆的定律一樣，其他的都不重要，重要的是追著這個光點，大概過了一段時間，光點慢慢的變暗，最後消失，然後我又再睜開眼睛，看著外面的光線，再度的閉上眼睛，繼續這永無止境的追逐，時間？時間是什麼？好像從我醒來之後就沒有了時間一樣，有的時候想說話，卻只是說出不明所以的話，支支吾吾的，我不知道該怎麼說話，說話又是什麼，我只是想發出聲音而已，就跟嘆氣一樣，我發出的聲音就跟嘆氣一樣，只是無意義的聲音而已。

頭腦一片空白，我想想些什麼，卻什麼也想不起來，現在在我身上的好像只有重複性的動作而已，還是行為，我捕抓到一個新的視覺，就閉上眼睛，形狀差不多的光點就會冒出，然後就開始追逐，我不知道什麼是現在應該做的，我只是做我覺得應該做的，既然想不起來，那就什麼也不要想，周圍都差不多看過了一遍，找不到什麼新的東西的時候，我起身，打算走出門外，找尋新的可以追逐的東西，起身的時候，覺得身體很久沒有回到自己裡面，好像很久沒開的水龍頭那樣，不過那感覺很快就回來，水龍頭流出水了，只是好像哪裡不對而已，我不知道，打開門，周圍變得更加的明亮，那始終如一的光線變得更加耀眼，我不得不瞇細眼睛，好像這光線會把我灼傷一樣，但當然不會，只是反射性的動作而已，然後我視線回到平面上，一個一個的長方形塊狀物快速的經過，雖然想追逐，但很快就消失在盡頭了，然後緊接著就是下一個，過了一下，好像又都約好似的一個都沒經過，然後再一下，就連續的經過，有的時候也有形狀比較小的經過，每一個都保持著差不多的距離，有的快有的慢，因為前面的比較慢後面的也不得不慢下來，也有前面很快的後面很慢的，形狀小的通常都比較慢，而且似乎跟大個的聲音不一樣，我不太會形容，但不會變的，不太能追逐，只有聲音迴盪而已，我也不太能跨出去這一步，因為離那些快速的東西太近了，好像很危險的感覺，雖然我不知道碰到會怎麼樣，但感覺就是不應該碰到，彼此有彼此的界線那樣，又有的時候，兩邊不同方向的相碰面，就會都停止，我看著這停止的東西，表面都是反光像是金屬一樣的東西，遇到了不同方向的時候，就會有一個不得不開始倒退，一直到消失在盡頭，才慢慢的恢復正常，我沒有再走遠，只是在這裡一直看著這些反覆的東西，我沒有閉上眼睛，因為覺得閉上眼睛身體就會移動，碰到了就不好了，彼此要尊重彼此，好像說好了那樣，但並沒有誰開口說出什麼。

我回到屋內，我知道我正融入這裡，但這裡好像不屬於我一樣，或者說我不該出現在這裡，但我卻只能在這裡出現。

閉上眼睛之後，又是另一個世界。

『阿婆，我們出去玩好不好？』

「算了算了，要去哪裡玩？」

『哪裡都好。』

在黑暗中出現了一個矮個子長髮的女孩，她好像沒看到我一樣，只是緩慢的踏著步伐走向我旁邊，好像黑夜般的寧靜，又好像白天的喧鬧一樣，我分不清楚，風沙拉沙拉的吹著，一陣一陣的風聲傳來，她拍拍裙襬，在我旁邊坐下，坐下之後，並沒有面對我，只是直直注視著前方，我也回過頭來，跟她一樣注視著前方，好像她的剪影一般的側臉浮現出來，但我不會看向她，一切都像約好了一樣，我們就這樣坐著，不管周圍如何變化，我們就是我們，這樣的堅定，她好像說了些什麼，聽得到一些奇怪的聲音，我想問她她在說什麼，但我一句話都說不出來，頭也沒辦法再面對她了，我們一直維持著坐著的姿勢，我雖然很想確認她到底是誰，但無論如何都想不起來也看不到臉，只是兩個人並肩坐著注視著前方，但前方什麼也沒有，那黑夜般的寧靜已經消失了，白天的喧鬧也不見了，在我們身旁的，只是像投射出來薄弱影子般的東西而已，這影子好像很熟悉，又覺得哪裡陌生，維持了一陣子之後，她起身，再度的發出聲音，我雖然看不到，也聽不清楚，但感覺她起身朝我的另一個方向走過去，步調一樣緩慢，一切都很緩慢，然後我一樣注視著前方，並不是我不想看她，而是沒辦法，我可以聽見自己心臟撲通撲通的聲音，我想抓住什麼，但什麼也抓不到，周圍又再度變成了只有完全黑夜的寧靜，影子更加的薄弱了，好像下一秒就會消失一樣，也許過了一陣子，或者是一段時間，還是瞬間，遠方聽得到好像鬧鐘一樣的聲音，但似乎很遙遠，也抓不到是從哪裡傳來的，這聲音急促又重複，她的腳步聲慢慢的消失，等到她完全離開之後，我可以動了，我首先轉頭過去確認她剛剛坐著的位置，但什麼也沒有，不過有香味，好像是洗髮精的味道，不太清楚，我想搞清楚鬧鐘聲是哪裡傳來的，於是到附近各個地方尋找，這裡是哪裡，我不太知道，但好像很熟悉，不過形體很薄弱，投射出來的周圍我四處翻找，試圖尋找出鬧鐘的位置，不過，雖然是鬧鐘，但好像又有哪裡不一樣，我好像接近了鬧鐘的位置，聲音變得更大了，也更加的清楚，那有點像是鈴鈴的聲音，我找到了響的位置，但那不是鬧鐘，而是電話，我反射性的拿起來，但什麼聲音都沒有，我也發不出任何聲音，我只是拿著那個東西抵在耳朵邊，很熟悉的，好像從以前就是這樣了。

我睜開眼睛，時間又經過了，但這次不是空白的夢，我還記得那記不起來的長髮女孩，我努力的想想清楚剛剛到底發生了些什麼，但唯一只記得我們並肩坐著注視著前方而已，然後過沒多久，那也消散了，我再度的閉上眼睛。

『吶，阿婆，買這個給我。』

「哪裡來那麼多錢。」

『不買我就不走。』

「那我們就一直待在這吧，看誰厲害。」

好像那像夢一樣的東西頻繁的出現，每次都經過很長的一段時間，但卻又那麼現實，而不約而同的，每次都感覺很熟悉，好像一切都是重複再度的夢過還是曾經經歷過的一樣，但每次醒來想努力抓住的時候，卻又只有像是片段一樣的東西而已，每次都覺得很奇妙，而當我每次像是要回想的時候，那東西隨即就消失了，只留下類似感觸一樣的東西而已，我能想起來的，只是像是唉呀指甲變長了該剪了這樣的感觸而已，什麼實體都沒有留下，彷彿置身其境的感觸還留著，但經過什麼遇到什麼樣的事情全都忘了，每次碰到這樣的情況，我就選擇再度的閉上眼睛，再度的經過什麼夢，又再度的喪失，我甚至連這是不是夢我都搞不清楚了，但不會變的，什麼也記不得。

「看這個有想起些什麼嗎？知道這個是什麼字嗎？」

「醫生，他到底是哪裡出問題了？」

「很難斷定，不過我想跟突然性的衝擊有關係。」

「像他這樣變得跟小孩一樣的黏著我，連睡覺尿尿都喊阿婆阿婆的。」

「可能是投射性的吧。」

「我都不得不請假照顧他了，醫生，這跟他外婆的過世有關係對吧？」

「不能說沒有關係，但也不能說絕對有關係，老實說，像他這種例子我也很少碰到。」

「拜託，你可是醫生，想想辦法啊。」

「我也只能盡力了，不過像他這種，通常都是短暫性的，過一段時間自然就會好起來。」

「意思是不管有沒有看醫生都沒差嗎？只要過一段時間就會好？」

「也不是這樣說，我也有開藥給他吃，如果沒有藥的話，可能會拖更久。」

「欸他可是大學念到一半耶，這樣下去怎麼得了。」

「沒辦法，我只能說很抱歉。」

「連大學也念不完，這該怎麼辦，要幫他辦休學還是怎麼樣。」

「不過像他這樣的話，我想是失去了部分的記憶，雖然不敢斷定，即使恢復了，我想都很難到一般這個年齡的水準。」

「我養他養這麼大，結果跟我說退化了是嗎？我還要靠他養耶。」

「不過這也只是猜測而已，現在只能等待了。」

「我等你的掛號可是等了很久。」

「再觀察一陣子吧，我所說的一切都只是猜測而已。」
「天啊，再喊我阿婆阿婆的，哪受得了，拜託，我可是他媽耶。」
「過去有沒有什麼徵兆之類的呢？比如腦部有受過什麼傷之類的，沒看到有什麼就醫紀錄。」
「哪裡有，唉啊我也不曉得啦，光是忙他的學費就快搞死我了，現在他外婆又過世了，這錢我都不知道從哪裡生出來的，以前都是他外婆在寵他照顧他的啊，我根本不了解他有沒有受過什麼傷，醫生，我到底該怎麼辦啊。」
「想必他外婆對他很好。」
「我不知道啦。」
「我想他正逐漸恢復當中，這點不用擔心，再給他一點時間吧。」
「不然能怎麼辦。」
「一切都會好的。」
然後我只記得我再度的閉上眼睛。
很長的一段時間，也許是時間，也許是洪流，彷彿搭上了無人的長途列車一樣，周圍空曠，但確實的在前進，我望著什麼都不存在的窗外風景，只是恍惚的隨著列車的起伏規則的晃動，這不像是夢，但我不太清楚這是什麼，只知道我現在正在往哪裡前進，但要去哪裡，又從哪裡出發的，我完全都不知道，這會不會又是什麼夢，我一度這樣猜，但時間的痕跡未免太過於漫長且無目的，如果是夢的話，應該有更明顯的東西，但這裡什麼也沒有，只是一個老舊的列車，好像記起些什麼，但又不確定那是不是該記起的東西，隨著時間的經過，記起更多的不知道該不該存在的東西，這是記憶嗎？我不確定，只是好像曾經遇過，曾經碰過，曾經見過，時間刻劃得更深了，也許這是睡眠吧，好像是很深又很長的睡眠，我不知道什麼時候睡著的，也不知道什麼時間醒過，一切的一切都毫無尋找的跡象，我一樣什麼也不能做的，只是任由時間把我帶過，咖嗟，咖嗟，規則又穩定的聲音，身體隨著這聲音而上下震動，這裡誰也沒有，只有像是描圖紙蓋上般的思想而已，我還是不確定這是不是我該擁有的東西，如果是別人的話，應該要還給他才可以，但這又是誰的，我無法猜測，只是覺得好像不是我的，這感覺深刻且強烈，那些思想一個又一個的浮現，是我遇過的人嗎？是我做過的事嗎？完全沒有頭緒，這些東西，簡直像是跳針的唱片一樣，不斷的重複一樣的片段，過了多久，我不知道，只知道是很長的一段時間，如果是睡眠的話，未免也太長了，列車慢慢的降低速度，可以感覺得到，我是不是到達了什麼地方？這裡是我該去的地方嗎？那裡有記憶的主人嗎？在我想著這些的時候，列車突然就消失了，我開始往下墜落，雖然是往下墜落，但並不可怕，好像這樣才是應該的樣子，這時間，我什麼思考也沒有，只是往下直直的墜落而已，等到撞擊到像是地面的東西的時候，我睜開了眼睛。

我醒了。

周圍是再熟悉不過的老家，看外面的天色，已經暗了下來，身體還保留著長時間移動的感覺，我首先環顧四周，然後聽到了聲音，有車聲，有蟲鳴，有水塔的抽水聲，可能有誰正在洗澡吧，車聲規則一陣一陣的，而蟲鳴則是車聲靜止的時候，突然變得清楚，這麼感覺的話，肚子也餓了，該去對面的麵店吃麵了，正當我這樣想的時候，有誰打開門，當然，是我媽媽。

「唉啊，醒啦，你也未免睡太久，我都不知道你到底是睡著還是死掉了，怎麼，做了什麼夢？」

『什麼夢也沒有，我不知道是不是我的東西，還是誰的東西。』

「聽都聽不懂。」

『媽，有麵吃嗎？』

「媽？」

『不然呢？』

「不是應該阿婆的嗎？」

『阿婆不在了。』

「你是不是哪裡出了什麼問題，要不要去看醫生，到底怎麼了？」

『我應該沒事吧，不知道為什麼，覺得過了好長一段時間。』

「是真的很長啊，我想有好幾個月，聽你的語氣，好像跟之前也不一樣了。」

『我不知道。』

「天啊，這是恢復了嗎，我簡直不敢相信。」

『我又沒怎麼樣。』

「你有怎麼樣好嗎，現在想到什麼？」

『麵。』

「還有什麼？」

『阿婆跟媽媽。』

「我不是阿婆而是媽媽嗎？」

『要我說幾次。』

「不管怎麼說，真是謝天謝地。」

『我的小說呢？』

「小說？」

『我的電腦跟書啊。』

「有有有，幫你收好好的，怎麼樣，現在需要嗎？」

『沒事，沒丟掉就好。』

「有沒有覺得身體哪裡痛還是怪怪的？」

『我好得很，阿婆的東西有留著嗎？』

「啊？也沒什麼東西啊，看起來就像是垃圾一樣，收一收就丟掉了，連點錢都沒留給我。」

『我覺得這不對。』

「怎麼樣，現在是要跟我講道理是嗎？」

『葬禮呢？』

「沒辦什麼葬禮，放沒幾天就火化了，雖然那些葬儀社的跟我說這說那的，但我一點錢都沒有啊，好險是冬天，不然夏天一定會發臭。」

我沒再繼續說什麼，媽媽一副觀察動物園裡的猩猩一樣的看著我，我一眼都不想跟她對上，她果然是我媽媽，這麼說的話，阿婆真的不在了。

「你這傢伙，可是折騰了我老半天，連我去工作都不能去了，你知道嗎，我可是只能到處去跟人借錢，好好的一個人，為什麼要這樣折磨我，就不能老老實實的嗎，好啦，你的醫藥費啦，這段時間的開銷啦，你說說，你要怎麼賠我？」

『我肚子餓了，我要去吃麵。』

「好啊，說逃就逃，變回來了就不當我一回事了是嗎？」

我沒說什麼，只是往外走，走到對面好像很久沒來的麵店。

「唷，瞧瞧這是誰來了，外婆走了一定很傷心，你看看你，都變得這麼瘦了，有沒有好好吃飯啊，我媽媽離開的時候，我也是哭得唏哩嘩啦的。」

『我只要一碗陽春麵。』

「吃吃吃，多吃點，這頓就算我請你的就好了，不用客氣啊，我再拿些私藏小菜給你。」

『不用費心，我只是覺得很久沒來了不好意思。』

「唉啊，我們都知道你去念大學了啊，跑到外地去一個人闖蕩要怎麼來光顧這種小店啊。」

『不知道學校怎麼樣了。』

「大學一定很好玩對不對。」

『沒什麼感覺。』

「我啊，沒念過什麼大學，根本不知道裡面在做什麼，只是到處聽說裡面很自由，我呢，則是早早就在這開店了，還不太能休息，天生勞碌命喔我。」

『我只是運氣比較好而已。』

「這都是實力，好啦你先坐一會，我去弄東西。」

我覺得這店哪裡不一樣，是因為太久沒來的關係嗎？總覺得不太喜歡，地上滿是油垢，料理台也髒得可以，連桌椅也都是快壞掉的感覺，我以前真的每天都來這裡吃晚餐的嗎？我有點不敢相信，滿是蒼蠅蚊蟲的環境叫人怎麼能在這裡吃上一頓飯呢？我雖然肚子餓，但我實在沒什麼食慾了，算了，不吃了吧，但現在回去又不恰當，我不想跟媽媽相處太久，但也沒有睡意，先走再說吧，於是我掏出幾個銅板，放在桌上就走了。

我走到以前去國小那新建的道路上，現在已經變成小小的一條道路，應該是因為我變大了，並不是道路變窄的關係，原本的樹都已經枯萎，周圍的田也已經都是爛泥了，這裡並沒有開發，還保留原本的樣貌，可能這附近注定就是這個樣子了吧，路燈要亮不亮的，燈罩的周圍圍滿蚊蟲飛來飛去，我再繼續走，走到接近國小的地方，早餐店已經不在了，原本應該在的文具店也已經拉上鐵門或者跟隔壁的合併變成一間餐廳，好像到了這一區，就有都市化的跡象，幾層的小房子也有一部分變成獨立氣派的大樓，有一些是住宅，有一些則是辦公室的樣子，我走到國小去，比印象中的要小上一大截，旁邊建了一個新的體育館，好像是對外開放的樣子，可以看到有幾台車停在附近，國小的側門正在整修，那裡原本應該是家長接送區的，裡面以前印象中的大樓現在也只是平凡不已的幾層樓而已，水泥都是水痕，灰色的外牆布滿一條又一條下雨的痕跡，感覺也哪裡不太對，還是我忘記了，找不到原本的教室，可能整修了吧？不過操場的地方還是一樣，那裡還是有畫滿一條又一條線的操場，只是，時間的刻劃之下變得破舊不已，操場也比印象中的還要小，沙坑是硬的沙堆，單槓好像比我還要低的樣子，很難想像這裡是我念過的國小，不過，似乎6號就坐在沙坑旁拿著小說給我的樣子。

原本還想再去國中跟高中的，但我試著回想國中跟高中都在做些什麼的時候，卻發現記憶開始混淆，好像一切都說得過去，但又好像說不過去的樣子，模模糊糊得像是夜晚遙遠的山脈一樣，到底是哪裡不對？又有那裡是對的？我記憶中的是正確的嗎？想問誰，但發現誰也不能問，好像除了6號之外，一切都錯開了，一切也都變得令人嫌惡不已，我在沙坑旁坐下，試著抬頭看看天空，連這裡的月亮都好像在說我壞話一樣，你不屬於這裡，你已經不再屬於這裡了，星星不再閃爍，好像看到我就停止閃爍一樣，夜晚的雲聚集得很快，月亮被遮住了，變得只是灰濛濛的一片不是黑什麼也不是的天空而已，為什麼我會討厭這裡？為什麼這裡會跟我唱反調？為什麼我只覺得這熟悉的感覺都很陌生？我離開沙坑，離開國小，走回了那條馬路，心裡不斷的反覆著。

『我必須離開這裡。』

25

吃完麵之後，我再繼續埋頭去找房子，附有一碗喝不出是什麼味道但是好喝的湯，以及一杯也許是用來解膩的冰茶，我把一切都解決掉之後，全部裝到塑膠袋裡面，盡力的把它捏成最扁最小的程度，然後丟到垃圾桶裡，我先打開她的信，再反覆的讀著她的過去，這個人即將開始自己的生活，跟我一樣，雖然我不太清楚她的生活定義是什麼，不過我想跟我差不多，也只是在城市裡的一個蟲子一樣，塞在角落過著屬於自己的生活，大家都一樣，也許她可以過得比我更精采才對，不過，這只是我的猜測。

『如果妳一個人覺得無聊的話，什麼話都可以跟我說喔，反正我也不在妳的身邊。』

我簡單的說，確實也是如此。

大概過了一陣時間，她回信了。

「嘿，總有一天我們會見面的對吧？」

『也許吧。』

「怎麼說，很多事情想跟你當面表達，雖然說寫信就好了，不過有些事情還是必須面對面才有辦法說得清楚。」

『不過妳不是不喜歡嗎？』

「這跟那個又是另一回事，而且我不討厭你這個人啊，跟那些人完全不一樣。」

『聽到妳這樣說很開心，不過我不敢保證自己是什麼值得喜歡的人。』

「喜不喜歡跟討不討厭又是另一個問題了，這世界上並不是只有這兩種選項而已啊。」

『就跟罐頭雖然口味一樣但也有分很多牌子那樣。』

「雖然聽不太懂你的比喻，不過我想應該差不多吧。」

『不過啊，我覺得現在這樣也沒什麼不妥，有什麼地方讓妳掛心的嗎？』

「倒不是，我是蠻相信你這個人的，沒什麼不妥，只是怎麼說，你有一點神祕，讓人感到好奇的那種神祕，跟那些光是隱藏的人不太一樣，隱藏跟神祕不太一樣，至少對我來說，隱藏只是把自己躲到樹後面而已，你這種神祕，是那種融入大自然裡面既不躲也不藏的那種，好像可以順應著每個不同的場景切換成每種不同的樣貌，就是這種神祕感，讓我想更了解你。」

『但會不會只是某種小聰明而已？』

「我覺得不是，感覺你確實的了解並知道自己該以什麼樣貌活在這世界上的樣子。」

『自己倒沒什麼實感，好像這樣的東西就叫做給人的印象之類的吧？』

「總之，你給我的印象不差，甚至有點喜歡。」

『如果能讓誰喜歡，我想沒有誰不喜歡。』

「不一定喔，像我這種人就一點都不想讓誰喜歡。」

『連我也一樣嗎？』

「你的話自己可以判斷，我只要做好我自己就好了，你要不要喜歡其實不是我能決定的，也沒有非得讓你喜歡的理由，雖然你可能覺得我是你很重要的零件，但零件本身也可以有零件的想法這說得通吧？也就是，就算在人底下上班，每天做著一樣的事情，但我心裡面在想什麼根本也沒有誰會知道，就算說了別人也只是當飯後閒話而已，不過我覺得你的話，可能會認真的聽我在說什麼，所以我才把自己還記得的一切全都告訴你，雖然說不是一切，但那是我所能回想的一切，可能還有些事情我已經忘了，不過忘了我想也不是什麼重要的事情吧？你的話，我想我的一切你可以接納並做出屬於自己的反應，雖然我不知道對不對，但那是在你思考過後給的反應，跟那些阿婆不一樣喔，你不是為了氣氛而做的反應，而是真心的想對我做出反應，我想這之間有很大的差距，就算是沐浴乳，也分很多種的，我要說的你明白嗎？」

『不能說完全明白，不過我想確實不只是閒聊而已。』

「這樣就夠了，這世界上已經太多連這個都搞不清楚的傢伙了。」

『不過我也不討厭妳。』
「這時候不是應該說喜歡我嗎？」
『這樣的話好無聊。』
「完全搞不懂女生的臭男生喔，不過，這一點你也很有趣，好像很久以前遇過你這樣的人一樣，似乎感覺得到你就坐在我隔壁的感覺，又回到以前了，這很熟悉，我不討厭，你這個人我就是討厭不起來。」
『妳是不是也應該說喜歡呢？』
「那樣好像也很無聊。」
『對吧？』
「好像是。」
『如果是妳的話，準備搬家之後會買一堆東西對吧？』
「當然。」
『實際上是哪些東西呢？』
「看起來覺得喜歡的東西就好了啊，不管是家電還是擺飾，只要自己順眼價格又可以接受就好了。」

『是不是應該包含冰箱這些才叫做家電呢？』
「很多很多，我也沒辦法一一跟你說，你現在在哪裡？」
『旅館裡。』
「那就看裡面有哪些東西啊，我想旅館裡的東西就包含了一個人生活上的所有東西。」
『但這樣就叫做生活嗎？』
「對我來說，生活只是讓自己更喜歡自己而已。」
『對我來說，生活只是讓自己更接近自己而已。』
「我想兩個都差不多，至少就目的上來說。」
『也許吧。』
「嘿，你也要開始生活了嗎？」
『我是這樣想。』
「感覺兩個人朝著同個地方前進，不壞喔。」
『能跟誰共同享有這種感覺，我也覺得不壞。』
「嘿，我們可能會見面對吧？」

對於這個問題我並沒有回答，很多事情不必一一說明白，而且以後的事情會怎麼樣，也沒辦法說明白，對於這個，我抱持著中立的態度。

我走到陽台去，這次沒有帶上椅子，我只是想看一下黑暗的世界而已，然後自己也在黑暗中睡去。

隔天醒來，看陽光應該是接近中午的時間，我簡單的盥洗一下，然後就埋頭於找房子當中，並沒有誰寄信給我，我也不打算寫任何信，我先是打開昨天的網站，大部分還是舊的，看到一半我發現了一個昨天沒看過的，不過也沒有寫更新日期，沒有日期，所以不知道是昨天我看漏了還是才剛放上去的，我點進去看了照片跟說明，照片讓我蠻喜歡的，接近白色的裝潢偶爾穿插點深色的搭配，但不多，絕大多數還是接近白色的，而這白也不單單只是白而已，還有做一些色調上的巧妙變化，有的時候讓白更白，有的時候讓深色更深，第一眼感覺印象蠻好的，然後我看說明，也沒有寫太多的說明，價格甚至沒有寫，只寫了在這個城市而已，是已經裝潢好的，所以應該也符合我的條件，畢竟我不想等太久，也不懂到底該怎麼處理這種事情，下面寫了號碼，應該是電話，就我所知只要在電話按上這幾個數字我想應該就可以順利下去，以防萬一，我還是到其他的網站看了一遍，防止又有更喜歡的出現，這才發現這個房子沒有重複打廣告，在其他網站都找不到，其餘的昨天都看過了，全部都看完之後，我心裡暗自的決定是這一間，就在電話上按上號碼打過去。

『請問有房子要賣對嗎？』

「是，你說的是這一間對吧？」

『我有興趣，可以大概跟我說在哪個地方或者給我地址嗎？』

「請問你是房仲嗎？」

『我不是，我是想買房子，自己住而已。』

「預算大概有多少呢？」

『我想只要你願意的話，我都可以接受。』

「這麼豪邁的嗎？那價格倒可以談一談，請問你一個人住嗎？」

『是，只我一個人。』

「我想一個人住大小應該適合，原本就不是多大的房子。」

『有辦法知道更詳細的事情嗎？』

「我覺得你到現場來看會比較好，看你的號碼不是手機，方便的話可以給我手機嗎？我傳簡訊給你。」

『我沒有那個東西。』

「現在有人沒手機的嗎？」

『倒不如說我不知道你說的是什麼東西。』

「真稀奇，不然你手邊有紙跟筆嗎，我念出來給你，自己開車嗎還是？」

『我都用走路的。你念沒關係，我手邊有紙筆。』

然後他念了一串字給我，我雖然不太清楚哪個字是哪個字，不過我想不是什麼問題，應該找得到。

「一個人然後沒有交通工具，甚至不知道手機是什麼，我想這樣的人應該很單純，如果是那些拿來炒房的傢伙我可是不願意賣給他。」

『我真的只是一個人住而已。』

「那我們約下午方便嗎？我下午有空，不知道幾點你方便？」

『我想什麼時間都可以，可以的話我現在就過去都不是什麼問題。』

「看來你很急喔，不過這樣也好，我也不打算拖太久，大概給我個兩小時我就會到，那就那時候見吧，希望一切順利。」

『我也是這樣希望。』

電話掛斷之後，我先是在電腦上把她的帳號記到剛剛寫的紙條上，揹上背包就這樣出門了，先走路到附近的提款機去輸入她的帳號，把大概（應該可以吧？）的金額匯過去之後，最後在餘額那邊特地停了一段時間再用筆記上到底還有多少個0，這樣可能比較方便吧，我也不知道，說不定我買不起那間房子也不一定，不過我想應該不是什麼問題，但當然一切都只是自己想像中的樣子。

然後我搭上計程車，給司機看了那張紙條，他先是疑惑了一下，也許我寫的字有錯，我也不清楚，不過他念出來之後好像就知道那是哪裡了，他把紙條還給我，我在路途中看著窗外的風景，想把這附近還記得的地方看過一遍，也許不會再回來了，會不會我付了錢之後就完成了呢？

計程車到的時候，我想沒過多久，我還在看著窗外的風景，已經到了沒看過的地方，明明感覺沒有多遠，但對附近的一切都覺得陌生，也許城市就是這樣的地方吧？付了錢下車之後，我先走到房子的所在地，是一棟感覺新建沒多久的大樓，也許是公寓的樣子，位置在四樓，由於我沒什麼時間概念所以也不知道他到底來了沒有，不過看來應該還沒到兩小時，當然沒辦法進門，我稍微看了看周圍別的房子的外觀，每一間都有獨立的陽台，每一層的住戶數都不多，跟我以前住的大樓完全不一樣，那幾乎是要把所有能用的地方全部都用最小的限度所建出來的房間的感覺，這裡則是相反，也許是主打安靜的住宅吧？這樣也好，雖然說我對於這個不要求，不過進出的人不管怎麼想還是越少越好，不管怎麼樣不想搞得太複雜，人只要一多，自然就會複雜起來，我看完之後，決定先在附近晃一晃看有些什麼，也許現在距離兩小時還有一段時間。

大樓門口很低調，既不是緊鄰著大馬路，但又不至於離大馬路太遠，每一個空間都有感應式的照明，也都有像是阻絕蚊蟲的紗門，每個地方都乾乾淨淨的，也許每個禮拜都會有人來打掃這公共區域的樣子，看起來也沒有像是旅館那種的電梯，只有樓梯而已，最高的也許只有到六樓左右而已，外頭有些綠化的痕跡，看起來也是有誰精心打理的樣子，這裡不管怎麼說，感覺都讓人相當良好，我以這裡為中心往外面開始走，有便利商店，也有自助洗衣店（當然也有投幣式飲料機），距離不遠也有一個比較大型的像是賣場之類的地方，也許裡面可以補足人生活當中所需的各種東西吧？我並沒有走進去，只是從外觀看起來這樣感覺而已，當然也有各種賣吃的店，不過這些我都沒興趣，我所要求的，只是城市裡的一角而已，就算沒有賣場也無所謂，走遠一點自然就會有了，城市最大的優點就是在此，只要記住每個地方有什麼樣的店就好了，遠近的問題而已，是，這裡確實只是城市的一角而已，這樣就夠了。

我再循著走來的路線走回去，就感覺上來說他也差不多該來了，我就在門口旁的椅子上坐下，突然想喝點什麼不知名的飲料，早知道剛剛就買了，不過也無所謂，我閉上眼睛，傾聽城市的聲音。

「來看房子的嗎？剛剛那位沒手機的先生？」回過神來已經有一個聲音走近。

『啊，對，看來我應該是提早到了。』一時之間我還會意不過來。

「沒事，這裡啊，就是很單純，雖然我幾乎都把能拍的都放到網路上了，不過房子這東西啊，不親眼來看看的話是決定不了的。」

『其實我倒是已經下定決心了。』

「真的很豪邁。」說完他拿出鑰匙打開門鎖。

當然，映入眼簾的跟照片差不多，看來不是那種會騙人的照片，房主一一跟我說明這裡的裝潢風格，雖然我聽不懂，但還是點點頭，然後他帶我在裡面每個地方都跟我詳細的說明這裡為什麼要這樣用為什麼不那樣用，我還是聽不懂，不過我很喜歡，當然跟照片一樣有廚房，衛浴設備也很好，個人空間該有的幾乎也都有了，甚至連冰箱桌椅櫃子都有，而且我也不討厭，然後他帶我到陽台去，最重要的就是陽台，外面看得到矮矮但連成一條線的山，但當然附近還是有比這裡高的建築物擋住，不過這也不重要，下面就是馬路，雖然不是大馬路，但確實的有誰正在行走，並沒有車子的聲音，也許是人行道也不一定，太陽先生慵懶的從側面照射著這陽台，並不是直射，這樣的話也許在夏天也不會太熱。

『我大概知道了，可以讓我在陽台待一會嗎？』我跟他說。

「陽台是一個房間最重要的存在，我可以理解。」他似乎懂我的意思，然後就先回到房間裡了。

真的應該買個飲料的，現在覺得很後悔，陽台本身就附有感覺不差的桌椅，桌子很小，椅子倒是很大，躺坐在上面一邊聽著下面誰在交談著似乎聽懂但其實音量沒那麼大到可以一清二楚的聲音，一邊看著這也許以後會一直盯著的風景，桌子不大的原因可能就是讓人放菸灰缸的吧？或者擺個飲料的這樣，跟外面一樣，這樣的私人空間都設計得讓人安心，我在眼睛裡深入天空的風景，雲朵的姿態，風吹的聲音，當然，還有城市的聲音。

然後我起身走回房子裡，屋主正在掃著地。

「怎麼樣，陽台還喜歡嗎？」

『特別設計過喔。』

「當然，每個地方我都精心的裝潢好也請專家來看過。」

『那你要賣多少呢？』

「直接講到價錢了嗎？」

『不然我也不會來。』

「從接到你的電話我就想著會是這樣，感覺你跟那些到處比較的傢伙不太一樣，那些人我通常都不會賣給他們甚至連看都不讓他們看。」

『你在這張紙條上寫下你心目中的價格，我想可以馬上決定。』我把紙條的背面空白處拿給他。

「怎麼樣，是想要有意外的驚喜嗎？」也許他並不知道我看不懂數字，當然一般人也不會知道。

寫完之後，他拿給我，我再把那數字寫在我來的途中在提款機前記下的數字，當然，就跟我想的一樣，還綽綽有餘。

『那麼什麼時候可以住進來呢？可以的話我想盡快。』

「這個價格可以接受是嗎？真的相當果斷，老實說我也稍微降了一點，你的感覺就會買，但我沒有因此而抬高喔，雖然我本人來說一點說服力都沒有就是了。」

『我可以馬上去提款給你。』

「買賣房子不是這樣的啦，付款要透過履保的方式，我還必須要找代書處理相關程序啊，不是說給我錢我就把鑰匙給你然後就沒事了，沒那麼簡單。」

『那麼需要多久呢？』

「大概最快也要半個月吧？你很急是嗎？」

『能快就快。』

「那我們先簽個約吧，不然我拿了錢跑掉怎麼辦，我倒是不怕你跑掉啦。」

『依照你的想法來做就好。』

「總之我請代書盡快吧，我也會幫你爭取些時間，在此之前請先依照合約上的金額給就好了，履保就是一部分一部分的給這樣，就當他是法律上的程序就好了。」

『我無所謂啊。』

「要不要再看一下？」

『不，我已經決定了。』

「那麼合作愉快啦。」

『要通知寄信給我就好。』

我們慎重的握了手，然後出來之後，我把我的合約放到背包裡去，老實說裡面寫什麼我根本也看不懂，他則在消失在我視線前，不斷的跟我揮手。

在他走了之後，我緩慢的讓身體融入這棟建築物，一邊下樓，沒有馬上搭計程車回去，而是先到附近的便利商店去買了看不懂的飲料，然後去附近隨便一間賣吃的去吃東西（當然什麼感想也沒有），出來之後，才搭上計程車回到旅館。

之後的時間（我也不知道到底過了多久），我每天都去百貨公司去吃新東西，不管是樓上比較大型的，還是地下室那種攤販的，我幾乎要把全部都吃過一遍了（我一樣沒有任何感想），然後花時間慢慢的把每個賣東西的地方都逛過，覺得好看的就買下來（甚至不知道他到底是用來做什麼的），時間多到連最上面的電影院都去看了幾次，每天買東西回到旅館，每天的櫃台小姐都問候我幾句，每天都在我去百貨公司的時間有誰把我的房間打掃過，每天夜晚搬椅子到陽台去聽城市的聲音配上冰透的飲料，然後再慢慢的沉入睡眠。

這之間誰也沒有寄信過來，我雖然偶爾會想起他跟她的事情，但感覺有點遙遠同時卻又很近。

可能她很熱衷於看房子跟買東西，根本不知道我已經匯錢給她了，而他，可能正在陽台喝著黑麥汁抽著菸也不一定。

也許時間差不多了，程序結束了，屋主寄了一封信給我，說我們約個時間把最後面的流程跑完然後給我鑰匙，那天下午我們在新屋的附近一家便利商店裡，我們在一份紙上簽下彼此的名字，之後他把鑰匙給我，然後說了一句「恭喜！」之後便消失在我視線裡，一樣跟我揮著手。

我準備開始自己的生活了嗎？

現在這房子是屬於我的嗎？

我之後不用繳房租了嗎？

我再也不需要打工了嗎？

我到底本來在想什麼？

又到底為什麼事情會發展成這樣？

我不太清楚這之間到底發生了什麼事情，感覺事情變得很冗長，但又感覺只是瞬間的事情而已，我最開始原本到底要做什麼去了？我已經想不太起來，好像依稀還記得的是，那一大袋一大袋的錢，然後呢？我又經過了什麼？誰又跟我說了些什麼？她跟他都說了過去，但是我到底得到了什麼，又為什麼問他們這些，我想知道些什麼？我現在又知道了什麼嗎？我拿到了錢，在拿到錢之前我到底發生了什麼事情？那詭異的提款卡又為什麼會出現在我視線範圍裡導致現在變成這個我無法也根本沒辦法預知的狀況裡面，我逐漸開始搞不懂了。

我一樣在附近吃了簡單的餐，然後走向那變成我的房子。

結果沒想到，當我實際站在新房子裡面的時候，幸福感之類的東西並沒有降臨，我並沒有改變什麼。

我活到現在，只是表面上有像什麼的什麼，現在可以讓我開始有什麼嗎？

然而我感覺不到什麼，從此之後也不會感覺到的樣子，即使有錢也買不到，即使我像這樣擁有自己的一個房子也一樣。

原來，

我什麼也沒有。

26

深夜的時候，在媽媽睡著時，我拿著我的行李就這樣走了，沒有一絲絲眷戀的感覺，我覺得我不會再回來了，這樣的感覺深刻且強烈，倒不如說，我已經不想再回來了，這裡擁有的東西都不是我該擁有的，我可能曾經擁有過，但那都過去了，就像借出去的書一樣，是不可能再還回來了，我可能翻過這本書，看過這本書，但現在，我已經把它借給了誰，脫離主人的書，就只是別人誰的書而已，不再是自己的，這樣感覺，反而覺得很輕鬆，是啊，這些都只是曾經看過的書而已，不管我有沒有喜歡過，但現在已經不是我的了，只是等待到下一本書的這段時間，我還不知道該怎麼樣面對而已，也許很快就有下一本書了吧，也許會拖得很久也不一定，我不太清楚，現在我只覺得我必須離開這裡，然後回到學校那邊去，還不知道學校怎麼了，也不知道這之間到底過了多久時間，會不會已經被退學了？老師有可能幫我辦休學嗎？還是有什麼特殊的假之類的？我沒有一個可以掌握，現在能掌握的東西，就只有這些舊衣服還有小說跟電腦而已，當然，還有我的零錢包，這是阿婆買給我的，不管怎麼樣都不能忘掉也不能弄丟，小說有一本是6號給我的，電腦是阿婆買給我的，而其餘的小說則是用阿婆給我的零用錢買的，這樣一說的話，我身上沒有一樣東西是屬於我自己的，我沒有用我自己賺來的錢買過什麼東西，就算買了，也只是馬上就離開像是食物這類的東西而已，我是不是該自己買些什麼？可是我身上沒什麼錢，我應該買點東西給自己，這樣才像是一個獨當一面的大人，雖然可能我還小，但不管怎麼說，身體已經發育完全了，如果再硬扯說自己還小的話，可能說不過去，思想已經完全了嗎？我不知道，好像思想這東西才剛回來不久而已，我不敢斷定，現在我唯一想到的，唯一能做的，就只有離開這裡而已。

我想我只能回到我學校那邊，但深夜沒有火車，所以我買了夜間巴士的票，票根上寫著要到明天中午左右才會到。我還記得我租屋的位置，雖然可能已經不再屬於我了，沒關係，再找新的就好，反正我也不需要多好的地方，巴士窄而小，椅子也難以讓人放鬆，倒不急，現在還不需要睡，我看著號碼找位置，連屋頂我都會直接碰到而不得不低頭，身旁沒有任何人，這台巴士也沒多少人，我比較晚上車，其他少得可憐的人都已經不管燈光直接在椅子上睡覺了，車內有一種臭味，那像是放很久的塑膠一樣的味道，也包含著一些像是難聞的體味一樣的味道，我找到我的位置之後，打開電腦，我想試著把一些今天或者更之前遇到的東西寫下來，我記得的不多，但現在這份短暫的記憶卻很深刻，或者說，比較有感觸，讓人覺得可以寫點什麼，車子發動了，窗外一片漆黑，不過我只看了一眼，就把視線回到電腦上，雖然說上下震動有點難以打字，但我知道，現在必須把這些事情記錄下來，否則可能會想不起來，打到一個段落的時候，我先打開其他的資料夾，裡面有很多都已經忘記的檔名或者根本只有日期而已，我看著日期，找到了最近的一篇打的檔案，我點開來看，裡面是有誰正在鑽洞，有誰沒有注意到我一直在附近走動身穿白衣人的文章，裡面記述著，我不知道現在發生什麼樣的事情，我只知道我回到家之後，家已經不再是家了，那裡有不認識的人來回奔波，搬東搬西的，我不知道即將發生什麼樣的事情，或者到底發生了什麼事情，現在的我只是異樣的存在，好像這裡不該出現我一樣，但這是我家，我知道，但我不在這裡。我雖然記不得是什麼樣的事情，但好像這異物感，一直存在到現在，是啊，那裡已經不是我家了，雖然可能是身在其他地方突發奇想而寫下的東西，但我想這家，就是所謂的老家吧，現在想想，也很不可思議，老家這東西的存在，好像就是專門為失敗者所創造出來的集散地而已，失敗了，怎麼辦？那就只能回老家了，好像自然而然就會變成這樣，但我不想變成這樣，我必須要有所斬獲才可以，那裡已經沒有任何擁有價值的東西了，即使回去了，也只是代表著失敗而已，這種情況我無論如何都要避免，即使失敗了，也要想其他辦法，不要光只是想著要回家，家這個東西，可以自己再另外創造出來，我想成家立業指的就是這個，家是創造出來的，而不是一開始就在那裡的東西，那不算是家，只是免費的住宿而已，在那裡，你不會獲得什麼，什麼也不會有。

車子也許上了高速公路，已經不再走走停停了，我看了一眼窗外，還是一片漆黑，然後馬上回到我的電腦上，現在想的這些，都該被記下來才可以，不能不記，每當到一個段落的時候，我就躺在椅背上，把視線集中在車頂的燈光上，然後閉上眼睛，在追逐的過程當中，自然而然的就會冒出新的可以記錄的東西，現在滿滿的是這種感覺，好像一下子東西全都回來了那樣，當然，我也忘了時間，我不知道時間過了多久，只知道這震動讓我時不時的就要稍微停止打字一下，等到回過神的時候，窗外已經有一點亮光，這應該是早晨的陽光吧，沒想到已經到早上了嗎，但我一點都不想睡覺，這麼久一段時間不睡，好像不曾有過的感覺，好像那麼一瞬間冒出了看小說的記憶，但隨即就消失了，我就再把這段感覺，記錄在電腦上，從上車到清晨的這段時間，我就只是重複著這樣的動作而已。

車子慢慢減速，我不知道意味著什麼，只知道周圍陸續的開始有人伸懶腰，好像明明會睡不好也睡得很好的感覺，車子終於停止，我望著窗外，一個像是休息站的地方，當然並沒有誰說什麼，只是好像大家都知道在這個時間醒來一樣，都知道這裡會停止可以休息這樣，而我也突然有尿意了，這麼一說的話好久沒上廁所了，有人起身下車，我也跟著下去。

外面只是簡陋的一個鐵皮一層樓屋子而已，裡面似乎什麼也沒賣，但有投幣式的樣子，我尋找著廁所，沒想到廁所是一個水泥搭建的氣派建築，這樣是不是哪裡搞錯了？應該是反過來才對啊。既不冰，也不熱，到底是賣什麼的機器真搞不懂，不過還好外面確實的有椅子，我在外面坐下，周圍的人都在抽菸，而我則抱著不敢放在車上的電腦只是呆呆的等待時間過去而已，就在這個時候，好像有誰抽完菸沒事做了便把目光放在我身上，當然我是感覺到了，只是假裝沒注意到而已。

「旁邊不介意有人吧？」那個男人說。

『沒關係。』我說。

「拿著電腦，你是做什麼的？」

『我……』我說不出話來。

「看你的樣子既不像學生也不像在公司上班的樣子，正屬於一個尷尬的外貌。」

沒想到我不知道自己在做什麼，這點倒是沒注意到。

「我啊，我是寫小說的，不過不是我自誇，書都完全沒有出版過喔，也沒有得過獎，就只是一個人每天埋頭在電腦前而已，根本不知道在瞎忙什麼，看到你拿著電腦，總覺得有點熟悉。」

『我是看不出來你在寫小說。』

「個人覺得呢，小說這東西就是應該要規劃好，如果事先規劃好的話，才可以知道哪裡錯誤對嗎？就可以修正，每個步驟每個步驟哪裡該有什麼樣的起伏哪裡又該收斂這些都要事先想好，不然等到寫到那邊突然間詞窮了不就很尷尬嗎？真的不是我在說，這些都是我親身的經歷，小說一定要詳細的處理，有錯就改，哪裡不對，哪裡修正，該刪的就刪，千萬不可以馬虎，我這個人啊，最怕的就是寫到一半突然就歪掉的故事，那種事情實在是不想再碰到第二次了，以前啊，就是太隨便，所以搞得現在身無分文的，還得坐深夜巴士，如果以前就知道的話，現在一定是搭著飛機的啊。」

『我不這樣覺得。』

「怎麼，你懂小說啊？」

『我是不敢保證我懂，但我覺得我心目中的小說不該是這樣的。』

「喔？你寫嗎？」

『只是寫一點而已。』

「我倒想知道你心目中的小說是長怎麼樣的。」

『我覺得小說就是該隨心所欲，如果事先都把一切安排好了，那就只是依樣畫葫蘆而已，那樣的東西才一點價值都沒有，真正有價值的，是在當下，當下想到什麼，每天想到什麼，都不一樣對嗎？沒有誰可以說出自己現在正在想著跟哪一天一樣的事情的，所以這個當下所想到的，才是所謂小說的核心價值，今天這樣寫了，不代表明天就會這樣寫對嗎？但如果你把一切都規劃好了，那只能說你很有計畫性，但沒有所謂的創作性，我是不懂什麼文學不文學的啦，我覺得小說就是隨心所欲的發揮這樣才是我理想中的，當然，你可以先想好大綱，但也不見得要一切都要照著寫，大綱可能隨著每天每天會有所變化，像我，我可能就只會想好開頭跟結尾而已，之間怎麼樣，過程又是怎麼樣，讓它隨心所欲自然而然的發生就好，如果哪裡要怎麼寫就把哪裡怎麼寫的話，就只是打字上去而已，詞窮了，就讓它詞窮就好了，不需要提前先設想好，只要休息就好了，休息的這段時間保持著小說的心態休息，這樣的話時間到了就會冒出東西來，把一切都想死的話，寫出來的東西也只是死的而已，不這樣覺得嗎？』

他只是看著我而已，並沒有說話。

『抱歉我是不是說太多了，小說其實就是高興就好啦，其實你說的也沒錯，那也是你尋找開心的一部分。』

「老實說，我一點也不開心，我寫小說一點也不開心。」他點上一根菸說。

『那為什麼還要繼續寫下去？』

「因為我什麼也不會啊，既沒有辦法去什麼正統公司上班，也沒有什麼體力幹粗活，這樣的人，能做什麼？」

『但寫小說也必須開心才行啊，不然怎麼寫？』

「因為我當它是工作啊，寫小說本身是工作，不過，一點錢都換不到就是了。」

『我沒辦法想像把寫小說當成是工作的人。』

「每天寫多少字啦，什麼時候寫啦，今天該完成到什麼樣的進度啦，這些全部都規劃好，即使工時不到八小時，但每天確實的都是在做一樣的事情，簡直是機器一樣，你不覺得，這樣很像在工作嗎？」

『有的時候也必須要休息吧，不然哪裡來的靈感。』

「我就說過，一切都是規劃好的。」

『我並沒有要對別人的工作指手畫腳的意思。』

「我知道啦，你不像是這種人，也是我問你的啊。」

『不過，如果能確實的換取金錢就好了，如果是工作的話。』

「唉啊，都幾歲了，沒辦法了啦，現在只是啃著老家的錢而已。」

『寫小說不嫌老。』

「那是因為你寫得出來。」

我沒有多說什麼。

「嘿，如果哪一天你的隨心所欲小說出版了，可以讓我看看嗎？」

『如果有這麼一天的話。』

「總覺得一定會有，不過我沒有任何的名片就是了，也不知道該怎麼聯絡我喔，傷腦筋。」

『不用在意這種事情。』

「差不多了，能跟你說上幾句話，感覺很開心。」

『我也是。』

車子按了幾聲喇叭，也許是司機提醒差不多該上車了，周圍的人嫌麻煩的把菸蒂踩熄，慢條斯理的回到車上，我則看到有人上車我才知道時間差不多了，當然，剛剛跟我說話的男人，一上車就消失了。

車子繼續前進，我確認衣服跟小說沒有不見之後，就繼續打開電腦，老實說，剛剛說了那麼多，但沒跟他說我其實連一部小說都還沒有完成過，都還沒完成，就可以說這麼多，老實講覺得很慚愧，但我真的覺得他的想法有哪裡是錯誤的才對，不過我並沒有要改變他的意思，希望他寫得愉快就好，但把小說當成是工作，不管怎麼樣，我是不願意的，就算有錢也一樣。我先是整理整理剛剛在車上打的東西，每個都看過一遍，然後試著想想小說該怎麼樣進行，雖然想了這麼多，但實際打出來卻只有幾百字而已，沒辦法，我這個人不想把一切都規劃好，開頭該怎麼樣？不管怎麼想都會是一個無所事事的主角，因為我就是個無所事事的人，然後該遇到什麼呢？也許會是故事的關鍵吧？可能是男主角碰到女主角（因為我也是男的），我並不想讓太多人物出現，只要關鍵的幾個人就好，會不會是網友？還是像6號那樣的女孩？彼此要怎麼溝通？通信嗎？還是彼此有一段距離的講著電話？我把背靠在椅背上，好像有很多想法冒出來，雖然有很多東西經過，但我只想要找出關鍵點，找到關鍵點的話，故事自然而然就會繼續下去了，但不管我怎麼想，即使把後面的東西也想得差不多了，故事的關鍵點還是沒有冒出來，當然，我不會去記錄後面想的東西，那些都無所謂，我只想要開頭跟結尾，開頭大概已經想好了，而結尾是跟關鍵點息息相關的，也想到了幾個關鍵字，但就是這一點沒辦法想出來，可能是該休息的時候了吧？我試著閉上眼睛，當然冒出來的是燈光的追逐點，但我沒有去追逐它，只是讓自己盡量的放鬆，即使很難放鬆，但也是有人可以就這樣呼呼大睡的，就在想著這些之間，睡眠降臨了。

不知道什麼時間睡著的，自然也不知道什麼時間醒來的，看外面的風景，已經到了城市，雖然沒看過，不過也許應該快到了，周圍少了一些人，可能有人已經先下車了吧，但當然，還是看不到在休息站跟我聊小說的男人，我伸了一個懶腰，電腦早就已經沒有電了，也掉落在旁邊的地上，我確認一下有沒有哪裡損傷，不過還好沒什麼問題的感覺，我再次的確認小說跟衣服，沒事，沒有人趁我睡著把我的東西拿走，剛剛在想什麼已經忘得差不多了，不過確實的是在想小說的事情，可能在想小說該怎麼樣進行吧？我不太確定，這睡眠來得太突然，不過想想也是，畢竟那麼久沒睡了，剛醒，好像有點身首異處的感覺，我恍惚的跟著車子震動，好像慢慢的變慢了，也不知道是不是我的錯覺，最終停止了，我確認不是我的錯覺之後，人陸續的下車，這麼一說的話，到中午了嗎？

當然下車之後，距離我的租屋處還有一段路程，不過旁邊就是公車站牌，我知道該搭哪一班公車，好像慢慢醒來了，但又有點恍惚，也許是睡得不舒服吧，公車到了，我搭上去之後，可能不是人潮的時間，沒什麼人，我在深夜搭上巴士之後，就一直在移動，好像停止了的時間就感覺不是時間的樣子，不過我不想想那麼多了，只是任由機器把我從這一邊帶到那一邊而已。

當然是被退學了，房租也欠了好幾個月沒有繳，不過至少還可以繼續住下去，房東並沒有把我趕走，我只是說我這段時間在家養病，沒辦法繳房租，房東只是搖搖頭的說要還喔，當然，我說，退學沒什麼好說的，反正也不是多感興趣的科目，學費也是貴得嚇人，不過工作要重找了，沒辦法房租可以欠但工作可不能欠，我很快的又在一家店找到洗碗的工作（我也只會這個），既看不懂菜單，也看不懂價錢，我起初覺得哪裡可能怪怪的吧，沒放在心上，但隨著時間經過，我發現我慢慢的對於數字鈍感，好像除了可以買得起的東西之外，其他的幾乎都看不太懂了，以前明明學了這麼多，但現在完全搞不懂，除此之外，我也發現我的記憶力變得很差，好像阿婆的事情幾乎忘得一乾二淨了，當然更不用說媽媽，不過就是不想再回去的心情，不管怎麼樣也改變不了，我不用上學之後，兼了兩份洗碗，一個是中午的，一個是晚上的，這樣一來房租也還得比較快，對於現在的我來說，房租代表的不是金錢，只是某串數字而已，拆開來的數字，我只是在提款機上輸入這串數字過去而已，這金額是多少我搞不太懂，還好薪水還大概搞得懂（只是大概），買的食物也越來越簡單了，我很少出門，多半在租屋處，好像自從回來之後靈感不斷的冒出來，我一篇又一篇的打上去，然後整理成小說，除了工作之外，我幾乎所有的時間都花在這上面，好像回去跟回來是一個契機一樣，某個開關被打開了，水嘩啦嘩啦的濺飛出來，我一部又一部的打，工作一做再做，時間到了就輸入數字過去，每一部小說都還沒有名字，只是代號而已，因為根本沒有時間想名字，雖然長期的記憶變差了，但短期的記憶還可以，不至於到難以生活的地步，只是以前的事情忘記了，這跟現實沒有直接的關係，慢慢的，已經不太想以前的事情（因為也想不到什麼），我把注意力放在小說上面，隨著每天的推進，故事慢慢的呈現出來，我不嫌快慢，只要自然就好了，然而我的自然好像很快的樣子，小說幾乎不用多久的時間就可以完成了，當然對於數字鈍感的我，對於時間也開始鈍感了，我只是把工作跟房租當作一個基準點來推算時間而已，在我還完房租的時候，我請房東幫我把網路接上，起初還跟我說要加錢，但我說我就是用網路在工作的啊（當然是騙人的），我好不容易已經還完房租了，可以答應我這個要求嗎，我只是這樣說而已，過沒幾天，安裝網路的人就來了，也給了我一條網路線，雖然說寫小說並不是真的需要網路，只是我覺得哪天可能會需要網路也不一定，我一開始只是好奇的上網看東看西的而已，但我什麼也沒看進去，食物簡單到不能再簡單，全都只是不會過期隨時都可以吃的罐頭跟泡麵而已，當然房間沒有熱水，我就到附近的便利商店去裝熱水，回來的時候，也差不多泡好了，而罐頭，就是打開就直接吃了，根本不在意是什麼東西，好像一切的一切都變得鈍感不已，枯燥乏味，但我覺得這樣簡單又不花錢的生活，好像很適合我，在我動筆這部小說的時候，突然之間那天回來的時候在巴士上想的片段又回來了，真的是突然的，我知道那是一個無所事事的男主角，中途遇到關鍵的女主角，而其餘的，就交給時間的自由吧，而結尾呢？我已經想得差不多了，一個不曾擁有過什麼的人，與一個即將要擁有什麼的人，兩個人的故事，我把這兩個人用村上春樹的方法來呈現，當然這兩個人是指同一個人，只是一個是從現在開始，一個是從有記憶開始，至於什麼是關鍵點呢？跟我現在很有關聯，因為我也不曾擁有過什麼，即使擁有過什麼，那也都已經忘記了，在「有」與「沒有」之間來回穿插，到底什麼是擁有，什麼是曾經擁有，什麼又是有，我不太清楚，只是現在，我確實的什麼也沒有，而這個地方，這個租屋處，讓我感覺很安心，我覺得可以在這裡做任何事情，也許，這個算是我的新家吧？當然現在距離家還很遠，只是我想讓這個地方變成我的家，當然工作還是必須得做，並不是真的隨心所欲，人如果要得到什麼，還是必須付出什麼，只是在寫小說上，我就是完全的隨心所欲了，既不安排，也不計畫，什麼都是當天想到就寫下來，累了就休息，等到東西經歷過了就把它寫下來，不斷的記草稿，覺得可以變成我小說的一部分就把它記錄下來，但當然也有不順心的時候，每當這個時候我就只是把注意力放在其他事物上而已，不過幾乎都是隨意的，反正已經沒有了記憶的束縛，那就已經不需要再分心在無所謂的事情上面了，現在的我只是我而已，我可能可以一直寫下去，我即將會變成擁有什麼的人。

我必須擁有什麼。

你必須擁有什麼。

AK00411

我沒有你們所有的

作　者——海盜先生
執行主編——羅珊珊
校　對——吳如惠、羅珊珊、海盜先生
美術設計——郭鑒予
行銷企劃——林昱豪

總編輯——胡金倫
董事長——趙政岷
出版者——時報文化出版企業股份有限公司
108019台北市和平西路3段240號
發行專線——（02）2306-6842
讀者服務專線——0800-231-705・（02）2304-7103
讀者服務傳真——（02）2304-6858
郵撥——19344724時報文化出版公司
信箱——10899臺北華江橋郵局第99信箱

時報悅讀網——http://www.readingtimes.com.tw
思潮線臉書——https://www.facebook.com/trendage/
時報出版愛讀者——http://www.facebook.com/readingtimes.fans
法律顧問——理律法律事務所　陳長文律師、李念祖律師
印　刷——勁達印刷有限公司
初版一刷——二〇二四年三月二十二日
定　價——新台幣四五〇元
（缺頁或破損的書，請寄回更換）

時報文化出版公司成立於一九七五年，
並於一九九九年股票上櫃公開發行，於二〇〇八年脫離中時集團非屬旺中，
以「尊重智慧與創意的文化事業」為信念。

我沒有你們所有的／海盜先生著. -- 初版. -- 臺北市：時報文化出版企業股份有限公司, 2024.03
面；　公分

ISBN 978-626-396-049-7（平裝）

863.57　　113003024

ISBN 978-626-396-049-7
Printed in Taiwan